U0927560

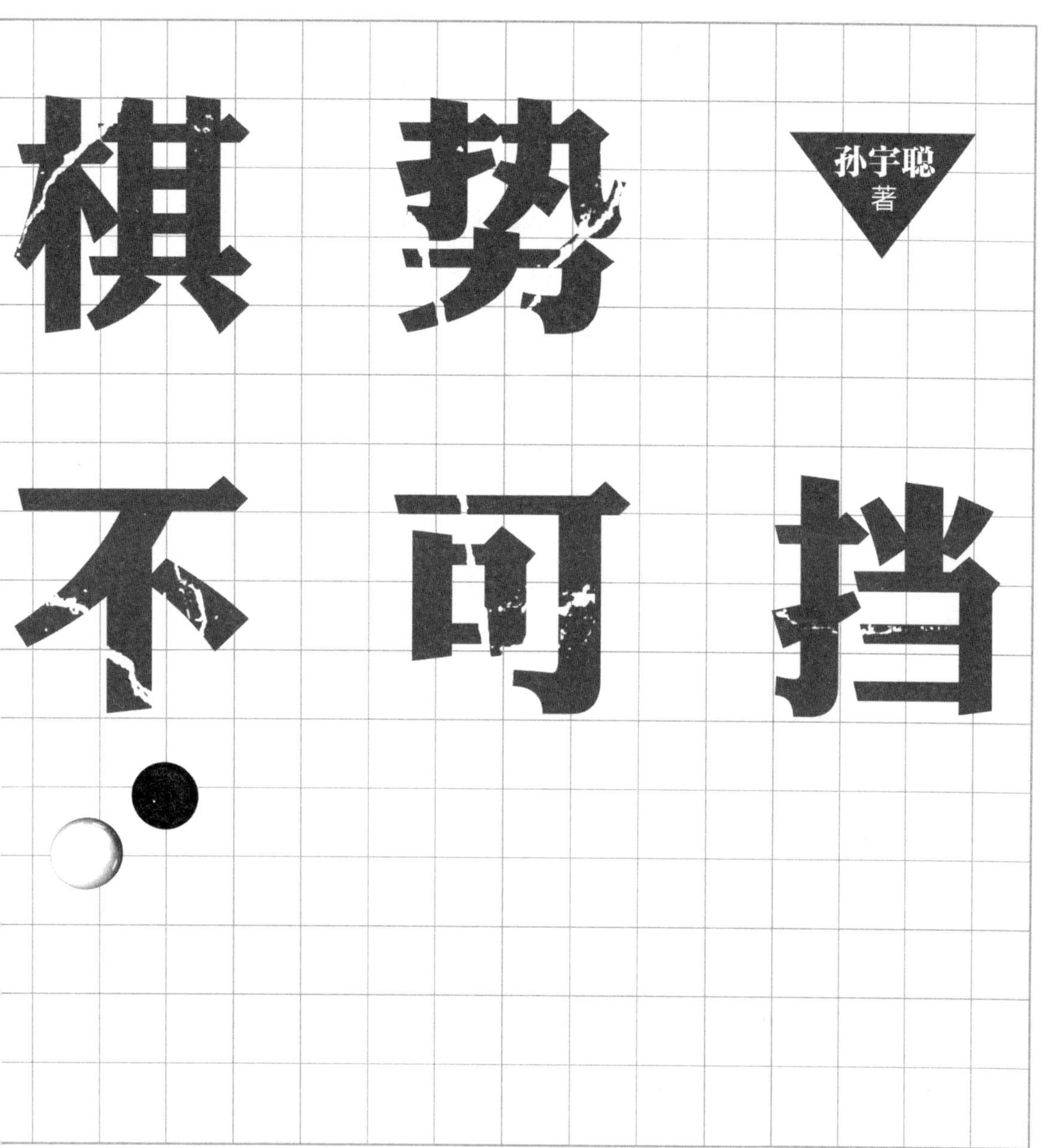

棋势不可挡

孙宇聪 著

人民日报出版社
·北京·

图书在版编目（CIP）数据

棋势不可挡 / 孙宇聪著. —北京：人民日报出版社，2021.4
ISBN 978-7-5115-6669-0

Ⅰ. ①棋… Ⅱ. ①孙… Ⅲ. ①侦探小说－中国－当代 Ⅳ. ①I247.5

中国版本图书馆CIP数据核字（2020）第216998号

书　　名： 棋势不可挡
QISHI BUKEDANG
作　　者： 孙宇聪　著

出 版 人： 刘华新
责任编辑： 刘天一
封面设计： 中尚图

出版发行： 人民日报出版社
社　　址： 北京金台西路2号
邮政编码： 100733
发行热线： （010）65369527　65369512　65369509　65369510
邮购热线： （010）65369530
编辑热线： （010）65363105
网　　址： www.peopledailypress.com
经　　销： 新华书店
印　　刷： 天津中印联印务有限公司

开　　本： 710mm × 1000mm　1/16
字　　数： 210千字
印　　张： 16
版次印次： 2021年4月第1版　2021年4月第1次印刷

书　　号： ISBN 978-7-5115-6669-0

定　　价： 49.80元

序

在茫茫书海里，我这本历时三年、多方考证、精心打造的小说能让你不经意间抓在手里看看封面，真是幸运极了！如果你喜欢侦探小说，建议你翻上几页，看看作者的文笔符不符合你的阅读趣味，讲故事的腔调会不会惹你厌烦；如果你碰巧喜欢下围棋，或者希望自己的孩子将来学学围棋，好极了，建议你再多翻几页，这本小说贯穿始终的一条线索，正好与围棋有关，与围棋文化有关，与围棋史上的一段趣事有关，说不定能撩拨你一下，想看看围棋的韵味何在。

这是一本侦探小说。如果你是阅读这种类型小说的行家，那么，这本书可能会让你失望，觉得书里那个狄棣警督的侦破能力并不出色，你准能先他一步解开谜题。但希望你大度一下，放他一马，他这个人还是不错的。

这不仅仅是一本侦探小说。正像书中一些人物感受到的，我们生存的这个世界，就像一张棋盘，你拿起一颗棋子往棋盘上一放，就意味着下一步要怎么走。再往上放一颗，再往上放一颗，再往上放一颗，就逐渐显示出你的人生取向。但结局只有三种：胜局、败局、和局。你先别生气。我倒是觉得，下棋的过程才是玩围棋的乐趣所在：有厚势与实地的考量，有进攻与防守的决断，有孤注一掷与小心谨慎的权衡，有跳一步、飞一步、挡一步、渡一步甚至委屈地爬一步的选择（但不能悔棋）。下面还有一大片空白，你看完这本小说以后，自己往上添吧。

孙宇聪

二〇一八年十二月于桥华世纪村

目录

第一卷
布局

“像一只燃烧的大鸟，冲出茫茫黑暗，以银河为背景，划过天幕；又宛若受到惊吓的火凤凰，抖动闪闪发光的翅膀，摇撼秀美的大尾，从星空俯冲而下，朝着长江与黄河的夹角逆流而上，向昆仑山飞来。那身姿如此迅捷，似与闪电争雄，似与雷霆决胜。这团红色的火焰，撞向昆仑之巅，崩裂为万千颗粒，四散开去，渐渐隐没。”

拓展输入文字的节奏终于慢下来，修改工作已经持续了几小时，左手边展开的一本线装书的页面上落满了烟灰，宣纸已经发黄，在台灯的光照下显得更有质感。他抬起左手，把烟蒂扔进烟灰缸，目光又一次移到几乎被左臂挡住的段落上：

初，凤凰舞昆仑，尾击天柱山，主峰崩，石入白鹿河。睿夜宿沙洲，晨起沐浴，卫士见之，择华美者四，献于睿。睿宝之。谓之四美玉。

拓展略加思索，继续敲击键盘，屏幕上的文字快速闪现、拼集、固定，逐渐形成了一个新的段落：

“在昆仑山北麓风光最为优美的季节，拓跋睿率中军铁骑千余人踏着白杨树金黄色的落叶，迎着玫瑰般艳丽的夕阳，沿白鹿河北岸逆流而行。将军驻马回首，眺望故园的方向。故园那河中沙洲，沙洲上空红火叶（一种鸟，又叫红翎雀）舒展的翅膀的舞动，那看不见的律动，勾起了无限的乡愁。他下令傍河扎营，自带帐前卫士涉水登上河中央的一块隆起的沙地。在那里，他度过了漫长的夜晚。似乎是天命注定，夜宿沙洲的短暂时光，决定了未来的岁月必将惊心动魄。”

拓展伸直有些麻木的手指，插入乱发中停顿了片刻，左手抓起烟盒抵住笔记本电脑屏的边际，对刚刚写就的那段文字又检视了一番。他站起身，走到窗前，用尽全身力气拉开窗帘，迫不及待地推开窗户。一股夹杂雪花的寒气迎面逼来，差点儿将他击倒。

操戈撞门进来，用车钥匙按下装饰画旁边的电源开关，关掉起居室的吸顶灯，把两只手中的几个购物袋并排放在墙角，没有进来歇一歇的意思，倚着门催他赶快走。拓展把笔记本电脑放进帆布挎包，随操戈一起走到室外。雪下了薄薄的一层，宁静中似乎能听到大河流淌的声音。操戈开车门时发现拓展没穿棉外套，让他回去穿上，顺便把门锁好。

从阿伦敦到费城只有八十多公里，拓展却觉得走了很久很久，但还在路上。他坐在副驾驶位置隔着车窗遥望未被落雪完全覆盖的原野和那条静止不动的大河，想当年，华盛顿的大军反复经过这里，说不定汉密尔顿在马背上也曾欣赏过这样的雪景。操戈见他既没兴趣听音乐，也不像平常那样找一本书看，问他想什么呢。拓展说：“想汉密尔顿呢。”操戈问哪个汉密尔顿。拓展说：“跟着华盛顿打天下的那个。”

“那哥们儿呀，值得一想。”操戈扶了扶墨镜，手臂在方向盘上撑直。“上学时，咱们看普希金的书，觉得决斗挺不可思议的，够刺激够稀奇，来了美国才明白，想当个好男儿，就得乐意这么干！”见拓展没什么反应，情绪似乎有些消沉，于是安慰他：“你和汉密尔顿不一样，他来美国的时候运气好，赶上了独立战争，又得到国父的赏识。咱们所处的时代呢，像哪个学者说的，世界都是平的，要想取得惊人的成绩，能在脚下垫块砖就不错了。

你别急，等书印出来，销路不会差。”

操戈开车比以往任性，为了赶时间，车速达到高速公路的限速极限，拐进富兰克林公园大道的时候还不到十点。经过莫尔艺术设计学院时，拓展问道：“他们这次过来，细节方面能敲定吗？”

“能，合同之外再签个附属协议。你现在是美国公民，孩子落个美国户口不难。”

拓展突然变得烦躁起来，脸上泛起一抹难得的飞红，声音像子弹不停地卡壳。“我不是担心这边，是担心那边。”

“有什么好担心的，孩子是爸爸的，不是爷爷的。再说了，老爷子年纪那么大了，把孩子接过来，是迟早的事。”

“拓虹说，晓晓也不愿意。”

“小孩子懂什么？他能看多远？足球场那么远。”操戈很自信，他在阿伦敦开的实体书店就叫“自信书店”。

他们在爱伦·坡故居附近的一个街巷里停下车，踩着潮湿的路面步行去了那家俱乐部。会面的房间按私人藏书室的格局布置，紧挨着的两扇窗户像一双眼睛望着里边互相握手的客人们。对方也是两个人，一位是年轻的华人，镜片后的那双眼睛闪烁着东方人的智慧和融入西方后的率真；另一位是中年白人，体形魁伟，西装考究，雪白的头发让他的年龄神秘莫测，身边的桌子上放着高档公文包，显然是代表公司的律师。拓展知道，晓晓未来的人生就装在那个公文包里。

隔着一盏台灯，操戈用英语说道：“感谢埃文斯先生和夏修齐先生亲自飞过来。电子文本我们都已经反复推敲过了，有几个细节再明确一下，差不多就可以把合同和附属协议签下来了。”埃文斯拿出一个记事本，但没打开。操戈看了拓展一眼，拓展点点头。操戈说：“孩子来了，万一适应不了，还得一起努力，把他姑姑也接过来。”

“好的，没问题。”埃文斯用中文说道。

“孩子必须先去公司进行实战测试，确保是我们要的那个。”夏修齐带点湖南口音。

操戈说：“我只有一个孩子。”

夏修齐的微笑拉近了他们的距离。“到了美国，孩子暂时和我住在一起，他的生活我来照顾。”

埃文斯说：“夏先生在公司的核心团队，中国菜很拿手。”

拓展签字时，好像在自言自语：“孩子刚来会不适应，找个合适的学校也很重要。”

夏修齐把拓展的最后顾虑翻译成英语，配合着手势，认真地对埃文斯说了一遍。

埃文斯点点头，指了指附属协议书。夏修齐对拓展说：“协议书里写得非常明确，孩子会去最好的学校。”

返回阿伦敦前，两个人绕道去唐人街吃了一顿，趁着身上的热乎劲，又在街上漫无目的地溜达了半小时。拓展好像捕捉到了灵感，说想在费城住一夜，让操戈先回去照顾书店的生意，自己第二天乘坐大巴回去。

他找了一家偏僻的小旅馆住下，匆匆洗了把脸就投入了工作。从下午到晚间，他一直守在笔记本电脑前面，中途叫了一份房间便餐，之后不住气地插入新的段落，校准已经斟酌过多次的观点，包括润色一些不必要的句子，直到过了午夜，接近凌晨，累得筋疲力尽才合上显示屏。

他闭上眼让自己放松下来，然后点燃一支烟走到窗前，透过缭绕的烟雾和结了水雾的玻璃，望着窗外不属于自己的天地，不时低下头打量抓在手中的烟盒。香烟快要燃尽时，他推开窗户，又猛吸了一口，让烟雾在胸中酝酿片刻，然后，用力吹向落雪的夜空。

此刻，地球的另一边，鹿城上空的阴云遮住了太阳。如果用直尺把费城与鹿城连在一起，那么，中国与美国近在咫尺；但要用不存在的铁轨连接，则可谓远在异乡。如果把费城当成一颗足球沿着纬线向西猛踢一脚，它将横跨北美大陆，穿越太平洋，掠过大阪，落在中国正北方那个黄河向东流着流着突然折向南面的拐弯处，鹿城就坐落在这里。结了冰的黄河横亘在它的南端，跨河大桥承担起重大的责任。桥的那边，雄踞着鄂尔多斯高原，高原的显要位置矗立着成吉思汗陵。三辆黑色越野车沿王陵通往鹿城主城区的高速公路向北驶过大桥。中间那辆车上，坐在副驾驶位置的女士按下车窗，顾不及寒风冻着她的俏脸，一只手伸出窗外，眯起眼大声说道："北野先生，右前方那一大片一大片的小红点儿，看见了吗？黄河老渡口就在那个位置，再往前一点点，咱们的新厂房就盖在那儿，紧邻着高新区，多好的位置呀！"

坐在后座上的老人被灌入的冷风吹开眼睛，他扶了扶镜框，对女士舞动的短发说道："上午路过这里，您已经介绍过了，的确是个不错的位置。"

"哦，我给忘了。喝了酒，说过的话就记不起来了。那片红灯笼真漂亮！"

老人猛然坐起身，扭头望向右侧的车窗，成片成片的红色斑点像要透过玻璃闯进来，他变了脸色，掠过一丝惊惧，但马上又恢复了平静。

车队下了高速，驶过滨河路岔口，汇入南外环的车流。尽管夕阳西下夜色阑珊，但在街灯的映照下，这三辆车仍然很是拉风。街上那些爱车一族用同样速度的目光追随着那三辆车，是的，十二个汽缸的新款保时捷，真正的越野硬汉，在沙漠里可以任意遨游，在山谷中可以随意攀爬，在草原上可以急速奔驰。这个档次的车，在鹿城大概只有类似宇文家族与何氏集团的公子哥才有兴趣第一时间买到手。

车队穿过英雄广场向左拐，进入钢铁大街，继续行驶了一支烟的工夫，向右拐入滨江国际酒店的大门，在将近十亩范围的园林甬道上拐了几个弯，驶入一座中式建筑旁边的地上停车场。前后两辆车先并排停稳，之间留出足够宽的一块地方，等中间那辆车插进去。左右两辆车上下来六个人：两个穿夹克式皮衣，两个穿西式半大衣，两个穿短款羽绒服。穿皮夹克的两个年轻人显然是司机，他们已经走到各自车的尾部。穿红色羽绒服的男子竖起两根手指，于是，那两个人各自搬出一个纸箱子夹在腋下，先行走向中式建筑的侧门。穿蓝色羽绒服的戴无框眼镜的男子向身边的两位客人解释道："中午在蒙古包里喝了不少，今晚何总建议换换节奏，只饮两箱。"同时用眼角的余光掌控着慢慢停稳的那辆车的进程。穿黑色圆领羊绒衫的司机首先下了车，快步走向另一侧，娴熟地拉开后车门，似扶非扶地确保里边的大人物安稳下车。这位主要客人裹着一件超大超肥的深色羽绒服，他来不及站稳，就朝穿西式半大衣的那两个男子的方向招了招手。其中一个快步走过来，递上一支烟，打火的同时说了一句日语。四周密集高耸的国槐遮挡了远处的各色灯光，因此防风打火机的火苗更显夺目，照亮了吸烟者的面容。他戴一副黑框无色眼镜，镜片后的目光有点急切的样子。他连吸了几口，把剩下的半截递给自己的手下，然后朝副驾驶位置走过来的穿羊绒大衣的女士赞叹道："好美的夜色啊!"

那位女士说："北野先生真的太客气了，何总的车就是个吸烟室，一路上没闻着烟味儿，还有点儿不习惯呢！何总给我发了几十条微信，生怕照顾不及时呢，咱们快进去吧，这晚宴挺讲究时辰的！"

何煜之双手接过周亚薇递上的哈达。周亚薇因为已经脱掉了羊绒大衣，因此身材更显优美。她帮自己的老板抚平哈达，顺势扫描了一下餐桌，似乎觉得很满意。朱绶鸥也已经脱掉了羽绒服，露出高领羊绒衫，胸口左上方别着一枚纯金的人物像章，在宴会厅射灯的照耀下熠熠发光。他紧随周亚薇，隔着她的肩膀，把一个大大的银碗放到何煜之托着哈达的右手上。身着民族服装的服务员小姐踮起脚尖，往银碗里倒酒，一边倒，一边看着何煜之的眼睛。何煜之一边微笑着环顾酒桌前的客人，一边说：“倒，继续倒，倒满。”

邀来参加晚宴的客人们都礼貌地把目光聚集到何煜之左首正襟危坐的北野文身上，就连坐在菜口那个位置的赵子龙，也把红色羽绒服的拉链拉开，像外交使团的成员一样，想听北野文先生说点儿什么。宴会厅靠窗附近工作台旁边并排坐着三个身穿民族服装的乐师，手中的马头琴斜靠到肩膀上，只有他们始终在关注何煜之的一举一动。

酒快要溢出银碗的一瞬间，三位乐师拉出了长长的颤音，大厅的灯光蓦然暗了下来，周亚薇趁势解下罩在何煜之身上的斗篷。大概有一秒钟的工夫，一道追光投射到何煜之身上。这时大厅里的服务员们才真正发现，今晚何总宴请的客人一定非常尊贵。因为，何总穿的也是民族服装：六颗金色的扣子从左肩到右腰拉出一条只能感觉到的抛物线，使他本就高大的身材更显魁梧，深紫色的衬袍外那件宝蓝色的坎肩因此显得颇有些贵族气派。因为被酒桌挡着，客人们看不到何总脚上穿的是什么，但理论上应该是一双高鞧马靴。他向左转身，双手平托着哈达，右手掌上的银碗保持着适度平衡。马头琴叩响过门，像老虎走出丛林。

何煜之高声唱道：“嗄蒂呐嗄茜拉乎，嗄哒伐莱塞，呵地芙德阿拉沁，德勒了嗨，拉曼扶乐塞，鸣镝那宾德勒骑，椰路萨，椰路萨——”

灯光同时开启。马头琴的伴奏变得激越起来。大厅不但豪华，而且空旷。何煜之把酒端到北野文近前，北野文深鞠一躬，正准备接那碗酒。但何煜之只是献出了哈达，双手端住银碗，又唱了起来：“献上洁白的哈达，高举闪光的银碗，斟满醇香的美酒，我远方的客人，欢迎你呀欢迎你！我远方的客人，椰路萨，椰路萨！”这时，马头琴的旋律达到了揪心的程度，然后，戛然而止。

北野文双手接过银碗，一饮而尽，然后用中文答谢：“深感荣幸，终生难忘！”

何煜之伸手抵住北野文递回的银碗：“北野先生，这个银碗就送给你了，你看，上面专门为你刻了字呢！”

“是吗？何先生盛情，何以当之！”北野文细看碗的内壁，果然有一首汉隶字体的旧体诗刻在上面：

天海两茫茫，
丝路结敦煌。
古贤魂已远，
今人再张扬。
巨轮载明月，
高铁向远方。
开辟新天地，
银河绽新光。

“真是一首雅俗共赏、意境深远的好诗啊！”北野文赞叹道。那个在停车场给他点烟的男子不知什么时候已经离开餐桌，站在了北野文身后。他小心翼翼地接过北野文递过来的银碗和哈达。

宾主各自落座，大厅里恢复了平静。何煜之看了一眼周亚薇。周亚薇端起酒杯，站了起来。“各位来宾，”晚宴的热烈气氛好像让她获得了不少灵感，“几天来，北野会长一行，莅临鹿城，观光山水，考察民情，为我们两家在高科技领域的合作画了一个惊叹号，为‘一带一路’建设添了砖、加了瓦。鉴于车马劳顿，何总建议今晚换小杯，虽然是浅斟慢饮，但我们这儿的风俗是歌声不断杯不空，喝到月亮露花容！”

席上众人鼓起掌来，北野文似乎也渐入佳境，不等何煜之端杯，手指已碰到了酒杯上。周亚薇这几天越来越觉得北野文的中文水平不低，遣词造句因而更加谨慎更加用力，以至于想克制自己的幽默感："北野会长是大企业家，更是大学问家，在我们中国，儒商历来受人尊敬，所以今晚有幸请来民俗博物馆卢军达馆长、'柳树驿艺术品投资拍卖公司'高洪波总裁会饮！"

被介绍的两位业界名流依次起立，以点头致意代替握手。北野文也站起身恭敬地回礼。大家随何煜之端起酒杯，清脆的响声过后，无一例外地一饮而尽。

席间，朱绶鸥趁高洪波以北野文为核心敬酒之际，出去了一趟，回来时在何煜之耳边低声说了一句："都准备好了。"

何煜之侧身对北野文说道："已经准备妥当了，要不要请池田先生去看看？"

北野文推了推眼镜："不必了，何先生总是十分周到。不知拓先生几点能到？"

何煜之抬起手臂，看了看表，又看了看赵子龙刚才坐过的高背椅，说道："约的是九点，已经安排车去接了。拓开来七十多了，太晚怕他身体吃不消。"

"那就好，"北野文点头说道，"像何先生诗中所言，鹿城是我们的新'敦煌'，这次来，除了加深合作，最感欣慰的就是能和拓先生晤面。"

何煜之举起酒杯，停顿了片刻，然后说道："拓开来年轻时棋风彪悍，喜欢研究古谱，和陈祖德有交往，北野先生找他切磋技艺，真是好雅兴啊。他这些年赋闲在家，培养出个好孙子呢！那孩子，几年前就拿了全国业余大赛冠军，能击败聂卫平道场的学童，很不简单！"

男孩跳下车，把双肩包背好，跟在爷爷身后。冷风袭来，他身体有些发抖，眼睛还来不及适应夜色笼罩的空间，爷爷的身体挡住了他的视线，但仍然能看清眼前这座巨大建筑的轮廓，它的两个大翅膀向上翘起，用劲延伸，被灯光涂抹了别的颜色，显得有点单薄，如果钢铁侠一脚踩上去，准能压垮。见爷爷停下脚步用手抵住拐杖的握把，他快走几步，站在爷爷身旁。眼前这座楼房只有几扇窗户透出灯光，高大茂密的树在周围站立，围出了一块寒冷的空地。门厅下站着两个人，显然是在等什么人。他看见爷爷捋了捋胡子，然后把手放在自己身后的双肩包上，于是他轻声说："放心吧爷爷，我能照顾它。"

其中一个人率先走上来和爷爷握手："辛苦了！我和你家拓展是高中同学，朱绶鸥。这位是北野会长的助手池田先生。"尽管天气冷，他们还是说了许多客套话。男孩跟着他们进入大厅，乘电梯上到二楼，出电梯右拐。走道尽头，一个穿西装打领带的大块头等在那里。他敲敲门，又推开，说了一句日语。

两个人从沙发上站起来，其中一个握住爷爷的手说："叔叔还是清健得紧哪！有一段时间不见了，煜之很想念叔叔。我来介绍，这位就是北野会长！这位就是拓开来先生！"另一个戴眼镜的老人一边行礼一边说："得缘贵公子介绍，很荣幸认识拓先生！"拓开来把拐杖交到左手说："不敢不敢，拓展年轻，言语冒犯，还望见谅啊。非常荣幸！"

见大家在沙发上围成一圈，男孩站到拓开来身后不远处。一个阿姨倒了一圈茶，然后像受了惊吓似的大声说："过来，小神童，让姐姐瞅瞅。"拓开来放下茶杯说："我孙子，拓晓晓。"大家的目光都转移到男孩身上。那个阿姨走过来试着帮他解下双肩包。拓晓晓拘谨地说了声周阿姨好，但流露的却是哨兵正被缴械的那种复杂表情。周亚薇把背包放在电视柜上，嗓门儿更大了："好漂亮的书包！还是'三叶草'呢，装了多少书啊，这么沉！来，让姐姐瞅瞅，真是不一般哪，几天不见，又长漂亮了，眼睛一只大，一只小，一个是双眼皮，一个是单眼皮，你看这气质，比得上少年吴清源呢！"

何煜之放下手中的茶杯说：“我还有些事情，不打扰各位了。叔叔你随便，要是太晚了，周经理已经安排好房间，要是不习惯在外面住，小赵的车在楼下等着，随时送你们回去。”拓开来抚了抚手杖说：“不必了，我自有安排。”

“那好吧，晚安，北野先生。”何煜之离开时，走过去摸摸拓晓晓的头发，又捏了一下他的脸蛋，说道：“我要是有你这么个儿子就好了。”那些人一走，房间突然变大了。拓晓晓隔着拓开来的背影悄悄打量了一下那个被称作北野先生的小个子男人，他就是爷爷说的那个日本人，比想象中个子还要矮，身材像一支铅笔，但目光锐利，架在鼻梁上的眼镜似乎遮住了什么，也没有想象中的胡子或武士刀什么的，倒像是一个学者，中文说得也凑合，甚至像一个围棋高手。他拿过双肩包坐到爷爷旁边，听他们说话。

北野文说：“拓先生，非常荣幸！这个时刻等了多少年了，能够实现家父遗愿，双璧合一，心里能平静了，正应了中国那句古话：‘残缺终有遗憾，圆满才是功德。’我们东方人和西方人的观念终究不同。”

拓开来说：“等了几十年，终于等到今天，也算是‘踏破铁鞋无觅处、众里寻他千百度’了。对了，应该是四璧合一。晓晓，拿来。”

北野文摘下眼镜，拓晓晓发现，这个老人的眉毛有一部分是白色的，摸不清身上是不是有些武功。只听他说道：“不一定是几十年。若依据贵公子的文章畅想历史，可谓千年奇缘。是啊，是四璧合一。”

拓晓晓拉开背包拉链，取出一个锦盒，递给爷爷。拓开来将锦盒放到茶几上。

北野文戴上眼镜，盯住锦盒足足待了一分钟。深蓝色的缎面有多处磨损，金色的丝线隐隐约约露出来，比平板电脑的包装盒大出一根薯条的样子。

北野文起身走向隔扇，绕过去，大概进了里边的房间。拓晓晓觉得他的背影真的有点儿苍老。他回头看了看爷爷。拓开来紧闭着双眼，双手用力抵住拐杖的握把。爷爷在剧烈地颤抖，他的胡子都在抖动。“爷爷？”他抓住爷爷的双手。拓开来睁开眼，很不自然地笑了笑，睫毛缝隙中渗出了泪，但很快就用手背擦掉了。

北野文抱着一个金属盒子从隔扇后面走出来。他小心翼翼地把盒子放在茶几上，与蓝色的锦盒紧紧挨在一起。那个盒子一定是用什么特殊材料制成的，在灯光的照射下，发出自行车轮圈那样的反光。蓝色盒子比起来显得那么小，只有那个盒子四分之一那么大。

北野文在沙发上坐好，把近前的茶杯推到茶几一角，用一块纸巾擦拭了几遍，然后，坐直身体，静默片刻，对拓开来说：“拓先生，我们一起打开吧！”

北野文打开盒子的瞬间，拓晓晓睁大了眼睛。那是一块比电脑屏幕略大的白色玉石，足有五张比萨饼那么厚，发出若有若无的微光，缺了一个角，就像一个巨大的俄罗斯方块。不是一块，而是三块，是三块方形的玉石摆在一起。爷爷也打开盒子，把玉石取出来，轻轻地放进缺了一角的空处。

拓晓晓终于明白了。爷爷的那块玉石与北野文的三块，天衣无缝地并在一起，就连玉石表面刻着的直线都天衣无缝地连在一起，形成一个棋盘！原来四璧合一就是指这个。

他们也在注视着棋盘。北野文的那三块是纯白色的，爷爷的那块也是白色。但爷爷这块，从接近“天元”位置，穿过“星”位，映出一条红色的似断似连的曲线，因为棋盘表面并不平，所以那条线像一条红色河流，从“天元”蜿蜒流过“星”位，流向棋盘边缘；又像一根纤细的羽毛，从白云深处落下，像在舞动，也像在颤抖，不知要飘向哪里。

房间静得有些发闷，拓晓晓觉得暖气烧得太热了。北野文用手上去抚摸，爷爷也去抚摸。北野文突然说：“从我记事起，就供奉在家祠，是家族的圣物。家父去世前，传给了我。”

拓开来说：“如果健在，春秋过百了吧？”

北野文说：“一百一十四岁。父亲弃世那天正下大雪，那是昭和二十年十二月最冷的一天，现在我还是怕冷。那天晚上，母亲突然叫醒我，拉我去父亲的书房。进去时，他正举刀自裁，血流满地。他指着书案，眼睛看我。母亲抱我过去，把父亲书案上的包裹放到我手上，我不懂得接，掉在地上，染上了血。他的手还没放下，母亲捡起来，放到我怀里，让我抱紧，直到他气绝。这么多年，我还记得他的眼神。包裹里就是这三块玉。那年我六岁。”

拓开来说：“世界之大，世事难料，天命难违呀，但没有奇缘，今天也坐不到一起，不知道该如何感谢上天。”

北野文说：“家父临终嘱托，当时年幼，不知轻重。现在看来，他的遗愿莫不就是复原自然之美、成全造化之功？”

他们突然又不说话了，只是安静地看着棋枰。拓晓晓想不起来书包里是不是有一罐可口可乐，屋里又热又闷。这时，北野文抬手看看表，问爷爷：“拓先生若有雅兴，我们弈一局如何？”

“好啊。”拓开来扶正那个大盒子，“有棋子吗？”

“有的，这次来鹿城，何煜之先生送我一副多伦玛瑙围棋。我去取来。”趁北野文走进卧室的空当，拓晓晓也伸手摸了摸棋盘，问爷爷：“棋盘为什么不是平的？”

“这是北魏的东西，”拓开来把孙子抱到怀里，“自然不是平的。”

北野文拿了一副围棋出来。拓开来说：“还是摆一局吧。老朽学识浅薄，听说有日本史家认为《忘忧清乐集》的第三局是唐明皇和贵国僧人辨正下的，我们国内也有学者以画证棋，我们姑妄听之，也可让心爱之物沾点儿古人的仙气。”

“那好，”北野文说，“我是年过花甲之人，怕是记不准确了！”

“北野先生谦虚了，”拓开来说，“我也只记个大概，兴之所至，不必当真。”

“那也好，”北野文指了指天花板说道，“拓先生如果不介意，我希望用摄像机记录下这个时刻。”

拓晓晓抬起头，吸顶灯旁边固定着一台袖珍摄像机，镜头朝下正对着茶几。拓开来显得有些诧异，但很快恢复了平静，他淡淡地说：“也好。”北野文把盒子合上，然后拿起手机开始打电话，片刻工夫进来一个人，就是那个大块头。北野文说了几句日语，那个大块头从电视柜旁边搬过一把方凳，在上面铺了几张纸巾，踩上去打开摄像机的开关，亮起一个小红点。拓晓晓有点紧张的样子，像是怕大块头不小心掉下来。

那个人离开房间后，北野文把盒子打开，从侧面抽出一块白色的缎子，轻轻擦拭了棋盘。两个人开始座子。

拓晓晓的目光迷离起来，身体向前倾，跃跃欲试的样子。北野文深施一礼，拓开来回礼。

爷爷起手三六挂角，北野文应以大飞守角。

白九三迫近，黑三十一侵分。

白拆二，形成根据；黑拆二兼挂角，分势相持。

至白第五十一手跳起，黑第五十二手也跳起，局面变得急促起来。

拓晓晓认得，这是唐玄宗诏郑观音弈棋的局面。后面还有二十多手，但爷爷停住不动了，既不像思考，也不像回忆，就那样抓着棋子不动。他不由自主地说了一句：“爷爷，下一手是肩冲。”见爷爷还是不动，他夹了一枚白子，小心翼翼地摆在控制中原的位置。

第二卷
若愚

“这座大城雄踞丝路要津，占地数十华里，人口二十余万，商旅云集，物华天宝。这是寒凉之地。这是梦幻之城。它萌生于上古先民蓬勃而顽强的生命力，奠基于各部落各民族各王国的友谊与仇恨，成名于汉武大帝稳固边疆放眼四方的宏愿，是几千年来成就传奇启迪智慧的沃土。拓跋睿走近这座大城的时候，浓雾还没有散开，钟声宏穆缭绕，天地融为一体。”

拓展停住手指，盯着有些晃眼的屏幕，片刻的迟疑之后，按动删除键，把这个段落删掉了。他竭力使《凤舞昆仑》中的那段话在脑子里变得清晰一些：

太延五年，先帝率铁骑十余万，两道并进，西击凉州。睿奉密诏，回师东进，助攻姑臧，不果。围旬日，破之，劫掠无数。交游张湛，居北寺涌泉精舍。高僧出密室金人献于睿，睿异之。命姑臧匠户仿其状，琢昆仑之巅，独爱凤凰泪。迁三千户置北都。

他似乎没有意识到自己不在状态，闭上眼睛，想要在黑暗中寻找一个更合乎人性的切入点。于是，活动手指，让键盘再次响起来：

“临近黄昏时分，拓跋睿终于望见正前方一缕尘霾渐渐升起，红色的旌旗也进入视线，前卫分队的传令兵疾驰而来。他意识到，姑臧城离此不远了。”

有人使劲敲门，拓展知道是操戈又来催他。他合上笔记本电脑，塞到帆布包里，跨过成捆的书，爬上木梯，走出地下室。书店里的光线非常柔和。阳光越过远处覆盖白雪的松树林直射到橱窗上，橱窗过滤了刺眼的部分，把失去棱角的光线均衡地分布到书架上。他穿过书架，跟着操戈来到后面一间宽敞的工作室。一张长桌放置在房间中央，四周散散落落围了十几张金属靠背椅，有三个学生模样的年轻人正坐在那里喝茶，两个男子指着面前的一张围棋盘说着什么，梳着短发的女子一手捧着茶杯一手抓着一颗棋子像在拨弄一枚硬币，间或望望窗外的雪景。操戈走过去向他们介绍拓展，大家互相握手致意。

操戈给大家续了茶，坐在拓展旁边，笑着说：“中国的古典诗词里，经常有这样的情景，踏雪访友，围炉品茗，对坐手谈，忘忧清乐。‘手谈’就是指下围棋。”

拓展点点头，打量着眼前这几位孔子学院的学生。操戈接着说道：“各位有什么感兴趣的问题，可以问我的朋友。戴维，你是业余高手，你对什么问题感兴趣？”

戴维推推眼镜，想了想，说道：“我们的一位老师曾经讲过这样一个观点，‘中国无哲学，处处皆哲学。’请问拓先生，围棋是‘处处’之一吗？”

“说起哲学，我是门外汉，”拓展把棋盘摆正，“你看，棋盘是方的，棋子是圆的，中国古人称之为‘天圆地方’。这个方形棋盘是由四条边组成的，棋盘上除了‘天元’，一共有八个星位，古人称之为‘四维八方’。纵横各十九条线，形成三百六十一个交叉点，古人称之为‘春秋’。围棋呢，最早起源于从事农耕的先民观察天象的辅助用具，姑且算作探索世界的奥秘吧，是不是很有趣呢？”

戴维微笑着，用茶杯碰碰拓展的茶杯。拓展见他还算满意，继续说道：“棋子只有两种颜色，黑色和白色，象征‘对立统一’。国际象棋分国王、皇后、骑士、士兵什么的，但围棋每个棋子都一模一样，象征着‘平等’。除了‘打劫’，棋盘上任意一个地方都可以布子，象征着‘自由’。不知道这些算不算哲学？”

“耶，有哲学的意味。”戴维点点头，“中国、日本和印度，似乎更多关注人生和人身边的事，那么，假如我要学学围棋，从中能得到什么关于人生的教益呢？我是指个体的人。”

拓展抚摸了一下棋盘，语调变得有些低沉：“这个棋盘，就是一个世界。你在棋盘上布下第一手，就象征着生命的开始，随着落子的手数越来越多，意味着你在不断成长，棋局的进程当中，有占地，有谋划，有攻防，有权衡，有对杀，就好像人的生命中不断遇到各种难分难解的挑战，都需要认真面对。中国古人说的‘人生一局棋，局中观天下’，有意思的东西很多，三天两天讲不完的。”

“多长时间才能讲完呢？”

拓展觉得，这在中国就算抬杠，但他在异国浸淫多年，还能理解他们究竟想问什么，于是说道：“明朝有个文人叫张伯起的，自号冷然居士，写了一首诗：‘拂石敲棋不计春，辍樵观弈暂怡神。归来城郭人民改，惟有青山是故人。’若要参照这首诗推算，需要用人的一生来讲完一局棋，但到目前为止，还没人能做到。几代人、几十代人都搞不明白，所以欢迎你加入围棋世界，也来贡献你的智慧。”

“我已经准备好了。”

另一个男学生做了一个手势：“我喜欢日本的历史和文化，将来想去日本留学。日本围棋和中国的围棋，有什么不同的地方吗？请举一个例子。”

拓展的手机在裤兜里振动起来。他拿起一颗棋子："比如说，过去中国的棋子都是扁扁的，像比萨饼，称之为'单面凸'，日本的棋子呢，鼓鼓的，像枣核，称之为'双面凸'。由于两国间围棋的交流，现在棋士们可以各用所爱。"

"中国和日本围棋交流的历史，有这方面的专著吗？请帮我推荐一本。"

拓展说："我学识浅薄，翻译成英文的，或用英文写成的，好像没见过，你可以上网查查。碰巧我刚写了一本书，里边就有你想要的。我的朋友操戈正在翻译成英文，成书以后，送你一本。"

"你能简单介绍一下吗？"

手机又一次振动起来，持续的时间更长了。拓展抬起一只手，停顿了一下，说道："讲的是中国的北魏时期，也就是日本的古坟时代，发生在这个区间的一段有关围棋的历史。我依据史实做了些文学上的加工，类似于《三国演义》《说唐》这样的书。"

"你能透露一下书名吗？"

手机第三次振动起来。"书名叫《凤凰泪》。对不起。"拓展掏出手机，是妹妹打来的电话。

狄棣在凌晨三点十分被手机的铃声吵醒，电话是范副厅长打来的。狄棣只听清一句，大概是"滨江酒店隔壁的何氏会馆发生了命案"。狄棣正想问点儿什么，对方已经挂了。他从床上爬起来，走到窗前看看外面的天气，好确定穿什么外套。

但他只有一件像样的冬服，还是前年买的羽绒衣。袖口被烟头烫破了，用胶带纸贴着。他走下楼梯才想起来忘了拿车钥匙，于是返回楼上。进了屋里扫视客厅的同时，他决定刷了牙再走，又进了卫生间。

狄棣朝树影下最旧的那辆车走去，窗玻璃上结了一层白霜，他用手擦擦，但不起作用。他钻进车里，费了把力气，把车开出大门，右拐上了鄂尔多斯大街，一路向西。正是一天当中最寒冷的时候，街灯发出昏黄的光，使夜色更加浓重，黎明的曙光还有一段距离。他发现忘了开大灯，于是把大灯打开，顺便拧开暖风，用左手的两根手指把控好方向盘，右手熟练地找到一支烟，点燃这支烟，才露出稳定的神色，但马上又不高兴起来，狠踩了一脚油门。

拐进滨江酒店大门的时候，他看见市局的一辆警车停在靠近甬道的空地上，于是把车停过去，步行穿过甬道。何氏会馆门前停了更多的警车，看来派出所和分局的人都已经来了。门口站着朱绥鸥，正在来回踱步。见狄棣走过去，他赶紧迎上来："曹局长给你打电话了吧？这事出得。你还得多费点心。"

"几天不见，也学会起大早了。"狄棣握住朱绥鸥的手，"怎么抖成这样，就像是你干的。"

"狄处长，这可不是斗嘴的时候，一个日本人被刺死了。"

"日本人？"狄棣按了一下电梯的按钮，"不住酒店住会馆，是你们何氏集团的客人吧。"他们上到二楼，分局的李有才站在走廊尽头打电话，旁边一个年轻警官倚着墙，大模大样地抽烟，把烟灰弹在地毯上。狄棣握了握朱绥鸥的手："你先忙你的，我去看看。"

狄棣迟疑了一下，还是向前走去。走了几步，他向李有才招招手："李大咖！你过来！"

李有才放下手机说："你先进去看看，我给老婆打个电话，刚从西安回来，还没回家呢！"

"这案子谁负责？是你吧？"

"你说呢？"李有才瞪了他一眼。

狄棣绕过那个抽烟的警官走进房间。几个干警正在做扫尾工作，法医已经收拾好工具箱，靠在电视柜上等着处理尸体。他脱掉羽绒衣，接过法医递来的橡胶手套，走到沙发旁边。靠窗围着的这圈沙发组成一个长方形封闭空间，正面和背门的一面是三人沙发，两个侧面各有一个单人的，中间摆放着大理石面的茶几。正面沙发上仰躺的尸体看来就是朱绶鸥说的那个日本人。胸部中了几刀？一刀。衬衫和松开的领带浸透了血，血呈凝固状态，像溢出堤岸的结了冰的河，流到沙发上，顺着沙发外沿流到地毯上，地毯是鹿城五盛魁地毯厂生产的拳头产品。这个日本人头发花白凌乱，黑框眼镜滑落到鼻尖上，眼睛瞪到了极限，嘴巴紧闭，像要拒绝说出什么，又像在忍受病痛的折磨。狄棣回过头，看到了另一具尸体。头发和山羊胡子呈灰白色，脸扭向右侧，露出精瘦精瘦的脖子，身体侧歪在三人沙发正中，胸部插着一把匕首或短刀，刀身露出约十厘米，有花纹，不是蒙古刀，不是水果刀，刀柄很特别，也不是军刀，是什么刀呢？应该是大马士革刀。刀柄包着银，印有繁复的花纹，做工十分考究，价格应该很贵。胸口流出大量的血，羊绒衫被血染红的部位呈现出僵硬的状态。头向右后部歪过去，歪的角度有些夸张，左手握成拳头状，右手耷拉在胸前，手心向上，五指微张，处在刀柄下方三厘米的地方。狄棣向前走了一步。一根黄花梨直柄拐杖跌落在沙发和茶几之间的地毯上。他弯下腰。拐杖手柄处沾有血迹。地毯上洒落着黑白棋子，是玛瑙棋子。狄棣站起身揪掉手套，回头问法医能不能抽烟。

他点燃一支烟，抬头想吹个烟圈儿时，看到了吸顶灯旁边固定在天花板上的袖珍摄像机。他用烟指了指。一个干警问法医凳子能不能踩。法医没理他。他又指着那把方凳看狄棣。狄棣笑着说："你踩我好了。"干警是一个年轻的警司，搬过那把凳子，一脚踩上去，取下了摄像机。

最后狄棣才注意到，茶几上有一盘没有下完的棋，也可能是已经下完的棋。竹制可折叠式棋盘，双面凸玛瑙棋子。棋盘歪斜，棋子散乱，棋罐紧挨着棋盘。棋盘上滴落着几滴血，棋子上甚至也有几滴，血已经凝固。

这时，李有才终于打完了他的电话，走进房间。门外抽烟的帅气警官也抽完了他的烟，跟了进来。李有才抬起手指了指后边："这是市局刑警队的，周晨曦，腕儿爷。"然后把头扭了几个毫米，不高兴地说，"这是厅里法制处的狄处长。"

"副的。"狄棣和周晨曦握握手，把烟掐灭，问道，"谁住这个房间？"李有才指了指沙发正面的尸体说："他。日本企业家。"

狄棣走近那个水晶球。它放置在通往卧室的隔扇旁边，另一边摆着一块半人高的树化石。"还有什么要看的？"

李有才说："卧室。"卧室与会客室用那个隔扇隔开，格心为实心设计，狄棣经过时有意识地避免碰触到边梃，好像上面有凶手的指纹似的。卧室的窗户开着。他探头望望窗外，天色依然漆黑。远处，阴山山脉若隐若现；近处，能看见半截滨江酒店的主楼，霓虹灯分外刺眼；窗下，是会馆的后院，零零散散停着几辆车，一排大树将会馆与酒店的地盘隔开。狄棣问道："案发时窗户就是开着的？"李有才说："不知道。"床上放着一个打开的金属盒子，看不出是什么材质，做工相当精致，看不出是放什么的，指纹加密锁的设计也极为精巧。狄棣似乎在自言自语："这是个什么盒子？"李有才说："不知道。"狄棣说："放文件有点儿大，放衣服有点儿小。"李有才说："那就是放钱的。"

狄棣掏出一支中性笔，拨开壁柜，里边挂着一套高档睡衣和西装外套。他又去拨墙角的迷你保险柜，但保险柜锁着，拨不动。他进了卫生间，所有物件都在应该摆放的位置，唯一能引起兴趣的是，马桶盖板上放着一本书。他蹲下去，书名是《当湖十局细解》，中华书局出版，作者陈祖德，听说过这个人，好像是围棋界的先辈。狄棣没碰那本书，他走出卫生间，离开卧室时又回头看了一眼那张大床，意识到房间的客人临死前还没有睡觉的意思。

狄棣走出会馆大门，此时天已放亮，天际线变得清晰起来，云彩像撕开的白纱，把蓝色的天空推向更高处，玫瑰色的晨曦向阴山的突出部位呈弧形伸展，为这座城市带来第一波温暖。他在院子中央停下脚步，回转身等李有才出来，顺便打量了一番眼前的建筑。这是一座四层中式楼房，青砖砌墙，白灰勾线，红瓦覆顶，与隔壁滨江酒店三十多层的高度相比，显得含蓄内敛，端庄静谧，又不失华贵气派。四周密植着国槐，如果是夏秋两季，在茂密枝叶的掩映下，一定更有风情，但现在正是仲冬时节，备受摧残的枝条使这座建筑显出几分肃杀之气。李有才安排后续工作足足用了四十分钟，以致他走出会馆时，狄棣的腿快要冻僵了，出门仓促，忘了穿保暖裤。“李大咖，给老婆打通电话没？”狄棣招招手，“请你吃个早点怎么样？”

“好啊，”李有才扣好羊绒大衣，把围巾拉紧，“喝杂碎去！”

出滨江酒店左拐，走不到一百米，就是塞上老街的入口。他们在石板铺就的路面上放慢脚步。李有才终于抱怨起来：“刚下火车，还没出站呢，局长就打电话让我搞这个案子。要是没记错，今年还没怎么睡觉呢。你呢？启动键没等按下去，厅里就来人，一出马就是个大人物。”

狄棣说：“别胡扯。范厅长打来电话，让我过来看看，其他的，什么都没听清。”

“猜都能猜出来，”李有才弹掉围巾上的一根头发，“肯定是何煜之给哪个领导打了电话。”

“差不多。等上了班，给范厅长打个电话问问，看看什么情况，回去汇报一下就能交差，那我就接着喝茶读报打游戏；要是让留下陪你办案，那就帮你搞点儿旁敲侧击什么的。那个日本人是什么来头？”

“道擎工业集团的总裁，叫北野文，来鹿城和何煜之谈生意的。”李有才问道，“你怎么看？”

“北野文？这名字。问我怎么看？第一感，刺杀北野文是主要目的，陪他下棋的老人，可能是捎带。捅北野文那一刀，刺得深，更靠近要害部位，血流量大。那个老人呢，可能因为刀子没拔出来，比较起来，血流量小得多。刺得也不深。”

“那个老人叫拓开来，也不是一般的人，在鹿城也算个有钱人，过去是‘柳树驿’的大股东。”

“掉在棋盘上的那几滴血，如果是北野文的，那就证明我的想法没错。”狄棣推开一家杂碎馆的店门，热气裹着羊肉的醇香迎面扑来，新的一天开始了。

客人上得不多，他们拣靠里的餐桌坐下，每人点了一碗羊杂碎、一个肉夹馍，又要了一份芥菜丝。李有才说：“这个案子，说不定三分钟就能了结，要不要来个情景再现？比如说情景一，两个老爷子下棋，很投入，局势难分难解，一方下了手臭棋，要悔棋，对方不让，撕扯起来，情急之下，拔刀相向。一,二,三，案子破了。激情犯罪。人都不用抓，因为都死了。”

“情景二呢？”狄棣朝碗里倒了一些醋，好让杂碎的味道更鲜美。

“情景二,一方是东洋人，一方是中国人，把下棋上升到意识形态的高度，本来是争胜负，图个乐子，结果呢，像是要拼国运，一旦失手酿成败局，就来个一不做二不休。于是呢，两败俱伤，把命也搭进去了。”李有才说完之后停了停，然后三口两口就把肉夹馍吃了。

“和情景一大同小异，”狄棣说，“要我说，你这说话，还是带着情绪。局里把这种案子交给你，那是信任。你看我，一年到头，纸上谈兵，这个位置干了美国总统两个任期，还是这个位置。你呢，想当年你就是给我拎包的，现在呢，我得请你吃早点。”

“可别这么说，你永远是我大哥，我永远敬重你。”李有才咧了咧嘴，“破案是个技术活儿，但还要有思路，我这点儿思路还真是你教的。”李有才放下筷子，又要了一个肉夹馍，好像别人请客就应该多吃点儿，“一会儿做笔录，需要个懂日语的，有两个日本人需要问问，他们和死者是一起来的。”

在返回何氏会馆的路上，狄棣给范副厅长拨通了电话，这次他听明白了，然后给市局曹局长打了个电话。

进了何氏会馆的大厅，狄棣对李有才说：“你先进行你的，我去见见何煜之，回头咱们去你办公室碰情况。再就是，你派个人去市局政治部接个美女，范美玲，哦，你和她接触得少，翻译的事不用愁了。干脆，打个电话叫她过来就行，我有她电话。”

等李有才进了电梯，狄棣给朱绶鸥打电话。朱绶鸥好像就在门口等着，不到一刻钟，一辆黑色奥迪就停到门口，隔着车窗，朱绶鸥向他招手。

在去何氏集团总部的路上，狄棣关掉收音机，说道：“你说说情况。”

朱绶鸥踩了一脚刹车，说：“这是问话呢，还是他妈的聊天？”

狄棣说：“要是让我在车里抽烟，就算聊天。”

“那行，你抽吧。”朱绶鸥停顿了一下，像是要整理思路，“事情是这样的。去年何氏集团收购了一家高科技公司，你知道吧？肯定不知道，谁关心这事儿呢。这家公司叫‘蓝色银河’，搞人工智能什么的，是一家小公司，几个留学生估计在国外混不下去了，海归创业，就有了‘蓝色银河科技有限公司’，这是四五年前的事了。然后，去年刚立春，何总召开董事会，我不是董事，当然是听人说的，花大价钱收购‘蓝色银河’多半股份，在这个基础上，追加投入将近一个亿。其他董事可能都不太愿意玩高科技，但架不住何总喜欢得不行，很快就把各种手续都办完了。后来我才弄明白，这个‘蓝色银河’是搞什么的，原来是让机器人下围棋的。”

朱绶鸥旋转方向盘，把车拐到中山路上。车流开始密集起来，车速降到四十附近。“前几天，何总让我和周亚薇负责一个接待，说是接待一个日本客人。周亚薇你知道吧？不知道？那你白活了，何氏会馆的总经理就是她。这个日本人是叫什么‘道擎株式会社’的一号人物，经营范围比较广，造船，造机床，还造什么，陪了好些天，也没搞清他们主营什么，总部在大阪。周亚薇有一次跟我说，对了，这个日本人叫北野文，我还以为是北野武他哥呢，结果一毛钱关系没有。周亚薇跟我说，何总要和北野文合作，让日本人参股‘蓝色银河’。我觉得这倒是个好主意，日本人会造机器人，也会下围棋。”

“机器人下围棋？”狄棣掐灭烟头，插了一句，“回头得上网查查。还真没听说过。”

朱绥鸥继续说：“大前天，也可能是周一，何总让我联系拓开来，就是和日本人死在一起的那个老爷子，说是已经联系好了，日本人要和拓开来见个面，确定个时间。何总给了我个电话号码，我一打，你猜是谁？是拓虹，拓开来的闺女，我和她哥哥是初中同学，那时候拓虹真漂亮。就这样，昨天晚上见的面，后面的你都知道了。”

“拓开来是个什么人？”狄棣问。车已经到了何氏集团总部楼前。

朱绥鸥停下车，想了想，说：“简单说吧，过去在古玩界是个人物，后来不玩了，归隐山林了，也就听不到什么动静了。我和拓展，就是他儿子，同学那会儿，拓展他母亲就过世了，拓展后来离了婚，自己跑到美国去了，把孩子留给拓开来。”

“他们见面要谈什么？”

“没听说要谈什么。就是下下棋吧。何总还送给这个日本人一副围棋。昨天晚间还在屋顶临时挂了架摄像机。”

“挂摄像机干什么？”

“拍下棋的过程呗。”

“说不定把凶手杀人的过程也拍进去了。”

狄棣随朱绥鸥乘电梯上到六楼。何煜之的办公室在靠里向阳一面。朱绥鸥没有敲门就推开门走了进去。狄棣一脚踩在高档地毯上，门口仿古高凳上摆着一只粉彩天球瓶，向阳的一面是落地玻璃窗，挂着薄纱窗帘，等间距摆了六盆将近两米高的凤尾竹，竹枝下面，奶油色的皮沙发围成半圆形，茶几正中摆着松树盆景。巨幅山水画几乎占满西墙，西墙与北墙交界处的双扇门有一扇半开着，里边有人说话。朱绶鸥指了指沙发，朝那扇半开的门走去。

狄棣选择靠边的单人沙发坐下，习惯性地摸了摸口袋中的烟盒。北墙上挂了一幅字，尺寸不小。四个大字他只认得一个，从东数第二个字应该是个“道”字，竖着下来的两行小字看不清写的什么。一定是哪个名人写的，这样的会客室不会挂没有来头的字画。那幅字下方摆着连体式矮柜，一只延伸到门口与那个天球瓶衔接。矮柜上等距离立着大小不等十几个相框，都是双人合影，其中几个，狄棣认得：布赫，马云，巴特包勒德，周润发；还有几个外国人，看不出是谁。何煜之在每一个相框里都神采奕奕，表现出大企业家应有的风度。

“狄处长，不好意思，让你久等了！”何煜之快步走出来，与已经站起身的狄棣握手，“一大早就把你扰来，绶鸥，安排早点了吗？请坐。小赵，喊人上茶，拿几个烟灰缸过来。”

那个叫小赵的，穿红色羽绒衣，手里拎着车钥匙，快步走出房间。不等狄棣坐好，一个穿蓝衬衫黑裙子的年轻女子就端着茶盘走了进来。

狄棣说：“已经吃过了。何总比电视里看到的还显精神。”

“不敢当，我现在练游泳呢，减肥有成效，”何煜之摆摆手，“狄处长来了，怎么上这个茶，把我休息室的茶具拿来，绶鸥，你也去，书柜下层有个红色盒子，你把那个盒子拿来。”

狄棣见女孩端的是塑料茶盘，上面放着三个青花盖碗，两个玻璃烟灰缸，一盒高档烟，一个塑料打火机。她进退不得，迟疑了一下，跟在朱绶鸥身后走出房间。

狄棣见何煜之掏出香烟，也把手伸进口袋。何煜之点着烟，吸了几口，像是在鉴定烟的品质，然后把烟灰弹到盆景里。看得出，他是在选择恰当的角度，好开启随后的话题。

于是，狄棣先开口说道："来的路上，朱主任给我介绍了一些情况。技术上的工作搞完以后，才能有个大概的眉目。"

"既然这样，我就直奔主题了，"何煜之说，"'蓝色银河'的情况绶鸥给你说了吧？现在我们是大股东。市面上有些风言风语，说我收购'蓝色银河'，就是想在高新区旁边再拿块地。还有更难听的，说我跨界搞人工智能是沽名钓誉，其实，我是认准了才下的决心。现在腾讯、紫光、华为这些企业都在搞这个东西，我都快六十了，不能一辈子就盖房子吧？"

朱绶鸥和那女孩拿来全套的茶具。何煜之移开盆景，把金丝楠茶盘拉到自己面前，接过朱绶鸥手中的红木盒子，从里面取出半块包装纸已经破损的普洱茶来："这块茶叶，我每年只舍得喝一两次，台湾一个商人送我的，这就是'八八青'。"何煜之打开包装纸，掰下一块，放进紫砂壶里，"绶鸥，你亲自去泡，用冷藏箱里的'阿尔山'矿泉水。"

朱绶鸥笑着接过紫砂壶，说："不怕我调了包？"

何煜之晃晃手中的半块茶饼，瞪了他一眼："说不定，已经调了包。"然后对狄棣说道，"一个偶然机会，有人给我介绍北野文的公司，我也多方考察了这家企业，在日本人工智能研发领域，还是很有地位的。我们谈得很好。他这次来，就是敲定这个事的。真是遗憾，结果发生了这样的不幸。"

"我们会力争早日破案，"狄棣说，"分局和市局的领导都非常重视，我也参与这个案子的侦破，何总的企业是鹿城的纳税大户，我们心里都知道个轻重。"

朱绶鸥勾着壶把走进来，倒好茶，对狄棣说："我在楼下等你。"然后退了出去。

何煜之说："说起来可能不太合规矩，我是想说，这个案子万一有哪个环节或哪个方面，可能对我们集团和日本这家企业的合作产生可能的影响，麻烦狄处长，在不违反有关规定的情况下，能让我及时了解到必要的信息。毕竟，这个项目我们投资很大，我不想有太大的闪失。"

"何总客气了，"狄棣喝了一口茶，没觉得茶有多好喝，"我会记着的，万一有什么情况，我给你打电话。"

狄棣让朱绶鸥送到滨江酒店，取了车直接回家，没去武垣分局与李有才会合，因为他突然想起昨天下午快递哥和他约好今天上午十点前接收快递。进了小区大门已经十点半了，属于自己的停车位停着一辆新款"宝马"，于是他把车停在楼门前，给快递哥打电话。等了半小时，一辆电动三轮车开进小区大门。

他们合力把一个大纸箱抬到楼上。那个小伙子居然戴着一顶颜色扎眼的安全帽，一边用力一边抱怨为什么没有电梯。狄棣说你耽误了我一个多小时还有什么可抱怨的。快递哥说没想到这个小区这么难找。狄棣说好像我们这个小区没人网上购物似的。快递哥说这个小区该改造升级了有点儿爬不动了。狄棣说刚上四楼我家在五楼再坚持一下。快递哥说为什么不买二楼或者三楼。狄棣说都买二楼三楼那四楼五楼谁来住？快递哥说现在谁还买书看呀，多占地方，电子书多方便，你看这箱子死沉死沉的。狄棣说有人爱吃羊肉有人爱吃猪肉，你爱吃鱼肉别人也跟着吃鱼肉？快递哥说你自己搬吧我得赶快走了。狄棣说你帮我搬进门里来不差这一步两步了。快递哥说你这小区不安全我怕把车弄丢了车上还有不少包裹呢。

狄棣坐在纸箱上歇了歇，回头把钥匙插进锁孔。就连一个素不相识的人，几分钟之内都能发现他的日子过得有多么不乐观。

他把纸箱推到客厅角落，看看表，十二点之前能赶到分局。他决定去分局的食堂把午饭解决了。

武垣分局刚搬迁到北极路的新址，什么都是新的，不管从哪个角度看都很气派。时间尚早，狄棣直接去了李有才办公室。范美玲正坐在沙发上玩手机。狄棣说："几天不见，又长高几厘米。"

范美玲放下手机说："幸亏坐着呢，要是站着听你这句话，我还得说声谢谢呢。"

狄棣靠到李有才的办公桌上，问道："李大咖呢？"

范美玲说："去局长办公室汇报去了。他说中午请咱俩吃饭。"

狄棣点着一支烟，隔着烟雾对范美玲说："我说美玲，你又长个了。"

范美玲继续在手机屏幕上划拉："你能不能把身上这件衣服扔了？跟着你办案，我都没信心。我帮你选件像样的，你过来。"

狄棣走过去坐到沙发扶手上。范美玲把手机举到他脸前："这件怎么样？"

狄棣看了看："不错，多少钱？"

"一万七。"

狄棣吐了一口烟："呵呵。"

"这件呢？"

"不错，"狄棣说，"你日语没扔下吧？曹局长让你参加专案组。"

"就买这件吧！我给你下单了。"

"多少钱？"狄棣听见李有才在走廊里和人说话。

"打完折五千多。"

"开什么玩笑。"狄棣站起身。

范美玲放下电话，瞅着狄棣："你这双鞋倒是真不错。"

"哦，我每年买一件像样的，今年碰巧赶上买鞋了。"

李有才进了办公室，脱下警服，换上便装。"中午我请客，范警官想吃啥？”

“吃火锅。”范美玲推着狄棣往外走，“狄大哥最爱吃肉了。”

三个人从安全通道下来。李有才说：“刚刚汇报了一圈。局里决定，赵副局长牵头，专案组明天上午开协调会。”

“我和美玲下午上了班先去几个局领导那里请个安，然后咱们把情况初步捋一捋。案子不复杂吧？”

“好像变复杂了，可不是一二三了。”李有才示意走侧门，“死在日本人对面的那个老爷子，拓开来，昨天晚上去何氏会馆的时候，带着孙子呢。男孩儿，十二岁。哪儿去了？一早就问了拓开来的女儿，又派人跑到学校，麻烦大了，会馆的探头，包括滨江酒店的探头，几个大门的还有临街的那些，都一秒一秒地看过了，没见这孩子出去。”

“会馆二楼的走廊有探头吗？”

“有啊，”李有才打量了一下范美玲，“那孩子就没出过房门。”

“那就是从窗户出去的。”狄棣说。

“那可是水泥地，从二楼跳下去，运动员都够呛，何况是个孩子。”

“这倒真是出了个难题。”

“还有个蹊跷的，”李有才对狄棣说，“卧室床上不是扔着个盒子吗？你还问我里边是放什么的，现在有答案了。”

“放什么的？”

“放棋盘的。”

“不可能！”狄棣冷笑一声，“棋盘比盒子大，那个棋盘我仔细端详过了，是个折叠棋盘，即使折叠起来也放不进去。盒子的长度不够。”

“你说对了，不是茶几上那个棋盘。是个白棋盘。”

“白棋盘？”狄棣好像是在对自己苦笑，“棋盘哪有白色的，好像都是黄色的吧。”

范美玲说："我爸书房有一副围棋，棋盘就是浅黄色的。"

李有才说："范厅长什么时候喜欢上围棋了？好雅兴啊。"

狄棣问道："什么样的白棋盘？"

"下午你自己看录像吧，天花板挂的那个摄像机，都摄下来了。"

三个人走到一家火锅店门口，招牌上写着"天下第一涮"。狄棣笑起来，"什么叫吹牛不用交税，这就是。"他又扫了一眼店门两边的木制楹联，"这家店的老板肯定是个热情似火的人。"

范美玲推开门："赶快进来，大冷的天，有什么好看的。"

他们从吧台旁边的楼梯上到二楼，找了一个靠近角落的小隔间坐下来。狄棣坐在正面，把羽绒衣挂到椅背上，搓了搓脸："咱们来个铜锅涮，美美吃一顿！"

范美玲翻开菜单："我来点菜，三盘羊肉卷儿，一盘切羊肉，一盘切肚丝，一盘土豆片，一盘冻豆腐，一盘宽粉，一盘茼蒿，一盘香菜，再来个蘑菇拼盘。"

服务员说："看对哪个，就在后面打对号。"

范美玲问："那能看出来是要几份吗？"

服务员说："点一盘羊肉，你就在后面打个对号，点两盘，你就在后面写个2。"

李有才说："把你老板叫来！"

服务员说："我没说错什么吧？"

李有才说："没说错，写错了。"

不一会儿，老板跟着服务员上来了。李有才说："门口那副对联，谁给你写的？挣了你多少钱？"老板一头雾水。李有才继续说："有一个错字。"

"啊？"老板涨红了脸，"我下去瞧瞧！"刚走到楼梯口，又回过头问；"哪个字错了？"

李有才说：“‘美’字错了。”

店老板下去后，范美玲问：“你们说什么呢？”

狄棣笑起来：“店门口挂了一副楹联。上联是：围铜锅吃涮肉乃生活真谛。下联是：举银碗品美酒是男儿本色。李大咖说品美酒的‘美’字写错了，叉开的一条腿上多了一个‘点’。”

“嗐，”范美玲开始往铜锅里放肉，“李有才呀，真是太有才了。”

狄棣问：“那孩子有手机没？QQ号、微信之类的，告诉技侦了没？”

李有才说：“有一部手机，但没带在身上，放在家里。QQ、微信，她姑姑告诉我们了。都安排好了。”

狄棣突然想起了什么，“棋盘上滴落的几个血点点，法医研究了吗？”

李有才说：“一共有八处，棋盘上五个，棋子上三个。化验结果都是日本人的。”

“看来凶手真是奔着日本人去的。那个孩子很危险了，要是被凶手带走了，说不定……”后面的话狄棣没往下说。

范美玲给狄棣碗里捞了一漏勺肉片，安慰他：“别那么悲观，说不准是个绑架案呢。局里人不是说了吗，拓开来他们家很有钱。”

“绑架那孩子，要是让我来干，首先不能把财神爷杀了，其次呢，不会选那么个地方。”

“有道理，”范美玲想了想说，“也许那孩子藏起来了，凶手进去时，他躲进了壁柜里。”

“咱们吃饭得加快节奏，吃完饭我就想先看看那盘录像。”狄棣好像突然想起了什么，又问道，“拓开来家，安排人去了吗？”

“让刘云茜去了，”李有才往铜锅里夹肉，“小刘业务很好。”他们急匆匆将盘子清光，回到分局，直奔顶楼的图像分析室。一个女警官已经等在那里了。她把拷贝到光盘里的副本放入驱动器，点击鼠标。狄棣坐到桌前，李有才和范美玲站在他身后。狄棣盯着电脑的屏幕：

镜头正对着茶几，一个金属盒子摆在上面，就是卧室床上扔着的那个金属盒子。一双手伸进画面，打开盒子，真是一副棋盘，确实是白色的，恰如其分地放置在盒子里，稍有反光，但并不明显，乳黄色的大理石几面反倒显得反光更强。

李有才就像懂得狄棣需要什么建议似的，插话道："那部摄像机质量非常好，图像的色差非常小。"

"是这样。"狄棣的眼睛紧盯着屏幕，把左手抵在下巴上。这个棋盘比案发现场那个竹制棋盘要小一圈。是的，小一圈。

有两个人的头顶先后出现在镜头里，一个是北野文，一个是拓开来。北野文用手把棋盒摆正，然后从盒子侧面抽出一块白布擦了擦棋盘，不是普通的白布，应该是一块丝绸什么的，看上去很有质感和下坠感。两个人在棋盘上放了两颗黑棋子、两颗白棋子。然后两人的头部几乎同时移向镜头中间，隔了几秒钟，头部移出了镜头。拓开来往棋盘上摆了一颗白子，北野文跟着摆了一颗黑子。就那样依次摆来摆去。随着棋局的进行，棋子在棋盘上逐渐多了起来。

"你们谁会下围棋？"狄棣问道。

"不会。"李有才、范美玲和值机的女警官回答得很干脆，那口气好像认为不会下围棋没什么可丢人的。

"我也不会。"狄棣的目光始终没离开屏幕，"这么说，这个棋盘和那孩子一样，也不见了？"

"是这个意思。"

"哦，我还没见过这种木头，至少中国没有，日本出产白色的木头吗？"狄棣说，"美玲，你打开淘宝网，看有没有卖日本棋具的，或者上京东看看。"

镜头里两个老人还在下棋，但往棋盘上摆子的速度越来越慢了。一只抓着拐杖的手出现在镜头里，嗯，是拓开来的拐杖。

“棋盘都是黄色带纹路的，叫什么楸枰，还有什么榧木之类的，但都是黄色的，个别有近似棕色的，但都是国产的。”范美玲说道，停顿了片刻，她放下手机说，“我爸柜子里倒是有一块绿色的，我爸说是碧玉做的。”

静默了片刻，狄棣说：“我说怎么像石头呢，说不准这是白玉做的？”

“有那么大的玉吗？”李有才说。

“乾隆爷在故宫摆了一块玉，比大象还大呢。”范美玲冷笑了一声，好像和李有才已经很熟悉了。

“我们得找个行家帮着看看，”狄棣说，“这块玉棋盘如果很值钱，犯罪动机需要重新估量。”

“那可不？抢劫杀人，抢的是玉。行凶杀人，搂草打兔子，顺便卷走了玉。”李有才被范美玲刺激了一下，在值机警官面前丢了面子，一时有些语无伦次，“找到孩子是当务之急。”

第一次，图像中出现了声音。“爷爷，下一手是肩冲。”棋局好像停顿下来。然后，狄棣睁大了眼睛。一只孩子的手拿着一颗白色棋子出现在镜头里，把那颗棋子放到了棋盘上。

也许是镜头角度的缘故，手指特别长，像钢琴家的手。随后，移出了镜头。画面似乎静止了。过了将近半分钟，拓开来的手把盘面上的白子捡起来，放进棋罐，北野文的手捡的是黑子，然后，北野文的手合上了棋盒。狄棣耐心地等待着，看后面将会发生什么，但什么也没有发生。

“就这些？”狄棣回头望着李有才，“摄像机没电了还是有人关掉了？”

“有人关掉了，北野文随行的一个行政助理，叫高桥俊二的，这个人关掉的。”

狄棣说：“找人问话了吧？”

“问了，小范一到何氏会馆，我就问了。”李有才说，“详细情况你看笔录吧。走吧，咱们休息一会儿。要不要安排休息的房间？”

“不需要。”三人到李有才办公室坐了一会儿，上班时间一到，狄棣和范美玲到局领导办公室走了一圈。返回李有才办公室的时候，狄棣说：“我先看看你们上午掌握的情况汇总，你联系一下拓开来的女儿，看什么时间见个面。美玲，你给你爸打个电话，既然他喜欢围棋，看他能不能帮我们推荐一个既懂围棋又懂玉石的行家，这是大案要案，暂时要保密，你爸会拿捏的。”

狄棣占用了李有才的办公室，因为在这里可以随便抽烟。专案组的警官们把各自初步形成的材料陆续送来。狄棣一边喝茶，一边浏览。他办案的习惯是先在脑子里勾勒一张草图，然后根据得来的线索和证据不断细化完善，最后形成自己的观点，尽管多少年来这样形成的观点绝大多数都是错的，但始终改不了这个习惯。狄棣的警衔升到二级警督以后，他逐渐发现自己最需要的是广泛阅读，而不是找个合适的对象。因此，书房、客厅、卧室都堆满了书籍和刊物，犯罪学、逻辑学、心理学、行为科学等最新出版或翻译过来的国内外专著，国内的相关杂志和大学学报，各类科普读物，当然还包括古今中外所有能收集到的侦破小说和影视剧大片。研读精修了这么多年，他终于明白了一个道理，办好一个案子，最需要的是聪明的大脑，而他缺的恰恰就是这个。

用了将近两小时，狄棣看完了案头的材料。他点燃一支烟，望着窗外变得灰白的天空。不知什么时候起了风，树枝摇曳，窗户发出轻微的响动。他把目光移到办公桌上，找到一支中性笔，从打印机上抽出一张A4纸，在纸上画了三个三角形，然后把三角形围出的空地涂黑，在第一个三角形的下方打了个对号。他似乎从“天下第一涮”的服务员那里找到了灵感，在三角形下方拉出一张时间表：

17:50 何煜之到达会馆。

18:00 卢军达、高洪波先后到达会馆。

18:30 朱绶鸥、周亚薇、赵子龙陪同北野文、池田康、高桥俊二到达会馆。

18:50 何煜之在会馆四楼（顶楼）民俗二号厅宴请北野文。

19:00 赵子龙离席，去接拓开来。

20:30 宴会结束，卢军达、高洪波先行告辞。

20:40 何煜之、周亚薇、朱绶鸥到北野文房间喝茶。

21:00 拓开来和拓晓晓到达会馆。

21:10 何煜之等人离开北野文房间。

21:30 高桥俊二到北野文房间打开摄像机。

22:10 高桥俊二到北野文房间关掉摄像机。

23:50 池田康到北野文房间呈送“要情简报”，发现尸体。

23:55 周亚薇进入北野文房间，报警。

狄棣把这张A4纸插进碎纸机，然后掏出手机给李有才发微信：干什么呢？

很快对方就回复了，说明他在什么地方玩手机：隔壁看录像呢！

他问：看什么录像呢？

李有才回复：能看什么，你中午看的那个！

他回复：那你过来吧。

不一会儿，李有才推门进来。狄棣说：“去拓开来家之前，咱们先找周亚薇，我想再问问。”

狄棣开自己的车驶出分局大门，李有才坐在副驾驶位置。他从粮饷路一直向南开，然后拐到钢铁大街上。还没到下班时间，但由于是周五，街上的车辆提前进入爬行状态。

狄棣说："从笔录来看，那个白棋盘为北野文所有，因为那个金属盒子是北野文的，指纹锁旁边镌印了他们家族的徽记还是什么的。那两个日本人，池田和高桥，此前都不知道盒子里放的是什么，只知道分量比较重，看来那个棋盘真的比较贵重。嘿，你听明白了吗？"

李有才说："听着呢，有点儿像绕口令。"

"我在你这个年龄，思维也是相当敏捷的，"狄棣笑了笑说，"为什么说这个棋盘比较贵重呢？因为北野文对自己的身边人都保密。"

"嗯，那个层次的企业家，身价几十亿几百亿，家里什么宝贝没有，有什么密可保？就像范美玲说的，牛大的玉都有。"

"有道理，可能我想错了。"狄棣又说，"像你说的，当务之急是找到孩子。现场只有两个人的血迹。孩子是自己走掉的，还是被什么人带走了，这是个问题。"

"嗯，莎士比亚也是这么认为的。"李有才用手指弹了弹车窗上的霜花，"你一直在叨叨一些言不及义的话，怕把案子想复杂了，让周围的人笑话你。记住，过度心理防范还有个称呼，叫热虚伪。"

"呵呵，又回到咱俩年轻的时候了，敢教训老哥了。"

"其实呢，从早上到现在，你都认为凶手的主要目的是刺杀拓开来。现场故意留下的线索是想引开我们的注意，让我们以为凶手是要干掉北野文，不巧拓开来也在场，于是为了灭口，把他也捎带了。"李有才示意在前边路口拐弯，然后换了调侃的语气，"如果你真的认为刺杀北野文是主要目的，今天走的就不是这些路线了。比如说，你会了解鹿城近些天有没有日本游客住宿，看看是不是有山口组的人来了，甚至看看有没有穿黑衣带飞刀的忍者在哪个窗户上蹲着。然后呢，你会找大领导批个手续，带一帮人去何氏集团翻翻账本，看看和北野文的经贸往来中有没有见不得人的鸟事，甚至直接飞到大阪，让国际刑警陪着去道擎工业的总部问问。”

“不错，打开了我们的思路。”

狄棣在一家阿迪达斯专卖店附近停下车，进到店里，对着各种款式的双肩包用手机拍照，同时把尺寸大小精确到厘米印到脑子里。

不知什么时候飘起了雪花。李有才把手机划拉到高德地图导航，将周亚薇家的地址输了进去。十分钟之后，狄棣把车开进“东方维纳斯”的别墅区。周亚薇想用红酒招待客人，但拿不准在这样的场合是不是合适。狄棣没有拒绝，因为他认得出那是高档法国酒，尽管看不懂是什么牌子，但绝不是他这种人喝得起的。李有才甚至也喝了一杯。

周亚薇没想到他们是这样随和，气氛似乎和客厅的温度变得一致了，于是她也开始大胆起来：“早上李警官找我谈了话，当时吓坏了，说得乱糟糟，到现在还浑身发抖，出了这样的事，我的脑子乱得要命。”

“周经理自谦了，”李有才一个来回一个来回地摸着高脚杯的外沿，“你给我们提供了很多有价值的信息。”

狄棣掏出手机说：“不想耽误你太多时间，你看看这个。”周亚薇两个指头夹着酒杯走过来。

“你看看哪一款是那个孩子背的那种。”狄棣让每一张照片停留五秒钟，然后点到下一张。

“停，”周亚薇踮起脚尖，高脚杯在空中上升了一个高度，“就是这款，但颜色不一样，那个孩子背的是黑色的，所以‘三叶草’的标志不太显眼。”

“你仔细看看。”狄棣把手机递给她，脸上流露出明显失望的表情，目光扫视客厅和开放式厨房，最后锁定在吧台后面的酒柜上。

“就是这款，”周亚薇把手机还给他，“错不了的。”

“你家有大一点儿的塑料袋吗？”

周亚薇到阳台拐角的储物柜里翻找。狄棣走到吧台前面，打量着酒柜里陈列的各种高档酒。“不好意思，你往袋子里放几瓶酒，感觉那个重量吧，和那孩子背包里装的课本啊之类的东西，一样重就好了。”

周亚薇往塑料袋里放了三瓶红酒，掂了掂，又放进去两瓶，再掂掂，朝狄棣尴尬地笑笑，取出一瓶。“大概就是这个样子。”

回到车上，狄棣双手握紧方向盘。“棋盘装不进背包里。”

“如果抢棋盘是目的，凶手可以自备个合适的背包。”李有才说，“如果杀人是目的，带走棋盘是搂草打兔子，你说的就很有道理。值得多想想。”

“如果是奔着杀人去的，凶手不大可能带着孩子和棋盘一起离开。一手抓着孩子，一手拎着棋盘，怎么跳窗户？太不方便了，除非有人在外面接应。”

“也有可能像范美玲说的，凶手先离开，孩子后离开。”李有才说道，“发寻人启事吧。大半夜的，又是大冷的天，出租车司机或者路上的行人，要是碰到个孩子，肯定会有印象的。”

“我这脑子，今年就不在状态。”狄棣踩下油门，把雨刮调得更快些，“你别嫌我啰唆。昨天是星期四，赵子龙，这个名字真霸气，八点多到拓开来家接人，那孩子和拓开来一起出的小区大门，那孩子肯定是在小区什么地方补课，否则，要是从家走的话，背那么重的书包干什么？肯定是补课了。那么聪明的孩子，还需要补课啊？”

“谁知道呢，”李有才望着车窗外的飘雪，“这年头，听说北大清华的状元都是补课补出来的。”

雪花在空中的密度开始翻倍，街灯渐次亮起来，天空离开了视野，高楼变成了平面，道路成为城市的主体。高德地图里的导航员引领狄棣把车开到泰禾小区门口。

这个小区没有周亚薇家所在的小区那么新潮和张扬，楼房都是六层半，外墙贴着冷色调的瓷砖，楼间距很宽，高大的乔木参差错落，低矮的灌木精心布置，楼道里没有电梯。狄棣和李有才爬到四楼，一个穿黑色羊绒衫的女子在门口迎接他们，旁边站着穿便服的刘云茜。李有才向狄棣介绍拓虹，向拓虹介绍狄棣。狄棣握住拓虹的手，那一瞬间，他意识到这是一个坚强的女子，虽然极度悲伤，面容憔悴，神情呆滞，手指战栗，但还能保持冷静和克制。客厅里所有的灯都开着，窗帘拉紧。狄棣选择靠窗的沙发坐下，拓虹给他们倒好茶，从茶几下面拿出几盒未拆封的香烟，然后搬了个折叠式靠背椅坐到狄棣对面。

李有才说："我已经和拓虹同志说了，家里发生的事情，暂时不要告诉外人。"

"通知你哥哥了吗？"

"打电话了，最早明天晚上到北京，后天中午之前能回来。"拓虹说，"请抽烟吧，我爸平时也抽烟的。"

狄棣点燃一支烟，看见一部手机放在茶几边缘，于是用烟指了指那部手机，问道："那个东西装好了吗？"

刘云茜说："装好了，但现在还没有可疑电话打进来，也没有类似短信。"

"哦，那就耐心等着。"狄棣觉得对着两位女士抽烟有点儿不文明，他把烟掐掉，对拓虹说，"发生了这样的不幸，我们也很揪心，这位李警官，是武垣分局侦破专家，虽然年轻些，在刑警圈子里很有名气，请你一定要相信我们，协助我们尽快破案。"见拓虹没什么话要说，狄棣转过脸问李有才，"就小刘一个人在这儿？你人手够吗？"

李有才说："小刘的孩子才两岁半，晚上不回家，还真有点儿吃不消。"

狄棣突然想到了范美玲。这倒是个好主意。他掏出手机给范美玲发微信：干什么呢？

放下手机，狄棣对拓虹说：“李警官和你谈话的笔录我都看了，大致情况我都了解了。”看到拓虹点点头，狄棣说道，“有些人谈到你爸的时候都说他很有钱，我们查了他的银行账户，确实有不少，你的账户上也有不少。如果孩子是被绑架了，说明孩子现在至少很安全。我们准备了应对方案，附近派出所设了一个点，全天守候。你不要太伤心，还要保持警觉。”

狄棣看着拓虹，等着她说点儿什么。这个女子三十四五的年纪，悲伤和恐惧掩盖不住内心深处的刚毅和来自天赋的聪颖，从举止和气质衡量，属于典型的知识型女性，内涵丰富善于内敛，但由于涉世未深，未经受过社会上的污泥浊水，突然受到这样的打击，一时有些手足无措，甚至显得冷漠和绝望。

“你爸爸这些年有没有因为经济往来上的事得罪过什么人？”

“我爸老实本分，能得罪下谁呢？”

“老人家在鹿城人脉很广，在业界也是名流，可不比小人物。”

“他过去从事的行业，不诚实守信，立不住脚。这么多年受人尊敬，圈里圈外的都信任他。”拓虹的思绪开始不自觉地回到过去。

“留下的痕迹，周围的环境，临时起意干不成那样。你们家晓晓当时就在那儿，凭空不见了，情况就更复杂了。”狄棣像在和刘云茜说，刘云茜把目光转向拓虹。

“怎么会出这种事呢。”拓虹抽泣起来，“谁下得了这种手。”

“我们也很难过，我们了解了，老人家口碑很好，但人这一生，难免在哪个时候和什么人埋下过节。”

“我们老家在柳树驿村，村子里的人都喜欢他。后来父亲成家立业，搬到市区，和街坊邻居也处得很好。我爸爸在大学学的是数学，但喜欢历史，后来下海经商，把业余爱好当成职业，干了一辈子，能和谁结下这么深的矛盾呢？”

“你爸和日本的客商经常打交道吗？这个日本企业家这次到鹿城来，他是你爸的朋友吗？”

“以前没听说过这么个人。前几天何叔叔联系我，他和我爸是朋友，说来了个日本客户，平时爱下下围棋，可能是何叔叔跟他说过我爸棋下得好，很想见见我爸。听何叔叔的语气，他想让我爸去给他撑个面子，他说这个客户很重要。大概是周二吧，我哥一个同学又打来电话，要约个时间。所以我爸就去了。”

“哦，你哥离婚时孩子还小，按理说应该判给你嫂子的，她不会因为这个事，和你们家记仇吧？”

拓虹说：“我嫂子也想要孩子，我哥也愿意给她，但我爸就这么一个独苗，他就动用了一些关系。我爸那时候在柳树驿艺术品投资拍卖公司还有些名望，经常帮圈里圈外的人提供咨询、鉴定老物件，人脉还算广，东找西找，托了不少人，最后把孩子留在了身边。我嫂子肯定有些想法，但不至于因为这件事对我们家下狠手。”

“老人家近几年事务上的事还多吧？”

“我哥离婚以后，他把‘柳树驿’的股份都卖给了高叔叔，赋闲回家，一门心思照顾晓晓。”

“拓晓晓在这个小区里面的哪个地方是不是下午放学以后还要去补课，补到差不多晚上八点左右？”

“晓晓从来不补课，爸爸不提倡他补课。”

在拓虹停顿的当口，狄棣拿起手机。范美玲已经回微信了：回家了，什么事？后面跟了一个龇牙的表情。

狄棣问：你爸呢？跟了一个胆怯的表情。

范美玲这次马上回复了：洗锅！

狄棣问：托你爸办的事，问了吗？

回复：什么事？

狄棣苦笑了一下：安顿你的事，忘了？跟了一串红脸瞪眼表情。

回复：我爸说，找柳树驿，高洪波。

又蹦出一句：我爸说你是个废柴。帮你踅摸了一个对象，估计一两天给你打电话。跟了一个冒冷汗的表情。

狄棣放下手机，略加思索，对拓虹说道："有件事还是想要了解一下，你知不知道你爸爸的资金去向？有人说，老人家手上有不少钱，在鹿城也是排得上号的。"

拓虹说道："其实也没多少，资助希望小学陆陆续续有百十多万，恩格贝沙漠种草前些年投入了大概几百万，也有不少钱花到湿地保护上了。"

"湿地保护？"

"我们家老房子，就是柳树驿村周边一带，黄河老渡口往东北方向，过去是种庄稼的，前年，就像退耕还林、退耕还牧一样，划成湿地保护区了。"

"打扰的时间太久了，"狄棣看看表，"再看看你爸爸的房间和晓晓的房间，我们就走了。"他们先进了拓晓晓的房间。床的正上方贴着一张文图工作室放大处理过的大帅哥的半身像，英俊潇洒，傲气逼人。狄棣问："这是谁？"李有才说："不认识。"刘云茜显然已经在各个房间做了不少功课，说："柯洁，围棋世界第一人。"靠窗摆着一张儿童书桌，台式电脑的显示屏有二十多英寸，北墙靠门的地方是书架，整整齐齐地摆着书，有些狄棣没看过，比如《吴清源全集》《聂卫平自战百局》《斗魂——赵治勋对局选》《藤泽秀行争霸集》《围棋天地》，有些他看过，像《意大利童话》《一千零一夜》《猎人笔记》《三个火枪手》《红岩》这些书，自己家里也有。书架靠中间一层，放着一副围棋，棋罐很特别，是方形的，狄棣揭开盖子，抓出一把棋子，玉润冰凉，铮铮有声。旁边立着一个精致的小镜框，是一张合影，年龄小的那个是拓晓晓，眉清目秀，稚气未脱。狄棣指着旁边的那个人问："这是谁？”刘云茜说：“古力，柯洁之前的世界第一人。”狄棣说：“围棋领域也是个江湖啊，也讲究座次的？”门后立着一张一寸多厚的棋盘，狄棣拿起来，很重，当然，是黄色的木头棋盘。

他们来到拓开来的书房。如果故宫有库房的话，应该就是这样的：各种东西见缝插针，堆得满满当当。地中间横放着一张花梨木的清仿大书案，除了窗户，顶到天花板的书架围了一圈，窗户下方空出的地方摆着一个小方几，上面是一盆虎皮剑兰，虽不名贵，但很茂盛。书架上线装书占了一面墙，其他架子上的书狄棣都认识，全套的《二十四史》，大字版本的《资治通鉴》，还有中华书局、商务印书馆、三联书店等顶级出版社出版的各种历史学专著。不少藏书狄棣也有，但没有这么旧，没有这么成体系。地上挨着书架还有四个青花大瓷缸，里面插满了卷轴。书案上放着一个差不多有十厘米厚的围棋盘，明显比拓晓晓房间那个贵重，因为木头居然是紫檀的，在灯光的照射下，发出幽幽的反光，有着金属的质地，反光又像是被什么东西吸走了。狄棣走近书案，细瞧这副棋盘，初看，是一块木头，细看，才发现是由几块木头拼接而成的，拼接工艺确实好，只有木匠才能说出究竟好在哪里。桌子上没有放棋子的棋盒或棋罐，如果有，也一定是非常考究的。狄棣伸手摸了摸，既冰凉又温润，既光滑又萧涩，像一个正在沉睡的生命体，让人生出怯意不愿再去惊动它。书案后侧放着一把扶手椅，明中期款式，坐垫上有一本封面被折过的旧书，狄棣拿到手上，书名是《鹿城抗战资料丛刊》第三辑，鹿城大学出版社出版，翻开内页，是十多年前出版的，编委当中有拓开来的名字，内容全是类似口述或回忆的短文章。“对了，你爸爸有没有一块白色棋盘？”狄棣回过头，“比如说木头的、玉石的，或者是树脂做的。”

拓虹说：“没有。晓晓房间有一块，这是一块，就这两块。”

与书房相比，拓开来的卧室简单朴素，一张床，一个衣柜，床头柜上一盏台灯，窗台上一盆兰花。唯一引起狄棣兴趣的是门旁边那面与门等高的镜子，安装了五厘米宽的镜框，下边与踢脚线紧紧挨住。狄棣想，卧室里弄个这么大这么高的镜子倒是少见。

从拓开来家出来，雪还在下。狄棣驱车送李有才回家，然后，在一天即将结束的时候回到家里。

屋子里没有人，也没有灯光。一天来，生命中唯一收获的就是疲惫。他开灯，烧水，煮方便面，打开笔记本电脑，调出搜索引擎，在框子里打了几个字，这几个字是：从二楼跳下去。点击搜索，然后倒在沙发上抽了一支烟。

过了五分钟，他托着方便面桶子，闻着冒出来的热气，坐到书桌前，一边用塑料叉搅动，一边查看网络搜索到些什么。

你知道一个人从2楼跳下去和从20楼跳下去的区别吗？

最佳答案：从2楼跳下去不会死，从20楼跳下去不死才怪呢！

他吃了一口方便面，接着看下一条。

从2楼跳下去会怎样？

答：如果你是特种兵，没事。如果你是老大爷，骨折。如果你穿高跟鞋，鞋跟飞了。如果你头朝下，我的亲，结果你懂的。

他放下方便面桶子，动了动鼠标。

从2楼跳下去的窍门。

窍门一：抓一下树枝，缓冲一下。如果附近有树的话。

窍门二：在空中翻个跟头。电影里的人都是这么干的。

窍门三：落地时双腿注意弯曲。前提是草坪很厚。

窍门四：跳之前朝下看一看。地面是水泥的，就改个主意，下到一楼往外跳。

窍门五：拴根绳子滑下去。距离地面一米时，再跳。

狄棣抓起没吃几口的方便面桶子走到窗前，一把拉开窗户，探出头向下望去。属于自己的停车位上，那辆宝马还停在那里，尽管车顶覆盖了一层积雪，但就算是盖了一床棉被，他也认得。他把方便面桶子扔到了车顶上。

第三卷
守拙

“弥漫的雪花从他的眼前飘过，这个世界被厚厚的白雪铺盖，天地万物变得白茫茫一片。雪已经连续下了几天，在他看来，就像下了几百年，而且将永不停息。道路消失了，林木隐没了，只有刺骨的冷风提醒着不断向前走。天光与雪光交织在一起，不知哪里是天、哪里是地。天地倒置，乾坤逆转，昆仑之水流向他方，姑臧大漠已成回忆，帝都草木渐行渐远，一切都消失在雪原的尽头。在生命也将走到尽头的时候，拓跋睿奇迹般地看见了前方的城楼，禁不住引吭高歌起来。”

拓展不能准确记起那首诗，他移开笔记本电脑，弯下腰从帆布包里抽出一沓封面破损的打印纸，这沓纸用铁夹子夹住一角，被揉搓得不成样子。他翻到贴了字条的那一页，找到需要的那一段：

故园远去兮，碧水微寒。
愁云惨淡兮，原野凝霜。
漉漉弈弈兮，氛氲萧索。
云雁孤飞兮，枝叶相违。
吾之远谪兮，折戟沉沙。

饮马冰河兮，道路多艰。

草木凋零兮，鸿鹄坠落。

瞻前顾后兮，我随我影。

西出帝都兮，夜过北都。

野宿怀朔兮，流落沃野。

此去不归兮，梦魂牵绕。

问我昆仑兮，凤凰涕泪。

机身突然的晃动使他回到现实之中。拓展把那沓纸放回包里，坐直身子。左边靠窗的男孩在看一本漫画，右边那位女士手里抓着华为平板，是他的妈妈。起飞前，男孩请求和拓展交换一下座位，那是要躲开妈妈的唠叨，为此，拓展得到一块巧克力。他把笔记本电脑合上，想到了儿子，想到了父亲。机窗外一片蓝色，不知道是天空还是大海。儿子的侧影浮现在这片蓝色之上，但始终不肯转过脸来；父亲的面容也在那里，但拓展只能看清灰白的山羊胡子。父亲死了，他居然还不敢直视父亲的眼睛；蓝色中又出现了儿子的侧影，但仍然不肯把脸转过来。

“你为什么只用四个指头打字呢？”男孩放下漫画书，仰起脸打量着拓展，“那几个都闲着。”

拓展看了他一眼：“人不也一样？有的忙着，有的闲着。”

“你写什么呢？”男孩摸了摸拓展膝盖上的电脑，“一上飞机就写个不停！”

“哦，试着写一本书。”拓展决定对孩子笑一笑，显得友好一些。

“讲的什么故事？有趣吗？”男孩好奇起来。

“比你的漫画书要差一些，”拓展压低了声音，希望他们的交谈不影响周围的旅客，“但我觉得很有趣。”

“是冒险故事吗？”

“不是。是一个历史故事。”拓展觉得这样的对话很好，让自己很放松，“但也有冒险的成分。”

“我喜欢冒险故事，你吃巧克力吗？”男孩把一块包装精美的巧克力放到拓展手里。

拓展握紧那块巧克力，对男孩说：“如果真遇到危险，你会后悔刚才说的话。”

“不，我妈说了，男子汉就应该临危不乱！你能讲讲你写的故事吗？”

拓展用眼睛的余光瞟了一下另一边的那位女士，她好像睡着了，眼睛闭着。

“哦，是一个历史故事。说的是，很久很久以前，一只凤凰飞越昆仑山上空，大尾巴碰触到了一座山峰，由于凤凰是神鸟，力量很大，山峰崩塌，石头滚落到河里。有一位将军带着大军经过，在河里沐浴的时候，发现了许多美玉散落在河底。他挑选了四块最漂亮的，交给他的卫士收藏好。后来呢，他让工匠把这四块美玉雕成了四个人像。这四个玉人呢，姿态各异。他想把它们献给——”

“献给一个公主，对吧？”男孩提高了嗓门。

“哦，我这个故事里没有公主。”

“那献给谁了？”

“献给皇帝了，但皇帝不喜欢他，所以呢，拒绝了他的礼物。将军觉得很失望，”拓展见男孩低下了头，便问道，“你还想听吗？”

男孩说：“想听。”拓展这才发现，这个男孩在擦眼泪。

“那好吧，我接着讲，将军很失望。后来呢，有人向皇帝告状，说这个将军图谋造反，于是皇帝把他贬谪到沃野去了。”

“沃野在哪里？远吗？”

“在古代，就算远了。”

“那在哪里呢？”

“鄂尔多斯的成吉思汗陵你去玩过吗？就在那个地方再往西几百里，在黄河边儿上。在将军生活的那个年代，就算边远艰苦的地方了。”

“既然这样，那可够苦的。”男孩若有所思地说道，“那他在那里应该有奇遇吧？”

“有啊！”拓展说，“在那个地方，将军结识了一个新朋友。这个新朋友是日本人。”

“呵，那可真够奇怪的。”

“是啊，人的一生确实很奇怪，就像我遇到你一样。”拓展拍拍男孩的头发，“就讲到这里吧。”

“那后来呢？这个故事你是怎么想出来的？”

“不是我想出来的，”拓展慢慢剥开包装纸，把快要融化的巧克力放进嘴里，“是真有这么回事。”

他望着机窗外无穷无尽的蓝色，似乎想看到鹿城上空飘浮的云彩。

鹿城的雪还在下，整个世界似乎都因此而变得宁静起来。天光穿过窗帘的缝隙，照在床上和被子上。狄棣的脑袋蒙在被子里，身体缩成一团，嘴咬着衬衣的袖子，这种缺氧状态的酣睡已经持续多少年了，没有任何一个人试图纠正他，甚至也没有人向他提出什么建议。

手机闹铃在六点十六分准时响起，设置的铃声是一段琵琶曲，曲名《风之语》，是邓伟标的作品。这段曲子来自一张专辑，至少是十年以前，有一次他去范副厅长家呈送范副厅长的一个讲话改定稿，趁老首长在书房审定稿子的空当，他溜达到范美玲房间，见范美玲正靠在床上戴着耳机听音乐。他打个手势表示也想听一听。一听，真好听。范美玲说：“好听就送你一张。”

狄棣说："好啊，拿来。"过了几天，狄棣去范副厅长办公室请示工作，临出门时，首长说等一下，从衣架的大衣口袋里拿出一张CD，扔到茶几上。狄棣拿起来一看，是邓伟标的新作，专辑名是《色》。同时听到范副厅长又在教训他："你们年轻人，成天糊涂度日，这是什么态度！"狄棣试图辩解几句，但他没那个胆量。从那以后，这首《风之语》伴随他一年又一年，琵琶也成了世界上最优美的乐器。

这首曲子也有一个致命的缺点，就是缺乏那种催人起床起床快起床的激越，或者是激烈的那股劲。因此，狄棣有时不能按时起床，导致生命中的某一个新起点从手忙脚乱开始。

他走到窗前，拉开窗帘望着窗外，鹿城沉浸在白色的童话世界之中，这是清晨的大脑能够想到的最恰当的比喻了。他顿时感觉浑身清凉，神清气爽，趁其他情绪还没有出现时跑到卫生间洗了个热水澡，把胡子刮了一番，给头发喷了些营养液，换上了干净衣服，在昨天的基础上加了一件对开门羊绒衫和羊绒保暖裤，经过那箱网上购来的书时，没有选择拆封，仅仅是看了一眼。他打开冰箱，取出蒙牛舒化奶和意林面包，然后坐到书桌前，敲击键盘输入"大马士革刀"，点击搜索。

屏幕上蹦出一长串似乎很值得一看的条目，他选择了一些自己必须了解清楚的条目，同时也没放过比较感兴趣的：

大马士革刀原产地古印度，用乌兹钢打造，其最大的特点是刀身布满各种精美的花纹，这种花纹是在铸造中形成的，真正的大马士革乌兹钢又称为结晶花纹钢。

在过去相当长的一段时间内，大马士革刀独特的冶炼技术和锻造方式一直是波斯人的技术秘密，不为外界所知。

除了暗杀和械斗外，还有一个很高冷的功能，那就是当作权贵们的炫富工具。中国著名的匕首收藏家魏文帝曹丕，那三把著名的百辟匕首就是显示自己品位的藏品，波斯乌兹钢刀也是乾隆爷喜欢的藏品之一。

大马士革刀护手大都是银质鎏金、镀金或错金，刀柄多采用黑色的犀牛角、水牛角，大多镶有红珊瑚、绿松石、红蓝宝石等珍贵的珠宝，可以说，每一把乌兹钢刀都堪称珍贵的艺术品。

乌兹钢最早传入中国的时期是公元368年鲜卑人建立的北魏王朝时期，传入国是萨珊王朝，当时的波斯语发音是“班奈”，传入我国后音译为“镔铁”，由此可见当时有着一条与丝绸之路共同存在的“镔铁之路”。

克利吉和帕拉，这两种刀都为弧曲形状，长80～100cm左右；亚塔甘，这种弯刀为奥斯曼土耳其人独有，全刀相对较短，只有60～70cm左右；坎贯尔，此类短刀极为锐利，形状近于古罗马短剑，长度大多不超过50cm。

因动人的传说和自身的优异性能，大马士革钢制成的刀具，成为刀具收藏界的极品。

狄棣转换到天猫购物网站，输入大马士革刀。哦，品种太多了。他查找刀柄与拓开来胸口那把比较接近的：

进口大马士革钢刀限量收藏。刀柄：紫光檀、人工牙。品牌促销￥9900。

进口瑞士粉末大马士革手工刀。刀柄：沙漠铁木、猛犸象牙。￥2300。

德国原装进口大马士革花纹珍藏版。刀柄：非洲黑木、人工象牙。￥19999。

日本进口大马士革直刀。刀柄：巴花影木、合成树脂。￥780。

手机振动了一下。李有才发来短信：八点半赵副局长主持专案组碰头会。来不来？

狄棣回复：来。他点了一下手机中的相机图标，把刚才看到的都拍了照，然后穿好外套，提着车钥匙下了楼。

赵副局长打开记事本，扫视了一遍围成一圈的专案组人员，戴好近视镜。狄棣坐在赵副局长左边，范美玲和一个女警官坐在靠近窗户的位置。李有才的部属几乎都来了，椭圆形的会议桌上，每个警官的面前都放着打开的笔记本和文件夹。李有才说："到齐了。"

赵副局长说道："今天是周六，理论上是双休日，但我们要快马加鞭，等案子破了，我给大家按个长长的暂停键。现在开个碰头会，我看就采取漫谈的形式，谁都可以发言，也不讲什么顺序，主要目的是打开思路，快速推进侦破进程。大家可以结合自己的分工，也可以立足全局，把你们脑袋瓜子里的疑惑说一说、建议讲一讲，但是有一点，不许抽烟。谁想抽烟门外抽，抽完再回来。上书房行走，咱们开始吧？"

狄棣说："好。"然后拿起中性笔，夹在指头上，准备记下有价值的发言。

房间马上进入静默状态。赵副局长推了推眼镜："周晨曦，你是市局派来的大人物，这伙人数你学历最高，你说说，你有什么高见？"

周晨曦挂着三级警督的警衔，头发从中间分开，有点儿电影里大侦探的派头，他抬头看了一眼坐在对面的范美玲，尽管隔着一盆塑料花，但还是看见了范美玲的眼睛。于是，他来了勇气："从刀口特征和软组织破裂情形分析，刺死北野文和拓开来的，用的是同一把刀，就是留在拓开来胸部的那把。从茶几棋盘上滴落的血迹，以及血液从锋刃滑落的电脑模拟计算结果推测，凶手先刺了北野文一刀，然后拔出刀来，至少间隔了五秒到七秒钟的工夫，刺中拓开来。刺拓开来之前，刀身的位置在棋盘正上方，并有横向旋转的迹象。”

他打开面前的文件夹：“从刺中的部位和手法来分析，凶手谈不上有什么专业素养，最起码不可能是草原牧民或职业杀手，原因有以下几点。第一，刺中北野文那刀，不在要害部位，从血液、尿液的化验结果来看，北野文喝了不少烈性酒，而且年纪比较大，也比较疲劳，没有明显挣扎的痕迹。刺中拓开来那刀，没有刺中心脏。第二，那把刀，刀身长十七厘米，刺入北野文身体为九厘米，刺入拓开来身体为六厘米，也就是说，凶手没有使出很大的力气。因为，那把刀非常锋利。”

“这些我们都已经清楚了。”赵副局长打断他的分析。

“有趣的地方在于，”周晨曦没理会赵副局长的提醒，继续说道，“凶手没有拔出凶器带走，而是擦掉了刀柄上的指纹。然后，更有意思的是，凶手抓住拓开来的手，让拓开来的指纹大量地留到刀柄上。从这一点分析，凶手一定有什么更深层次的用意。”

“讲得很好，小周，那你究竟怎么看？”赵副局长拿掉眼镜。

周晨曦合上文件夹：“凶手想让我们这样认为：拓开来扑上去刺了北野文一刀，然后坐回沙发，给自己来了一刀。而我呢，恰恰也是这么认为的。”

他发现大家都盯着自己看，于是，用一句话结束了自己的发言：“找到那个孩子，答案在他眼睛里。”

赵副局长说：“讲得很好。郭小虎，你讲讲。”

郭小虎抬起头。狄棣认出，取下摄像机的警司就是他，看样子是个刚毕业不久的大学生。他把笔记本上提前做好的功课原封不动地念了一遍：“我昨天白天和晚上，主要对凶器进行了调查，查阅了有关资料，实地走访了销售与凶器相似的刀具的商场店铺，请教了一些‘驴友’，也请教了一些刀具收藏爱好者，结论如下：该凶器准确的称呼应该为大马士革乌兹钢窄刃匕首，刀柄为猛犸象牙，雕刻手法为手工雕刻，风格为闽粤一带的雕刻技艺。

包的银应该为进口白银，可以确定不是云南和湖南产的白银，花纹为机器压制。接近柄头部位使用了错金工艺，金丝的品质很好。手柄头部的红色宝石为辽宁以及河北地区出产的战国红玛瑙。刀身的花纹为‘粉末冲压’技术。价格应该在三千元到三万元之间。”

“价格区间这么大？”

郭小虎补充道：“主要是因为，我咨询的收藏爱好者不能百分百确定刀身的花纹究竟是古法铸造技术、粉末冲压技术，还是酸洗技术。如果采用酸洗，就比较便宜，如果是粉末冲压，就贵得多，但如果是用波斯传统技艺铸造而成，那就可能比三万元还贵。”

“你不会拿着那把刀满世界跑吧？”赵副局长望着郭小虎，然后扭头看了一眼李有才。

郭小虎说：“没有，我用手机拍了照，然后用‘美图秀秀’把血迹处理了一下。”

“能得出个什么结论？”赵副局长对他的发言似乎打了折扣，表情由严肃认真变为放松状态。

郭小虎说：“凶器如果是凶手的，那么可以推断，凶手的经济条件还是不错的，文化程度也不低。总之，不大可能是街上的混混，或是刑满释放的惯犯所为。对了，有一句话我忘了说。就是，凶器的产地肯定是福建、广东、香港、台湾这四个地方中的一个，这个结论是准确的。”

“嗯，郭小虎的工作搞得很扎实，”赵副局长摘下眼镜，扔到记事本上，“但是，用‘美图秀秀’这个鬼主意是谁给你出的？你拿那种照片出去咨询，结论可靠吗？”郭小虎低下头，不敢吱声了。赵副局长突然发现坐在靠近会议室门口的一个干警在低头玩手机，于是喊道：“韩建民，你有什么高见！”

韩建民是一个老资格的警官，年龄比李有才大一轮儿以上，却被李有才领导着。韩建民放下手机说：“鲁迅曾经指出，真相往往是简单的。我倒觉得，这个案子，与何氏会馆的人脱不开关系，上班的，打工的，送菜的，扫院的，都得摸排，对当晚十点到十二点之间在何氏会馆的朱绶鸥、周亚薇重点询问。二楼走廊的探头是个重点，做点儿手脚，也不是个问题。我对当晚进出的车辆、人员进行了细致考察，外人进去作案，那是不可能的。我看，对何氏集团与日本那个什么会社的业务关系也要展开调查，说不定，中间有什么猫腻，说不定，策划这起凶杀的就是何氏集团的高层。就像周晨曦刚才推断的，凶手嫁祸于拓开来。”

“嗯，这倒是个大胆的推理。”赵副局长像是在自言自语，他将目光转移到范美玲，然后落到挨着范美玲的女警官面前的一摞文件夹上，“赵静雨，把你做的功课给大家摆一摆？”

赵静雨把手伸到那摞文件夹上，露出全套的绿指甲，说道：“行凶杀人、窃取机密、绑架勒索、栽赃陷害，不管是出于什么样的犯罪动机，都不能作为侦破的出发点，必须从已知线索出发，特别是困扰我们的疑点出发。所以，第一不排除何氏会馆的工作人员当中有内线，否则，凶手怎么会巧妙避开摄像监控逃离现场呢？第二，卧室窗户上采集到三枚拓晓晓的指纹，我们研究时认为，一个十二岁的孩子，在两个老人下棋时，抽空在房间里转转，也是可以理解的，毕竟那是个豪华套间，卧室窗户碰巧开着的话，看看窗外的夜景也是很自然的，但卧室门口摆着的那个漂亮的水晶球，为什么不上去摸摸？反倒有拓开来的四枚指纹。第三，如果以刺杀北野文为主要动机，何不顺手把孩子也杀了呢？但也可以这样设想，凶手行凶时，孩子藏在房间的某个地方，躲过了一劫。凶手离开房间后，孩子在池田康进来之前也离开了。”

“女人的心就是狠，想问题也是一步到位。第四呢？”韩建民冷笑着问。

“还没想好呢。”赵静雨用挑衅的眼光看了他一眼。

“有精力，读读研究生多好。”赵副局长奖励了李有才一个微笑，然后扭头看见狄棣在发愣，于是用笔敲敲桌子，“上书房行走，你给大家做个指示？”

狄棣正了正身子，放下中性笔，然后又拿起来，说道：“我倒是有一个疑问，就是摄像机拍到的那块棋盘，它在这个案子当中，是个什么角色？那个孩子，从派出所提供的报告和我们的了解来看，是个神童，学习成绩优异，围棋水平超乎常人。我可能没说清楚，我是想说，棋盘和孩子，哪个分量更重？这是断定犯罪动机的分水岭。我今天想重点琢磨一下那个棋盘。”

“有才，你有什么要说的？”

李有才开始扣好警服外套的扣子：“基础性的东西抓了不少，后续跟进搞得扎实点儿，说不准运气就来了。小虎，你在市区和周边发个寻人启事，把奖励弄得高点儿。一个孩子，大半夜出现在任何地方，都会引起周围人的注意。”

“好吧，会就开到这儿吧。有才，把你的人手调配好。市委市政府和局里厅里的领导很重视这个案子，大家加把劲儿！”赵副局长合上眼镜盒，一边站起身一边说，“放眼一望，人模狗样，今天没动静的，都给我注意了，别会上不发言，回家不说话，抱住微信叨叨个没完！”

等会议室的人都走得差不多了，狄棣伸出手指勾了勾，示意范美玲过来。“你和刘云茜轮个班，这段时间就别天天回家了，多和拓虹聊聊天，等她哥回来再说。”

范美玲说：“好啊，我自己开车去。”

狄棣站起身，拉好羽绒衣的拉链。“我去‘柳树驿’一趟，找高洪波聊聊，李大咖，你有什么安排？”

李有才说：“我陪你去吧，把光盘带上吗？”

“拿嘴说，专家怎么鉴定？”

到了停车场，狄棣晃晃车钥匙：“美玲，求你件事行不行？”

范美玲正在摁车钥匙，尾灯啪啪闪了两下。“说。”

“我今天开一下你的车，你开我的。”狄棣把车钥匙递过去，“开个破车去‘柳树驿’，怕人家敷衍两句了事。”

“别骗我啊！不会油箱见底儿吧？”范美玲把自己的车钥匙扔给狄棣。

狄棣开着奔驰上了路。打开导航，顺便拧开暖风。李有才拉开储物箱，找出一袋薯片，一边吃一边说：“如果是和田玉，能值多少钱？”

“几十万吧。”

雪已经停了，鹿城失去了棱角，积雪掩盖了污垢，眼前的所有事物似乎都得到净化，人们的灵魂也上升到了新高度。车流在白色世界中缓慢穿行。

“两位大人物同时出马，肯定不是来抓我的！”高洪波从皮椅上站起来，“上茶！”

狄棣坐到三人沙发的一侧，接过高洪波递来的香烟。一颗手雷和茶具放在一起，狄棣知道那是打火机，于是按响了手雷。

“这根烟抽得真危险。”李有才好奇地看着狄棣手上的玩意儿，居然是镀金的。

高洪波坐在李有才和狄棣对面，示意工作人员倒茶。“老何给我打电话了，说是狄处长负责这个案子。”

“不不，他负责。我是抽调过来帮忙的。”狄棣指了指李有才。

“我和有才贤弟见过面了，说起来，我和他叔叔是朋友。”高洪波嗓音洪亮，但狄棣觉得他显然是在有意识地压制内心的不安，可能是因为案发当晚他也去了何氏会馆，曾和受害者近在咫尺。

狄棣说：“是吗。”

高洪波说：“拓老爷子怎么又跑到何煜之的俱乐部去了？过去形同陌路，老何让他看个东西，推三阻四，敷衍而过，这两年，突然间好得不得了。”

狄棣说："是吗？"

李有才喝了一口茶，说道："高总的公司对我们工薪族来说还真有点儿神秘，我在中央二台看过'一锤定音'，觉得你们这个行业到处都是学问。"

"不敢当，鉴定是其中一项，我们的业务范围广着呢。比如说艺术品销售、办培训班、搞拍卖会，等等。我们还有几个厂子，赚外汇主要靠那几个厂子。"

"高总对玉很有研究吧！"李有才问道。

"粗通皮毛。现在造假技术越来越高明，单靠眼睛可应付不了。要想不走眼，必须上仪器。"

"我们一大早过来打扰，想让高总帮着看段录像。"李有才从大衣口袋里拿出光盘。

三个人离开沙发，聚拢到办公桌后。高洪波把光盘插入驱动器，戴好眼镜，然后移动鼠标。这段录像李有才安排图像分析室的人剪掉了出现北野文和拓开来头部的画面，也剪掉了尾部。高洪波看得很仔细。"你们想问什么？"

狄棣说："一个是确定一下这个棋盘大概值多少钱，再就是，看看这东西有什么讲究没。"

"这可是给我出了个难题，你们把实物拿来多好呢，这这，只能看不能摸，还有个光线和色差的问题呢。这可不好说。"

高洪波看了一遍，然后返回起始位置，选择性地看了第二遍。"我们一边喝茶一边说吧。"他们坐回沙发。

狄棣说："高总请随意讲，就当闲聊。"

高洪波说："那我就不客气了。这是个白玉棋盘。玉质还是相当不错的，不见实物，不好说价钱。如果是和田玉，这两年的行情，不过我没看出来这棋盘有多厚，有一年我在香港见过一个白玉棋盘，大概有烟匣匣这么厚，这个如果也一样的话，至少七八十万以上。若是俄罗斯和哈萨克斯坦的进口玉，最多也就几万块钱。但是，如果是和田玉的话，还有一层意思，假设这棋盘是个老东西，那就金贵多了，还有个文物价值在里边呢，进口玉就不存在这种情况了。”

“如果是个文物呢？”

“那还得看是哪朝哪代的。宋朝就比清朝的贵。越靠上越招人。这个棋盘品相完好无损，而且还有个金贵的地方，就是那条红丝带。带状物本身不值钱，值钱的是那个红色，就是老百姓说的中国红，我们圈子里的藏家叫帝王红，这种红，在和田玉里非常稀有，极为珍贵。把这几个因素都放进去，这块棋盘，是个难得的好东西。”

“看来还真是挺有讲究。”李有才说。

“那可不，我虽然不会下围棋，但对围棋文化围棋历史略知一二。春秋以前，围棋怎么玩？在沙地上画道道，就是画个棋盘。春秋以后到魏晋时期，主要在石头上画道道玩。魏晋以后，贵族阶层以玉棋盘弈棋为时髦。”

“长知识了。”李有才说。

“《隋唐演义》看过吗？杨广是晋王的时候，派宇文述想办法拉拢杨素，杨素当时是尚书左仆射。杨素有个弟弟叫杨约。宇文述想通过杨约搞定杨素，第一步就是给杨约送礼。有一天宇文述把杨约请到寓所，下围棋赌彩，变相送礼。用的就是白玉棋枰、碧玉棋子。”

狄棣把烟掐灭。高洪波看他欲言又止的样子，想了想说：“狄处长如果还想再深入地了解，我倒是可以给你推荐个大行家。”

“在鹿城吗？”

“就是咱们鹿城人，下围棋是高手，历史也学得明白。我有他的电话，叫宇文扬。你们要是卖这块棋盘的话，说不准他会出个高价钱。”

“呵呵，”狄棣站起身说道，“那就麻烦高总了，今天能见个面是最好的。”

高洪波伸出手指示意他们稍等，同时拨通了手机：“扬子，在哪儿呢？嗯，干啥呢？大冷的天，自己动手还是看别人杀呢？嗯，我有两个朋友想拜访你，不不，跟你探讨探讨围棋，不不，是公安局的狄处长。那好，大概几十分钟就到了。我不去，改天看你去。”

高洪波放下手机，对狄棣说：“联系好了。忘了今天是星期六。在山里呢，正杀羊呢，招呼几个外地来的朋友。沿鹿武公路走，到了滑雪场再往前，不远有个岔路，石子路，顺着那条路一直走就到了。榆木山庄。”

离开“柳树驿”的时候，天空已经变成纯蓝色，积雪反射着太阳的强光，没有一丝风，依然十分清冷。狄棣把车开上绕城高速，李有才从储物箱找出一副墨镜递给他。狄棣戴上墨镜，车速骤然加快。接近机场路出口时，狄棣打开导航，李有才帮他设定好目的地，然后说道：“找市局管户籍的查查，看看宇文扬是个什么人。”

“你给范美玲打个电话，让她找人去问问。”

鹿武公路两旁的松树覆盖着积雪，路面已经被铲雪车清理过。过了城郊接合部，车辆变得稀少起来，路面也变得时起时伏；继续行驶了十多分钟，弯道开始增多，路面的积雪越来越厚，他们终于进山了。范美玲打来电话，李有才听了半天。撂下电话后，他对狄棣说：“怪不得呢，见多就是识广，有钱才能有闲。”

“怎么了？”

“宇文扬原来是宇文火的小儿子。”

“他们家弟兄几个啊？这个倒没听说过。说不准真问对人了。”

经过“在人间登山俱乐部”指示牌时，李有才突然打破沉默：“刚才高洪波好像什么都说了，但有一句愣是没说。”

“哪句？”狄棣盯着越来越陡的路面。

“打问案情进展的话呗。”李有才按下车窗，让窗外寒冷清澈的空气吹进来。

“是呢，你看他语气那么不自然，拓开来又和他共事多年，感情应该不浅。如果我是他，我肯定会问：李大咖，有线索没有？案子怎么样了？你们得抓紧破案啊，云云。”

“说不定他欠着拓开来不少钱呢，人死了，钱不用还了。”

“你刚才看见登山俱乐部的广告词儿了没？”

“没看见，怎么了？”

狄棣笑了笑说：“你把高洪波看低了，广告词儿告诫你，生命在高处。”

“嗯嗯，批评得在理。这词儿还挺有创意，但不能说有原创性。”

“怎么讲？”

“别小看我没文化，我也读过几本书呢。”李有才指了指前面不远处的岔路口，“有句诗叫‘无限风光在险峰’，那个创意是从这儿来的。”

“李大咖，不错啊，会背诗了！”狄棣扭头看了一眼李有才，把车开上沙石路，“杜甫那首，会背吗？”

“嘿，一览众山小，我儿子都会。”

“整个高冷的，描写一下咱俩的屄样儿。”

“路漫漫其修远兮，吾将上下而求索。怎么样？”

“一个字，牛！”

“我给你好好来一首，听着。大雪满山行人少，一辆奔驰山中跑。两个屄人车上坐，谁说我们不逍遥？”

“呵呵，听得我车都不会开了。叫什么山庄来着？”

“榆木山庄。榆木山庄在山间，一条沙路通向前。窗含鹿城千秋雪，探案路上尽开颜。”

说笑中，不知不觉榆木山庄出现在路的尽头。狄棣以为是个度假村，其实不是。格局没有度假村应有的那么大，房子没有度假村那么俗，远远望去，倒像是几户人家凑成的村落隐蔽在树林里。所谓的山庄大门，是这片建筑当中最壮观的，两个三层楼高的方柱塔状垛子构成大门的主体，用青石块砌成，顶部各平置一块白色圆形巨石。在垛子五分之四的高度，一根方木像桥梁一样把垛子连为一体。方木正中悬挂一块横匾，写着“榆木山庄”四个大字，匾呈棕色，字为红色。狄棣认得，这是康庄的字，《张猛龙》风格的魏碑体，又融入了几分《石婉墓志》的媚劲儿。车驶到近处的时候，狄棣看清了垛子上那副楹联写的是什么。上联是：高处不胜寒愿意待在高处。下联是：生活很无聊不想离开生活。大门没有门，狄棣一脚油门把车开了进去。

眼前是青砖铺成的空地，落满积雪的榆树林把这块空地围成一个没有院墙的幽静的院落，树林后面是巨大的山体。树林前面错落着四所房子，显然经过精心设计，造型虽然简单，但互相呼应，整体性很强。由于积雪还没有清理，房子、树林、山体极为自然地融为一幅风景画。

几辆车停放在靠左侧的房子前面，房子侧翼的木架上倒挂着一张滴着血、冒着气的羊皮，下面的雪地上渗着一摊血。看来那只被宰的羊已经下锅了。狄棣把车开过去时，看见中间那所房子里出来一个人，站在台阶上招手。

那个人等狄棣停好车，和李有才一起下了车时，才迈步走下台阶。他们在院子里互相握手，介绍彼此。宇文扬说道：“那位女士怎么不下车？你们不会待一秒钟就走吧？”看到狄棣和李有才愣了一下，宇文扬笑着继续说道：“红色运动轿车，女款古驰墨镜，那个女士不会在车里戴着手铐坐着吧？”

“呵呵，就我们俩来的，车是借别人的。”狄棣看了看手中的墨镜，笑着递给李有才。

推开房门，一股热浪迎面扑来。灶火紧挨着门，盖着木头锅盖的铁锅里冒着白色的热气。火炕比农区庄户人家的要低一些，炕上铺着蓝色调缠枝莲地毯，白色回形纹勾边，摆了一张老旧的杨木方桌。桌子上放着一把铁壶、三个粗陶茶杯。窗户糊着白麻纸，贴着喜鹊登枝窗花。地下靠墙摆着一张杨木大方桌，只放了几盒烟和一个玻璃烟灰缸，桌子下面是六把杨木方凳。墙角杨木橱柜上搁着一个黑釉梅瓶，插着一把鸡翎掸子。看来屋子里的这几件家具是成套的。狄棣欠身坐到火炕边沿。李有才朝对面的树林里走去，看来是憋不住尿了。宇文扬和一个围着白围裙的中年妇女在门外说话，看样子是确定准备午饭的一些细节。狄棣点燃一支烟，等着他进来。

宇文扬开门就说："你们公务人员真辛苦，大周六都不能休息。"

狄棣站起身："不辛苦，一路欣赏着雪景，和度周末一个样。"

宇文扬拉出一把凳子，但没有坐下，看到锅里的水烧开了，他弯腰从墙角的橱柜里取出一块普洱茶来，掰了一块，拿过铁壶，丢了进去，掀起锅盖，舀了半铜瓢滚水，倒入铁壶，盖好壶盖后，问狄棣："在炕上喝还是地下喝？"

狄棣说："好久没坐过火炕了，在炕上喝吧。"

宇文扬说："那你坐到里面，我挨着锅台，好续水。"

狄棣脱鞋上炕，盘腿坐到正面，突然发现自己胖了不少。

宇文扬一边往茶杯里倒茶，一边说："听说你们要来，茶杯已经洗过了。"

狄棣端起杯，喝了一口，说道："你这普洱茶好喝。"

宇文扬说道："几十块钱的茶叶，你说好喝，是因为你心情好。"

狄棣说："最近我在一个朋友那里喝了一次'八八青'，没你这个好喝。"

"那个人不是卖茶叶的，就是大老板。"宇文扬见李有才推门进来，给他也倒了一杯。

"哦，真让你说中了，就是大老板。"

"'八八青'是台湾商人炒作的概念，专门用来骗大陆的一些有钱人。上了当的，不是茶花女，就是包法利夫人。当然，都是男的。"

"呵呵，宇文兄真是幽默。"

"我这是瞎说，你可别当真啊。"宇文扬点了一根烟，说道，"高洪波电话里说，你们找我问围棋上的事？"

"是这么回事。"狄棣一时不知怎么切入话题，于是看了一眼李有才。

李有才说："你这儿有电脑或者DVD吗？想让你帮着看段录像。"

"有。"宇文扬打了个电话。不一会儿，一个裹着貂皮大衣的年轻女子半跑着进了屋，一只手提着一台笔记本电脑，一只手抓着几张扑克牌。临出门时，从橱柜里取走两盒香烟。

宇文扬看录像的时候，狄棣一边喝茶，一边斟酌该再了解点儿什么。看了一遍，宇文扬合上笔记本电脑。"这段录像，让人剪过了。"

"怎么讲？"

"看棋局的进程就知道了。中间隔一段时间剪一下，剪了至少七八下。后边的尾巴也剪掉了，如果这盘棋摆完了，应该是七十多手，录像里只摆到五十多手，可能剪掉不少。"

"确实是这样，这段录像被处理过。"

"与案子有关吧？棋局好解释，几句话就能说清楚。倒是那块玉棋枰让我很开眼！"

狄棣点着一支烟，说道："是跟一个案子有关。向你请教的，也正好是棋局和棋盘这两个方面。我俩不会下棋，对围棋方面的知识有限。还麻烦你给详细讲一讲。"

"要细说起来，话就长了。"宇文扬弹了一下烟灰，"你们破的是个盗窃案吧？能把这种东西卷走，真是不可思议。"

"这么说，这个棋盘很值钱？"李有才两只手握住茶杯，"要是卖给你，你出多少钱？”

“我出一千万。”

“这么值钱？”李有才惊问道，“是不是玉里面那条红色带状物的缘故？”

“是的。”宇文扬看着李有才，“这么好的玉棋枰上了拍卖会，说不准能叫到一个亿不止。”

“那你说说看。”李有才来了情绪。

“我帮你做个大胆的推测。一个大收藏家雇了一个能开保险柜的窃贼，卷走了这个东西。而且，这个收藏家在公开场合，见到了这东西，也知道这东西的主人是谁。”

“你是怎么做出这样的推断的？”李有才问。

“这得从录像里的对局说起。录像里的对局，不是实战，是摆谱。你们既然不会下棋，我稍做个解释。什么是实战呢？就是两个人下棋玩儿。什么是摆谱呢？就是在棋盘上摆别人曾经下过的棋。录像里的对局，是摆谱，而且摆的是古谱，就是古人下过的一局棋。这个古谱记载在一本叫《忘忧清乐集》的书里，据说是唐玄宗和一个叫郑观音的人下的。”

“哦，宇文兄真是学问家。”狄棣对眼前的这个人充满敬意。

“在这么贵重的棋枰上摆千古名局，而且是两个人在摆，我就觉得像是在展示给什么人看，而不是学习古人的技艺。”

“有道理。”李有才说。

“我们可以做个大胆的假设：棋枰的主人想卖掉自己的藏品，但又不愿张扬，不想拿到公开的拍卖会上去卖。所以他在一个小范围的类似私人俱乐部的圈子里寻找买家，那段录像就是现场展示。说不定，窃贼或窃贼的后台就是现场围观者中的一个。”

“呵呵，宇文兄真让人钦佩啊！”狄棣说道，“这个棋盘为什么这么值钱呢？”

“原因大概有两个。第一，这个棋枰至少是东汉末期到唐朝之间的文物。第二呢，就像刚才李警官说的，这是真真正正的玉中极品，称之为‘昆仑之巅’。那条红丝带，是凤凰的一根羽毛。甚至有人说，是凤凰的眼泪。”

“啊？”李有才说，“你是说羽毛化石？”

“对，可以这么讲。”

“呵呵，凤凰是个传说。”李有才笑着说。

“没见实物，不敢瞎说，当然最有可能的是矿物质的奇迹。不过，史书上有明确的记载。这就是我为什么说它值钱的原因。”宇文扬很严肃地看着李有才，没有一点儿开玩笑的意思，“出自《凤舞昆仑》。”

“《凤舞昆仑》，这是一本什么书？”狄棣问道。

“是关于鲜卑族拓跋部的一部史书，是以口述实录的方式成书的，既不同于英雄史诗，又有别于正史，类似于《蒙古秘史》那种体例。”宇文扬补充道。

“哦，有机会我去书店或网上买一本。”狄棣有些激动。

“啊，狄处长幽默了。现在存世的只有宋版书，在明朝，这是禁书，《永乐大典》里就没有。目前已知保存大致完好的勉强说只有两套。一套放在纽约大都会博物馆，是摩根的藏品。‘一战’结束后，小摩根的一个合伙人叫拉蒙特的，到中国考察金融投资的可行性，其间也去了上海，在那儿，和孙中山见了一面，孙文先生送给他的见面礼，其中就有这个《凤舞昆仑》，六卷。回去以后，这个合伙人一万美元卖给了小摩根。另一套，据说在拓家手里。”

“拓家？”

“对，拓家，就是拓开来家族这个支脉。过去‘柳树驿’的大股东。你们应该听说过。”

“拓开来是鲜卑族的后人吗？”李有才疑惑地问道。

“这里边有段历史小插曲。拓跋部在宋朝的时候，有一个支系居住在现在的甘肃、宁夏那一带。西夏建国前后，他们遭到党项族的大批屠杀，所以有一部分拓跋部的居民就把那个‘跋’字抹掉了，改姓拓，延续下来。”

狄棣抓紧茶杯。

宇文扬接着说道：“对了，我看这个录像的时候发现，这个玉棋枰不是一块玉做成的，是四块拼成的。”他跳下地，从橱柜里拿出四盒香烟，坐回炕沿，把烟放在桌子上，拼成一个接近于正方形的长方形。狄棣瞬间明白了。李有才的脑袋瓜子也轰地响了一声。案子有了突破性的进展。

狄棣像强压怒火一样，强压住兴奋，慢慢地从烟盒里抽出一支烟，不停地捏着过滤嘴：“你说这个棋盘是四块玉拼成的？”

“是的，”宇文扬一根手指摁在四个烟盒的中心点。狄棣发现，他的无名指缺了一截儿。

“你能确定吗？”李有才看着眼前的四个烟盒，此时，它们是缩小版的棋盘。

“能确定。”宇文扬的脸似乎也涌出了红晕，几缕头发遮住一只眼睛，另一只正在思考，“现在的棋盘纵横都是十九条线。但是，北魏时期，棋盘纵横还是十七条线，你们给我看的这个，就是十七条线。你们可以回去再细看一下，再数一数。我再接着说，最中间这条线的交接点，称为天元。在天元上相交的这两条线，明显比其他线粗，我仔细看了，那是拼在一起时留下的缝隙，与光照无关。怎么说呢？这样说吧，对弈的时候，四块玉一拼，就是棋盘。不下棋的时候，四块玉往起一立，就是四尊佛像。棋盘的背面，雕了四尊佛像。”

“你刚才说这东西是东汉至唐朝的文物。有什么窍门儿吗？”李有才问。

“要解释这一句，那你得付钱。呵呵，开玩笑的。再说下去，我就拿不准了，和你们破案关系不大，没有太大把握，我不愿意乱推测。”

狄棣见他谈兴已尽，于是说道："宇文兄给我们上了一课，真是受益匪浅，不知道怎么感谢你才好。"

宇文扬笑着说道："哪天酒驾让抓了，狄处长去捞出来就行了！"

"呵呵，送条烟是可以的。"狄棣跪起身子，准备下地，"我们下山去了，以后有什么事请教你，就直接找你了。留个微信怎么样？"

宇文扬点开手机扫描狄棣的二维码名片。"请教可不敢当，喝茶聊天随时欢迎。"

狄棣给宇文扬发了个龇牙傻笑的表情，同时说道："宇文兄的网名是'榆木'？"

"嗯嗯，念书那会儿，学习不好，我父亲训斥我是榆木脑袋，一来二去，周围同学也这么叫。"

"宇文兄属于逆境中崛起，和爱因斯坦一样，都是慢热型的。"

返回市区时，已经一点多了。狄棣把车开到分局附近的一家面馆门前。他叫醒李有才，问吃不吃山西刀削面。李有才揉揉眼睛说："去我家吧，让我老婆炒两个菜咱们喝一杯。"狄棣瞪了他一眼说："都他娘的几点了，惊了你老婆午睡不是找骂吗？"李有才说："面馆这个时候端上来的都是别人吃剩下的。"狄棣苦笑着说："你这一说我都没胃口了，去焙子铺买个焙子就茶水凑合一顿得了。"然后对李有才说道，"你安排人准备好图像分析室，下午再过一遍探头存储录像。"

进了李有才办公室，狄棣脱掉羽绒衣，坐在沙发上点燃一支烟，透过烟雾看李有才烧水、准备茶具、从办公桌抽屉里找茶叶。等李有才把沏好的热茶放到他手边时，他说道："如果真像宇文扬说的那样，棋盘是四块玉拼成的，说明棋盘完全可以装在拓晓晓的书包里，凶手离开时，比我们以前想的省事儿多了，单纯抢劫的可能性确实太小了。"

“是呢，几乎不存在单纯抢劫的可能。”李有才给自己沏了一杯。

狄棣说：“我觉得咱们还是漏掉了重要的线索。你看那个宇文扬，他爹都说他是榆木脑袋，却能发现棋盘是四块玉拼成的，说明人家观察得仔细，我们呢？作为专业人员却忽略了。所以，你别不高兴，我担心你手下负责检查探头存储录像的人也有可能忽略了某些重要细节。”

“录像都反复看过了，有几个时间节点的我也看了几遍。你要不放心，咱们今天晚上去何氏会馆再模拟一次。”李有才解开塑料袋，挑了一个肉少的肉夹馍递给狄棣。

“一会儿重点看晚间十点到十二点之间的。既然你已经确定二楼走廊的录像没有被人动过手脚，那么，我也可以做个大胆的假设，十点十分到十一点五十分之间，不管房间里发生了什么，凶手和拓晓晓是从卧室的窗户离开的。那四块玉，可能是凶手带走了。或者，如果是和拓晓晓一起离开的，玉就装在孩子的书包里，这样，凶手可以腾出一只手来。”

“我也是这么认为的，凶手一手拿着棋盘，一手拎着拓晓晓，跳出窗户难啊。上午我们去山里一转，这个问题迎刃而解了。”李有才拿起另一个肉夹馍，“凶手的轻功很棒，或者外面有直升机在空中等着。”

“你别嘲笑我的智力，侦破凶杀案，虽然不是鹿城围棋界第一人，但至少能搬个板凳坐在门口附近。”狄棣说，“你办公室应该备点儿好茶叶，这是什么茶，真难喝。”

李有才问道：“你要不要找个房间眯一会儿，然后再去看录像？”

狄棣说：“你刚才提醒我了，咱们先去何氏会馆模拟一下，回来再看录像。这样就有针对性了。”

到了停车场，李有才开出警车，狄棣坐到副驾驶位置，两人直奔何氏会馆。何氏会馆楼前只清理出一条走道，积雪反射着刺眼的光，院子里没留下多少脚印，看来是暂时关门歇业了。大厅一角的保安房间里坐着一个中年男子，正在低头玩手机，见李有才推开门，站起来说："今天张经理值班。"他给张经理打电话时手抖个不停，好像张经理就是要抓的人。不一会儿，张经理走出电梯。李有才迎上去说："我们再去206房间看看。"张经理摁亮电梯的按钮，回头说："周总今天没来上班，需不需要打个电话，叫她过来？"狄棣说："不用了，你把万能卡给我。"然后对李有才说道，"你和张经理到楼后面等着。"

狄棣上到二楼，进入206房间，努力让自己别去看那圈沙发，但眼睛的余光还是瞥到了，并且闻到了血腥味儿，该死的暖气让这个房间充满了恐怖，他后悔让张经理陪着李有才，而把自己放了单。他绕过隔扇进入卧室，打开窗户，把身子探出去，李有才正在楼下向上张望。狄棣提高嗓门说："你让张经理到我这里来！"

后院里只停着两辆小轿车，正是一天当中阳光最灿烂的时候，地面和树墙上的积雪闪烁着耀眼的白光。四楼东西末端各有一个探头；对面，树墙里边靠西的一棵国槐上也有一个。狄棣回头让张经理也到窗边来，然后指着树上那个探头问李有才："那个探头的录像你反复看了吗？"

"看了。"

"镜头是旋转的吗？"

"不是。固定的。摄录范围包括大半个后院和楼东侧拐角。"

狄棣用手指了指："张经理，树上那个探头为什么不把这座楼也覆盖进去？"

张经理回答道："因为不能侵犯客人的隐私权，特别是夏天。"

"哦，你们这些后起之秀很注意和国际潮流接轨啊。"狄棣又对李有才喊道，"楼东西两侧的探头也不是旋转的？"

"不是。摄录范围包括后院的一部分和北面这道树墙。"

狄棣指了指正下方："如果你现在领着你儿子在窗户底下，要想不被这几个摄像头照见，但能比较顺利地离开这个后院，你会怎么走？请选择一条理想的路线，时间不能超过三分钟。计时开始。”

李有才只用了一秒钟就有答案了。他指了指西边靠近楼体的一段树墙：“我让儿子先踩着我的背跳过去，然后我纵身一跃，也过去了。”

“恭喜你，答对了。”狄棣追问了一句，“如果你儿子不是五岁，而是十二岁呢？”

“这还用问吗？”

狄棣又指了指右前方滨江酒店的大楼：“滨江酒店楼上，有对着咱们这个方向的探头吗？”

“没有。都派人查过了。”李有才说。

张经理说道：“去年有。安装没几天，我们找到他们的保安部经理，取掉了。”

“因为他们侵犯了你们会馆的隐私权。”狄棣笑着说。下电梯的时候，他又问道：“前天晚上，你们怎么只有一桌客人？生意这么冷清？”

张经理笑了笑说：“何总每次来会馆请客，我们就不接待其他客人了。”

到了楼下，狄棣与李有才会合，研究那段几个探头都无法摄录到的盲区。如果凶手以及拓晓晓在不受太大损伤的情况下能从窗户下来，那么可以沿着墙体向西走，一直走到树墙这儿。积雪深及脚面，还有些滑，但狄棣和李有才稍加助跑，都轻松跃了过去。

他们跳到了滨江酒店的地盘上。树墙这边是滨江酒店的一块暂时闲置的空地，按私家园林的风格进行了精心布局，供酒店的客人散步休闲，如果是夏秋两季，景色一定很美，即使现在，也颇有“雪压残枝风弄影”的情调。他们涉雪穿过花园，走到铁栅栏近前。栅栏外就是公主巷。李有才仔细查看附近有没有探头，但是很遗憾，没有。

在返回分局的路上，狄棣才发现，忘了把万能卡还给张经理了。李有才说："你就当它是一张银行卡，插在钱夹里得了。"

到了分局，他们直接去了图像分析室。周晨曦和赵静雨正在走廊里等着，周晨曦嘴里叼着一支烟，赵静雨不停地用手驱赶眼前的烟雾，但又不愿意离他太远。值机的女警官已经调好多媒体，屏幕上显示的是"禁止吸烟"四个字和一个夸张的感叹号。

狄棣和李有才坐在屏幕前第一排，周晨曦和赵静雨坐在第二排。李有才打了个响指，女警官按下播放键。

他们首先看了案发当天下午四点到第二天狄棣到达现场之间滨江酒店大门口的存储录像。这一段，没什么太大的参考价值，因为进出的车辆和人员大部分是去酒店的。唯一引起狄棣注意的是晚间十点二十八分一辆三厢科鲁兹，开车的是何氏会馆的张经理。狄棣抬起手臂的一瞬间，女警官按下暂停键。赵静雨说道："这个张经理已经被pass掉了，他负责餐饮部，当晚只有一桌客人，就是何煜之的宴请。他处理好当晚的收尾工作，正常下班回家。我们第一时间检查了他的车，提取了后备厢和车后座的指纹。车没有被擦拭过。"

接下来调出会馆前院的所有录像。晚间十点到十二点之间，只有一个保安走出旋转门站在台阶上抽烟。再就是那个张经理，他直接走到停车场，走进阴影里，一分钟后，车开出阴影，开向通往滨江酒店的甬道。狄棣又举起手，画面固定到屏幕上。赵静雨说："如果有人从后院来到前院停车场，必须经过四楼东边那个摄像头的摄录区，那儿的光线很好，跑过去一只猫，也能发现。"

狄棣问："如果有人从滨江酒店那边，翻过树墙进入停车场呢？"

"理论上是可以的。阴影太深，发现不了。"赵静雨说，"但谁会那么干呢？"

李有才转过身去："对狄处长说话注意点。另外把你那几个绿指甲卸掉，哪天给局长传文件，不训你，训我。”

“不卸呢？”

“研究生的学费，不给你报销。”

狄棣说：“后院的录像不看了，把会馆周边附近街道上的录像调出来看看，看晚间十点到凌晨一点那个时间段的。”

首先调出来的是滨江酒店大门外的录像，摄录范围很广，钢铁大街的车流，大街与铁栅栏之间的绿化带，摄录非常清楚。每停下一辆出租车，狄棣就在一张A4纸上打个对号，一共打了二十六个对号；每停下一辆私家车，就画个圆圈，一共画了十二个圆圈。

然后调出能摄录到滨江酒店东面铁栅栏的录像。看了不到一分钟，李有才说：“不要看了，我都看过几遍了，没什么情况。”

女警官提示：“北墙外桦树巷没有探头。”

“西墙外公主巷也没有，”李有才说，然后回头看着赵静雨，“你明天向北、向西，再外扩一条街，把路上或路口的探头记下来，拷贝好了拿回来。”

狄棣拿起A4纸，看着那几个圆圈，说道：“除了出租车，滨江酒店门口停靠过的十二辆车，你们都查问了吗？”

赵静雨说：“都做了摘要，你昨天应该看了吧？”

狄棣脸一红：“我可能没看仔细。”

“和法医报告在一个文件夹里，”赵静雨说，“引起我们兴趣的，只有拓虹那辆车，就是拓开来的女儿。十点一刻，车停到酒店门外西侧，停了五分钟，然后向西开走了。我们和她谈话时，她说是接他父亲的，但他父亲又发来微信，说不用接了，有人送。还给我们看了她的手机。微信是十点零八分发出的，一共六个字：不用接，有人送。”

“我们和朱绶鸥谈话时，”李有才用指头敲了几下桌面，“朱绶鸥说，何煜之曾问过拓开来，需不需要送，拓开来说，不用了，自有安排。”

“哦，既然这样，”狄棣把手伸进羽绒衣口袋里，拿出一支烟，“如果现在那个孩子还活得好好的，那么，这个案子就破了。”

周晨曦笑着问道：“能确定凶手是谁吗？”

“凶手就是那个孩子。”狄棣捏了捏过滤嘴。

“哈哈，孙子干掉了爷爷，美国大片也想不出这么不道德的主意。”周晨曦拍着赵静雨的肩膀说道。

“如果不是那个孩子——”狄棣也苦笑了起来。

“那也不能给福尔摩斯打电话，我们还是老老实实找证据、抓线索吧。”李有才站起身，准备离开，“小周，麻烦你去一趟交警指挥中心，把会馆西面、北面就近街口的录像调出来，找出拓虹那辆车，把行驶路线标清楚。”

“现在都几点了！”周晨曦指了指手表，“能不能吃口饭？”

李有才这才意识到，已经九点半了。“不知不觉看了五小时纪录片，晚饭谁请客？”

“这个点吃什么晚饭，撸几个串儿算了。”赵静雨从门口的衣架上取下貂皮半大衣，“这次轮到我了。”

他们步行去了恒和南巷一家烧烤店，选了临窗的位置坐下。这些人显然经常来这个地方，没等狄棣掏出烟盒和打火机，店老板就提着茶壶过来了。赵静雨接过茶壶，指了指狄棣：“我们老大来了，好好露一把手艺，烤点儿里脊肉，现煮几盘带皮花生。”店老板想要和狄棣握手，她用一根指头挡住，“赶快烤肉去，先烤五十串。”

等狄棣和周晨曦点着烟，李有才说道：“我给郭小虎打个电话，问问寻人启事的事。”

周晨曦往狄棣面前的碟子里倒孜然粉和辣椒面儿。“目前打进四十多个电话，都核实过了，不沾边。要是有情况，保证你第一个知道。”

李有才握住茶杯，像在研究杯口漂浮的茶梗，发了片刻的呆，突然说道："静雨，明天大晨会结束以后，你调整到刘云茜那一组，手头上的事交给小周。"

店老板把第一波烤好的肉串端上来，大家开始埋头吃串儿。由于天气冷，又不喝酒，气氛显得很沉闷。赵静雨掰开一颗花生，试着喂到李有才嘴里。"罗马不是一天建成的，想得太多容易陷进去，咱们说点儿别的换换脑子开开心。"

李有才挡住她的手，说道："行啊，我讲个故事考考你。说，企业大亨兼棋迷北野文，外出旅行或洽谈生意，身边总是带着价值连城的棋具，抽空喜欢找人玩一玩。我要问的是，这个故事有没有不合情理的地方？"

"秒答，没有。"赵静雨把红柳木扦子收拢在一起，"我要有一条红宝石项链，当然要挂在脖子上啊。"

"回答得很好。但是，他只带着棋盘，却不带棋子。而且呢，不让他的身边人知道他带着这个贵重的棋盘。"李有才放慢节奏，"加上这两个补充条件，你还认为合乎情理吗？"

"这么说，那是玉棋盘？和田玉的，是吧？"

"是玉棋盘，比和田玉还贵重十倍百倍。"

"如果是这样，还真让韩建民给说中了，何煜之、高洪波、卢军达这些人，哪个不喜欢？价格谈不拢就抢。"赵静雨伸出两手，张开十指。

"目前看，这是最合理的推断了。"周晨曦说道，"何煜之是政协委员，我们要调查他，需要请示局领导。"

店老板把第二波肉串端上来时，赵静雨又追加了二十串。身处寒冷的冬夜，在对待烤肉的问题上，大家的态度是完全一致的。

街上除了出租车，其他车辆已经很少了，孤独的街灯不断从狄棣的眼前向后退去，昏黄的光线中飘浮着若有若无的雪雾，结了薄冰的路面显得异常开阔。轮胎应该是新的，抓地有力，嘎嘎有声，不用在油门上动脑筋，奔驰轿车流畅自如地向前行驶，十一点刚过就拐进了小区大门。这次，停车位空着呢，他在一天结束时获得了一个好心情。

屋里的暖气还是不热，但有助于思考。狄棣将客厅的灯全部打开，烧了一壶开水，冲了一杯速溶咖啡，把箱子拖到茶几旁边，用盘子里的水果刀划开胶带纸。从箱子里取书的那一刻，他的目光停在水果刀上。如果凶手用的是水果刀，追查起来会更困难。为什么用的是鹿城不常见的大马士革刀呢？凶器是精心准备的，还是顺手从什么地方拿的？他转动刀柄，刀面反射着灯光，与他的目光相接，但没有碰撞出具有启迪性的火花，仅仅是刺激着自己的眼睛。大马士革刀，波斯人的秘密武器。

狄棣把纸箱里的书全部摆在茶几上。浏览网站时觉得都是经典或精品，恨不得马上装进脑子里，摆在面前可以随时取用时却没有一丝阅读的渴望。他靠在沙发上，双手抱着保温杯，摇啊摇，咖啡几乎要漾出来了，于是喝了一口，然后拿起距离烟灰缸最近的一本书——《独居男人的生活秘籍》。他一只手把书打开，选择没被手指挡住的段落读了起来：

对有的人来说，独居是主动的人生选择，据说伟大的哲学家叔本华就是一个独居的老男人。

对有的人来说，独居是一种无可奈何的必须面对的生活方式，比如空巢老人，这样的人越来越多。

狄棣放下杯子，翻了几页：

有文字素养的独居老人，写回忆录可以延缓老年痴呆。农村的独居老人，养猪种菜可以颐养心情。

又翻了几页：

有些独居老人，一旦把一件事情当作事业对待，比四世同堂的老人，甚至比热血沸腾的年轻后生更投入、更执着、更拼了老命，因为，那个事业成了他晚年绚烂生命的一部分。

狄棣觉得这本书对自己的生活缺乏指导的针对性，书名是独居男人，但说的好像是独居老男人，合上书时才发现是中国妇女出版社的丛书之一。如此看来，或许再过几十年可以拿来研究借鉴。他把书扔到茶几上，点燃一支烟，抽着抽着，突然觉得那本书还有点儿意思。

于是，他走到书桌前拿起手机给范美玲发微信：干什么呢？

马上就蹦出了回复：读电子书呢。

狄棣试着用全键盘输入：不是在家吧？

对方回复：当然不是。有事快说！

狄棣改为全拼输入：在拓家吗？

对方回复：嗯。

狄棣想了想，然后快速输入：你问问拓虹，拓开来近年来，至少今年以来，有没有从事非常热心的事，当作事业来干的事，把人生晚年寄托于此的事，愿意拼了老命来做的事。

对方回复：啰里啰唆一大堆！跟了个红脸瞪眼的表情。

又跟了一句：知道了！

狄棣强调：问得巧妙点！然后放下电话，把茶几上的书按自己的阅读习惯分别放到书房、卧室和客厅的书桌下面。时针和分针同时指向十二点的位置，他踱到电视机前边，看着屏幕里自己的两条腿，不能确定该看看新闻还是放一张碟片。犹豫了片刻，他蹲下身子，揉揉膝盖，拉开电视柜抽屉，看有没有自己感兴趣的大片需要再欣赏一遍。

狄棣有收藏碟片的爱好，看过的电影，觉得好，就买一张DVD放着，这么多年，陆陆续续积累了近千张。对一些经典作品，他喜欢反复看，类似《最后武士》和《天国王朝》这样的影片，居然看了几十遍，就像吃羊肉一样，从不厌倦。调离刑侦部门以后，他侧重于收集侦探片和悬疑片，但每次看，自尊心都受到巨大的伤害。特别是根据克里斯蒂的小说拍摄的系列剧《大侦探波罗探案记》，始终跟不上波罗的思路，直到波罗边享受生活边调查线索，临近尾声时做了完美的总结，他才恍然大悟。第二次看的时候，依旧如此。第三次，仍然如此。

作为资深影迷，他还是最喜欢以洞察情感深处的秘密为轴线的片子，比如《中央车站》和《教父》第一部。也许受这类影片的影响，过去在侦破工作的实践中，总是自觉不自觉地从犯罪动机出发思考所有问题，因此对一些激情犯罪的案子，他从来没有提供过什么有价值的建议，而这类案子的发案率近年来却越来越高，因而导致自己的威信越来越低。到了法制处以后，思考的时间倒是多了，但他似乎并没有很好地利用起来。

狄棣觉得自己的腿有点儿麻了，于是放弃了午夜娱乐，把电暖气拉到茶几与沙发之间，将温度设定在二挡位置，盖了条毛毯，躺在沙发上抽烟。他意识到，自己还在想着那个案子，至少潜意识始终抱着那个案子不放。他突然想起前不久看过的一本书中有一段话似乎在内心深处的某个地方向自己招手。他爬起身，走进书房，打开灯，在书架底层的一排翻找。应该是这本《人类本性与社会秩序》。他在书店里买下这本书的原因是，译者前言里说，作者的基本思想是，生命为一个单独的整体，要想了解它，就必须从整体观察。他拿回家硬着头皮看了一多半，发觉对侦破工作帮助不大，就插到书架里去了。

狄榛站在寒冷的书房，把这本书翻来翻去，终于找见自己想看的那个段落。他关了灯，返回客厅，躺回到沙发上。原来作者是这样表述的：

敌意的作用，无疑是激起争斗的能量，把感情的动力化作保存自我或扩张自我的行动。这一点在激发的或动物性的敌意形式中显而易见。一只好斗的狗的情绪骚动，使力量激发并集中于争斗的几秒钟之中，其成败生死攸关。孩子的单纯的狂怒和成人的冲动显然也是同样的原理。在出击的瞬间，力量骤增，意识中除了残酷的天性之外，别无他念。

狄榛看完这个段落之后坐了起来，“敌意”“激起争斗”“保存自我”“孩子的单纯的狂怒”“成人的冲动”“出击的瞬间”“残酷的天性”，这几个词汇在他脑子里不停地滚动，像滚雪球一样越滚越大，以至于凶杀现场像一幅油画一样出现在眼前，西方画家的夸张笔法增加了画面的恐怖气氛，搞得他一点儿睡意都没有了。

居然往这个方面想。狄榛觉得自己很无趣，甚至很卑鄙。用一个美国社会学家的深奥理论来强行佐证中国男孩的幼小心灵，自己的哪根神经出了毛病，居然生出如此荒唐的奇想，难怪遭到周晨曦的耻笑。但综合目前掌握的情况，从这个出发点往下捋，似乎每个局部，都可以恰如其分地放入案子的框架之中，构成一个无可挑剔的推论，除了犯罪动机经不起推敲。

狄榛把书扔到茶几上，脸上露出自嘲的表情，但马上又原谅了自己。如果非要抬杠，把朱绥鸥作为凶手，也完全说得过去。剧情可以这样设定：何煜之与北野文在经济往来伴随的接触中，无意中发现北野文有一块古董棋盘，价值要远超高更的画作和王羲之的手札，他想买下来，为了实现这个愿望甚至愿意在生意上做出很大的让步，但北野文拒绝了他，恼羞成怒的何煜之完全可以指使朱绥鸥在自己的地盘利用各种便利条件干掉他包括目击者。

朱绶鸥可以爬个梯子，从卧室窗户进去，杀了人，拿了宝贝，带上孩子，爬出窗子，下到一楼，从一楼的窗户进去，说不定周亚薇还在下面接应他呢。这难道不成立吗？警察到达现场后，说不定那可怜的孩子正躺在朱绶鸥、周亚薇或任何一个会馆员工的车的后备厢里，身子被绑成螃蟹，嘴上贴着胶带纸，说不定那孩子已经惨遭毒手了。但会馆没有这样的梯子，也没有运进运出梯子的蛛丝马迹。也没有像搜索引擎告诉他的那样抓绳子下去的明显痕迹，除非死去的北野文和拓开来突然活了过来，流着血，走到窗前，抓着绳子的一头，协助朱绶鸥滑下去，并在那个家伙安全落地之后，说了一声OK。但这个剧情也不能成立，原因是，朱绶鸥何不一刀把那孩子也杀了呢？为什么还要费劲带出去？

他试着把思路换到另一条线索上：也许拓虹到滨江酒店门口没接上爷孙俩，只是开车回去了，只是出于某种原因绕了个道，并没有像自己突发奇想认为的那样，在酒店西栅栏巷子里接上惊慌失措的翻墙而过的侄子，侄子的书包里背着四块金贵的石头。

时间已经到了凌晨一点多。他打开窗户，把房间里的烟雾放出去，让外面的清冷空气进来。他决定睡觉去，钻进卧室的被窝里，不一会儿，就用嘴咬住了衬衣的袖子。

睁开眼睛时，窗外大亮，时间接近八点半，可能昨晚吃了烤串的缘故，睡过头了。他拿起手机，翻看有没有重要的短信和微信。天气预报显示今天是晴天，新闻显示叙利亚局势仍然紧张，倒是范美玲发来的微信吓了自己一跳：我爸问你，那个老师，你见不见。见，九点半去学校门口等着。不见，给我爸回个电话。

今天不是周日吗？狄棣有些疑惑。但范美玲做事从来干净利落，不出差错。周日是处于更年期的男人睡懒觉的时候，这个时间段给领导打与工作无关的电话是很不应该的，而且这是范副厅长亲自介绍的，不去见很不妥。于是他决定赶快把自己收拾利索，毕竟是人家的一番好意，过场至少是要走的。

他把车开到鹿城师范大学门口的自行车道上，看了看表，九点二十分不到。校门前倒是有不少人，但没有三十多岁的女人。他意识到，这是南校门，还有个北校门呢。怎么办？他掏出手机给范美玲打电话："你爸说没说是南校门还是北校门？"

"这还用问？光明正大的事，当然是正门！偷偷摸摸的事，当然是后门！"范美玲说完就把电话挂了。

他娘的，还不如不问。一问，反倒把自己搞糊涂了。相对象，当然是光明正大的事，但自己这个年龄，更应该偷偷摸摸地干才对。狄棣又看了看表，还不到九点半。他又给范美玲拨了电话："你和你男朋友这个点钟约会，一般去什么地方？"

"怪不得我爸说你是废柴。去电影院有点儿早，去早餐馆有点儿晚，去公园有点儿冷，就待在校门口有点儿傻。你说该去哪儿呢？"

"算了，我自己想吧。"狄棣挂了电话。他看见一位女士走出校门，深紫色鬈发，浅蓝色风衣，红色羊绒围巾，粉色休闲款皮包，深蓝色牛仔裤，黑色短筒靴，走到一棵松树下，停下了脚步，抬起手腕看表。应该是她。狄棣下了车，走过去："你是关芝林老师吧？"

"嗯嗯，我是。"对方显然戴着隐形眼镜。

"你好，我是狄棣。上午没课吗？"第一句就是错的，星期天当然没课。

"这个星期都没课。"关芝林握了握他的手，她的手很凉。

"我们是不是去吃个早点？"狄棣指了指停在身后的车。

"我吃过了，你要是没吃，我陪你去。"看来关芝林老师还是随和的，没有预想的知识分子可能有的矜持。

“我也吃过了，要不找个咖啡馆喝杯咖啡？”狄棣从来没去过什么咖啡馆。

“这个点钟咖啡馆说不定还没开门呢，我哥在附近开了个休闲茶馆，要不去那儿坐坐？”

狄棣载着关芝林上了学府路，茶馆就在学府花园旁边，不到二十分钟就到了。这是一个非常高档的茶馆，并不是狄棣预想的奶茶馆，而是按照日式风格装修的讲究茶道的时尚茶馆。服务员引他们上到三楼，示意他们去最里面的那个雅间。进了雅间，狄棣意识到自己就要老土了，就像自己真去了日本或者中国台湾，陈设和自己在风光片里看到的几乎一模一样：墙壁、挂画、窗帘、绿植、茶桌、茶具、点心，极为精巧地布置在一个十多平方米的空间里，颜色协调，格调一致，不是禅室，却有禅意，远离生活，却很温馨。狄棣不知道该坐在什么位置，好在关芝林已经坐在红色的坐垫上，于是他坐到了那个蓝色的上面。炉子里烧的是木炭，铁壶里的水冒着热气。服务员出去时关上了门。关芝林像招待客人一样开始摆弄面前的茶具。

“我还是第一次来这样的高档场所。”狄棣脱掉羽绒衣，意识到茶桌上什么都有，就是没有烟灰缸。

“我哥在日本留学的时候，业余时间学了学茶道。回国创业，搞什么都赔钱。后来心凉了，搞个茶馆打发日子，结果呢，歪打正着，还能维持。”

“听说关老师是学心理学的？”

“是呢，听着有点儿傻，但入了行，也很有意思。”

“是啊，由于工作关系，我也喜欢看看那方面的书。”

“你们的工作很神秘的，我看了不少国外的侦探小说，觉得更神秘了，特别佩服你们这类人的才华。”

“其实很枯燥的，我就很笨。”

谈话很自然，气氛很融洽。狄棣发现没那么难，于是就放松起来，但也不好意思老问个人方面的问题，一不小心，触到隐私，容易尴尬，泛泛而问，又怕人家笑话自己是事儿妈，于是他把话题转移到她哥身上：“你哥在日本，除了研究茶道，也喜欢走访风土人情吧？”

“他这个人爱静，学习之余，喜欢找人下下围棋。”关芝林续茶的时候，认真地打量着狄棣。

“哦，围棋是高智商娱乐，一般人玩不了。”狄棣觉得这样说既表达了对她哥哥的敬意，也迂回地肯定了对她的第一印象。

“狄处长也会玩围棋？”

“不不，我不会。”狄棣笑着说，“最近有个案子，和围棋方面的学问有点关系。”

“碰巧我哥在，要不要把他叫来问问？”关芝林拿起电话，“他平时喜欢拿平板电脑在网上下，还赢了不少金币，呵，是虚拟游戏币。哥，你过来一下，狄处长想见见你。“

狄棣觉得，这是找家人帮着鉴定来了。但人家已经打了电话，也不能说不见，只好尴尬地等着。很快，一个高个男子敲门进来，戴了一副深度近视眼镜，穿着休闲，但很有品位。

“我哥，关之森。”

“鄙人狄棣。”狄棣起身握手寒暄。

话题很快又落到围棋上。狄棣问道：“关总业余时间喜欢围棋？”

“是啊，照顾店面，不能乱走动，网上玩玩，消磨时间。”关之森的手艺明显老练得多，茶水在他的调教下更好喝了，“狄处也爱这个？”

“我不会玩，最近有个案子，和围棋方面的事有点儿关系。”

“嗯，那咱们有的一聊了。你想了解哪方面的？”

狄棣想起朱绶鸥向他提起过的人工智能、何煜之的高科技公司以及与北野文的合作，于是问道：“听说现在机器人也在下围棋，一些研究人工智能的公司比较关注这个？”

“是啊，近几年突破很快，机器人的水平达到甚至超过了围棋界的一流职业高手，赵治勋、李世石这些顶级棋手都抵挡不住。”关之森见狄棣很感兴趣，进一步解释道，“本来是围棋界的新闻，却引起世界范围的震动，包括不会下围棋的科学家也十分关注。原因是，研发这种机器人的公司掌握了一项核心科技，就是这个钢铁侠能自主学习。怎么说呢，这种铁疙瘩好像有我们人类特有的意识，不仅仅是单纯的计算。这项科技可以运用到很多领域，比如说军事方面，很快就会出现机器人士兵，你想有多可怕。”

“若不是关总给我讲，我还真有点儿不相信。”狄棣惊异地说道。

“现在腾讯、弈城这些大的围棋网站，都有机器人进来坐台，公开接受棋迷的挑战。它们都是有网名的，日本有一个，棋迷称之为‘真狗’，咱们中国有个更厉害的，叫‘骊龙’，是腾讯公司研发的，最厉害的是谷歌旗下的一款产品，叫‘大师’。”

“呵呵，还真有趣。”狄棣想再进一步问些别的，但还是克制了一下。没想到，关之森却谈到了这个话题。关之森说：“咱们鹿城在这方面也很争气，‘蓝色银河’也研发了一个，近两年，在网上也是万人敌。这个机器人棋风比较特别，有点儿古代棋士的风范，棋迷很喜欢它，有时候一晚上车轮大战几十盘。中国的连笑，韩国的朴廷桓，日本的老将依田纪基，有时候也找它对弈。对了，网名叫‘凤凰泪’。”

“凤凰泪？”狄棣的脑子轰地响了一下。昨天在山里，宇文扬说什么来着？他马上又联想到拓晓晓，围棋神童，神童。想起来了，记载那个玉棋盘的古书叫《凤舞昆仑》，玉上的那条‘红丝带’叫凤凰泪！

意识到关家兄妹都在打量自己，狄棣才发觉走神了，笑着说道：“听得我都入迷了。用茶水敬关总一杯，以后有机会，真得好好敬一杯！”

“这么说对你的案子有帮助？”关之森也觉得聊得很愉快，“以后有机会，我教你下围棋。”

关之森借故接个电话，离开了雅间。狄棣对关芝林说：“你哥把工作、生活、乐趣融为一体，像林语堂说的，算是完美人生了。”

“外表光鲜，其实呢，别人追他讨债，他也追人讨债，追来追去，苦乐自己清楚。还是过平平淡淡的日子好。”

狄棣正要试探些别的，突然电话振动起来，是李有才打来的。李有才在电话里说：“卢军达死了，拓虹单位的头儿，死因是心脏病发作，但被人折磨过，一个指头被类似钳子的东西伤害过，你要不要来现场看看？”狄棣问：“现场复杂吗？”李有才说：“不复杂，你要有事，忙你的，回头给你上份简报。”狄棣说：“那我就不去了，在你们分局辖区吗？”李有才说：“是呢。”狄棣说：“那你处理吧，我得去拓开来家一趟。”

狄棣看了看表，对关芝林说道：“真是不好意思，本来想中午请你吃个饭的。工作上有点急事，我们改天再约好吗？”

关芝林说：“好啊，要不要留个电话？”

他们互相留了电话，但没有进一步互留微信，可能彼此都觉得循序渐进才是上策，好事都得慢慢来。

离开关之森的茶馆，拐到巴彦淖尔路的时候，狄棣才想起少说了一句话，那句话应该是，“我送你回学校吧？”把人家扔下，自己忙里忙慌就走，是不是失礼了？好在那是她哥哥的地盘，也说得过去。

脑子的空间很快就被案子占满，关芝林暂时淡出了他的意识。他在思考卢军达的突然死亡与这个案子有没有关系，没关系当然更好，如果有，案子可能进一步复杂化。狄棣感到了压力，甚至有些力不从心的疲惫感。

到了泰禾小区门口，他隔着车窗问一个买菜回家的老人，附近有没有洗车的地方。老人指了指前面：“往前走，往前走就到了，不要随便掉头。”狄棣觉得，老人不但给他指了路，而且还上了一堂人生课。他找到洗车店之前，先碰上了加油站，于是开进去把油箱加满，顺便问工作人员附近有没有洗车店。工作人员向阳光照射的方向扬扬头，狄棣把车开了过去。

站在阳光下，看着水枪呼呼喷水，他感觉头有些晕，心开始发慌，手也抖了起来，差点儿把指缝间的半截烟抖掉。他这才想起从早上到现在没吃一点儿东西，茶馆的点心没敢动，看样子是醉茶了。他想找个面馆补充能量，发现街口有个意林面包店，于是去店里买了一个蓝莓面包，一边吃一边给范美玲打电话："我马上就到小区门口，你和拓虹在一起吧？"

"刘云茜陪着买菜去了，我一个人待着呢。"

狄棣又拨通了李有才的电话："寻人启事有回音了吗？"

"没有，一有消息，马上通知你。"

狄棣从通讯录里找到范副厅长的手机号码，发了个短信：上午见了关老师，谢谢厅长美意。

没想到，刚把手机放进口袋，马上就抖了一下。他又掏出来，是范副厅长的回复：人生三不朽知道吗？

他赶快回复：知道。立德，立功，立言。

结果又挨了训诫。收到的回复是：三十亩地一头牛，老婆娃娃，热炕头。

狄棣眯起眼，迎着耀眼的阳光，慢慢走到洗车店。奔驰车红得像一团火，两个工作人员正擦抹轮胎，以完成最后的收尾工作。狄棣说："轮胎就不要擦了，冲洗得够干净了。"他付了钱，把车开到泰禾小区门口。

范美玲推开防盗门，问道："感觉怎么样？"

狄棣把车钥匙还给范美玲："她们买菜还没回来？我让你问的事儿，你问了吗？"

"问了。"两个人来到拓晓晓的房间，"他爸除了照顾孩子，看看书，要说有什么热心的事业，这个词儿是你说的啊，就是热心环保事业。拓开来是鹿城生态环保志愿者协会的理事，最关心的就是柳树驿村那一带的湿地保护。”

“哦，上次拓虹跟我提到过。”狄棣拿起书架上的小相框，拓晓晓正在朝他微笑，旁边的那位大哥哥曾经坐过世界围棋头把交椅，名字记不得了，但“第一人”这个词，他记住了。他拿出手机，对着相框拍了一张照片。“拓晓晓同学，你在哪里呢？”他把相框递给范美玲，走进客厅，坐到沙发上，“李有才给你们打电话了吗？”

“什么意思？”范美玲把狄棣的车钥匙扔给他。

“拓虹单位的卢馆长死了，刚发生的事，”

“打了，给刘云茜打的。刘云茜跟我说了。”

“拓虹知道了吗？”狄棣望着窗外的阳光。

“知道了。”

“她是什么表情？”

“能有什么表情？雪上加霜的表情。”范美玲坐到茶几另一面的小凳子上，轻声叹了一口气，也把目光移向窗外。

“美玲，你又长个了。”狄棣突然转过身，盯着范美玲的眼睛说道。范美玲抬头瞅了他一眼：“哪根神经又抽住了？你想说什么？”狄棣说：“卢军达现在死了是什么意思？”

楼梯里响起了脚步声，随即有钥匙插进了防盗门的锁孔里。狄棣快速整理了一下思路，点燃一支烟。拓虹提着一袋蔬菜，刘云茜提着一袋水果，见狄棣在屋里，刘云茜接过拓虹手里的塑料袋进了厨房。拓虹走过来坐到侧面的单人沙发上，准备给狄棣沏茶，一缕短发垂下来，遮住了极度疲惫的面容，手修长而有力，但抓住壶把时有些颤抖。狄棣说道：“一小时之前，卢馆长去世了，具体情况我还没了解，初步断定，是受到折磨伤害，引发心脏病猝死。”狄棣接过拓虹递来的茶，“你和他在一起工作多长时间了？”

“将近七年了吧。我大学毕业去了爸爸的公司，他离开‘柳树驿’的时候，推荐我到卢叔叔那儿工作，就是卢军达的民俗馆。”

“哦，民俗博物馆不是国家的？”狄棣对私人藏馆的概念还比较生疏。

“是一个私人收藏馆。旅游旺季接待外地游客，还卖些小东西。每年有不少画家、书法家去那儿办展览。我们也办一些培训班，还配合搞一些公益项目。”

“这么说，你爸和卢馆长关系不错？”

“是呢，他们年轻的时候就是好朋友，都喜欢钻研历史，卢叔叔特别喜欢收藏，我爸的一些藏品也放在他那儿。民俗馆也有我爸的一些股份，前几年，爸爸把那些股份划到我名下了。”

听到刘云茜在厨房里哗哗洗菜，狄棣看看手表：“你爸爱读书爱钻研，关心公益事业，作为晚辈，我非常钦佩他。看他书房里那么多线装书，我认不好繁体字，所以碰到线装版的书，既觉得神秘亲切，又不得不敬而远之。对了，你爸有一本叫《凤舞昆仑》的古书吗？”

拓虹摇摇头：“是类似于《梧桐雨》《牡丹亭》那样的剧本吗？好像没有。”

“晓晓的事，你也别太着急。”狄棣及时转移了话题，“我们在全市范围和周边地区都发了寻人启事，各地公安和派出所民警都在尽心竭力找他，你要沉住气。对了，晓晓学习之余也在网上下棋吧？”

“经常下。我们这个家庭，业余消遣就是下棋。”拓虹苦笑了一下，随即流出了眼泪。

狄棣站起身说：“我还有点儿事，不打扰你们了。这段时间刘警官和范警官陪着你，有什么情况随时联系。对了，你哥什么时间到家？”

“是今天中午，还是明天中午？到了北京他会打电话。”

狄棣握了握拓虹的手，拍了拍范美玲的肩膀，在门口和刘云茜打了声招呼，一个人下了楼，在小区附近找到自己的车，给李有才打了个电话。李有才说，中午没饭局你就过来吧，一边吃一边碰碰情况。狄棣说，分局太远，不去了，食堂的饭年轻的时候就吃腻了。李有才说，卢军达这边刚收尾，就在艺术厅南街的一个巷子里呢。狄棣说，说具体点儿，我用高德导过去。李有才说，丽丽骨头馆，地图里没有，你就找重庆火锅城，旁边就是。

狄棣转动钥匙点火启动，打了几次没打着，看来范美玲就没动过这车。他从储物箱里找出一盒烟，把衣兜里的空烟盒扔进去，然后再次转动钥匙，这次着了。他没有马上出发，点了一支烟，让发动机活动活动筋骨。拓虹的身影浮现在脑海里，轮廓清晰，一动不动。狄棣想，若论人之常情，一个没有丈夫呵护、没有亲人帮助的年轻女子，碰上父亲被人杀害、侄子下落不明的飞来横祸，而且祸不单行，一起工作的卢叔叔也突然非正常死亡，一般的人，身体、精神可能都垮了。而她尽管精神疲惫，身体虚弱，却并没有神志不清，方寸大乱。真是个奇女子。怪不得拓家能积攒下几百万上千万的财富，除了头脑、机遇、天命超乎常人外，刚毅、冷静、克制等优秀的性格品质可能也很重要。

到了丽丽骨头馆，已经十二点半了。在二楼的一个雅间里，热气弥漫，抽风机呼呼响着，十多个人围着桌子，正吃在兴头上。有七八个穿着警服，狄棣都不认识，中间的位置上坐着一个高大魁梧略胖的警官，紧挨的位置空着，看来是留给自己的，李有才坐在另一边。狄棣象征性地敲了敲敞开的门，通报自己即将入场。李有才一只手抓着羊脊骨，一只手用筷子捅骨髓，腾不开手招呼，用膀子撞了撞正在铁锅里捞骨头的邻居。他抬起头，见狄棣在门口站着，赶快站起身，用滴着油的筷子指了指身边的空位，因为嘴里正在嚼肉，不能说话，只能露出表示欢迎的微笑。

狄棣来不及脱掉衣服，那位警官就要握手，李有才说：“握个球呀，看你那油手。”又对狄棣介绍道，“派出所那所长，中午他请客。”

“巴格那，艺术厅南街派出所。”巴格那递上一支烟，靠门口的一个年轻民警绕了半圈桌子过来给狄棣点火。巴格那说道：“处理完现场太晚了，干脆一起吃个便饭，一年多没请分局的弟兄坐坐啦，终于捞着个机会。”给狄棣的吃碟里放了一块脊骨，又盛了一碗肉汤，“别看这个饭馆不起眼，脊骨炖得最地道，成吉思汗有一句名言，怎么说来着？吃肉羊脊骨，喝酒老白干。工作间隙不喝酒，咱们就以汤代酒。来，先喝一碗。”

狄棣喝了一口羊肉汤，味道果真不错。刚放下碗，巴格那用手抓了些香菜扔到狄棣碗里，见李有才用筷子敲碗，于是给他的碗里也扔了一些。狄棣拿起脊骨啃了一口，说道：“好吃，巴所长破费了。”

“不能这么说，工资打到卡里，就是用来招呼朋友的，”巴格那朝服务员招招手，“再上一铝盆！”

赵静雨拿筷子在铁锅里不停地搅着，似乎想找一块小点儿的骨头。“狄处长和那所长不太熟吧，熟悉的人都叫那所长，不叫巴所长。叫巴所长，他会不高兴。”

“哦，对不起啊，”狄棣说道，“蒙古族有些讲究我还不太懂，说错了别介意。”

李有才说：“跟民族习惯没关系。不但不能叫巴所长，更不能直呼其名巴格那。这些年，老巴一听别人喊他巴格那，就生气。总以为人家在喊‘巴格达’，老巴说了，晚上睡觉，枕头边落的全是炮弹，心惊肉跳睡不着。”

“那所长不是戴着帽子睡吧？”看来周晨曦也是第一次听说，没忍住，笑出声来。

“别听他们胡说。你看看我这脸。”巴格那把脸转过来。狄棣看到右脸上有一块烧伤留下的疤痕，问道：“怎么回事？”

巴格那说：“前几年有户空巢老人家里着了火，不懂得打火警电话，打到110，我和几个弟兄跑过去帮忙，不小心整了一下。后来喊那所的人就越来越多了。”

“别人的军功章都锁在抽屉里，我们的那所呢，”赵静雨把丢在桌子上的骨头扔进铝盆里，“在脸上镶了一枚。”

“他娘的，一边请着客，一边还挨涮。”巴格那把面前一大堆啃光的骨头扔进铝盆，“要不要再上一铝盆？”

周晨曦说：“不要了，吃饱了。”

巴格那使了个眼色，几个穿警服的民警站起身，打了招呼，离开雅间。狄棣把剩下的半碗汤喝光，问道：“这么说，卢军达是死在家里了？”

“是，保姆报的警。”巴格那说，“我们先去封控了现场，李大咖他们来了，认真过了一遍。”

“除了指头，其他部位有伤害吗？”狄棣点燃一支烟。

李有才说：“嘴上有胶带贴过的痕迹。保姆昨天临走时收拾了屋子。卢军达很少在家里接待客人，这是保姆说的。对了，卢军达老伴儿很多年前就过世了，长年一个人生活。有一个儿子，移民澳大利亚了。”

“熟人干的。”周晨曦说，“死亡时间初步看是晚间十点到凌晨三点左右。门锁没有破坏的痕迹，上下左右的邻居没听到异常的喊叫，茶几上虽然只有一杯白开水，但茶具明显用过。保姆说卢军达晚上从来不喝茶，但茶桶和茶杯摆放的位置有变化。显然呢，晚上来过客人。如果这拨客人是案犯，那么应该是两个人。当然了，也不排除他们走了以后，案犯后来来的。这样的话，就不能确定是几个人了。现场显然被清整过，没抓着指纹，但抓着两根头发。”

“肯定是想从卢老爷子嘴里问出些事情。”巴格那掐灭手中的烟，“要不要去我们所里歇歇？”

李有才说：“不了，吃一顿就够破费了。你要有事你先走，我们等等郭小虎，他办手续去了。一会儿还得去民俗馆走一趟。”

巴格那走后，狄棣又从铁锅里捞了一根骨头，笑着说道：“刚才没好意思大吃，早上没吃饭，我得补回来。”

“如果卢军达的死和何氏会馆的案子有关系，反倒是一件好事。”周晨曦抓过纸抽，若有所思地说，“当然，我也非常可怜卢军达。”

“怎么讲？”狄棣问道。

“这就证明拓晓晓可能没有死，而且你们说的那块玉说不定就在那孩子的书包里。”

“你的推测有道理。如果把何氏会馆的案子作为抢劫案来思考，那么凶手在何氏会馆没有得手，孩子和玉石躲过一劫。”狄棣把手中的骨头扔进铝盆里，“我上午找拓虹聊了聊，卢军达和拓开来是老交情，拓开来把自己的宝贝女儿托付给卢军达，说明交情不浅，而且，拓开来的一些收藏就放在民俗馆。”

周晨曦得到狄棣的肯定，心情好了起来，接着说道：“但也可能一毛钱关系没有。卢军达说不准借了谁家的钱，债主上门讨债，发发狠，拿钳子捏捏，吓吓老爷子，也是有的。结果呢，出了意外，把老爷子疼死了。”

“讲得好，滴水不漏。”赵静雨从包里拿出湿纸巾擦嘴，顺便递给李有才一张，“跟没说一样。”

“等小虎来了，”李有才说，“一会儿我们去民俗馆查查，答案就接近准确了。晨曦，给小虎打个电话，让他带着手续直接去民俗馆等我们好了。锅里没几根骨头了，让他在民俗馆附近吃一口算了。”

“我倾向于并案侦查，卢军达这根线索要侧重于拓开来，还要关注与何氏集团有什么关系。”狄棣从纸抽里揪了一张纸，擦擦嘴说道，“如果仅仅是讨债出事，案子几分钟就破了，不影响咱们的进程。”

“咱们撤吧。静雨，你开狄处长的车，路上找个店面好好洗一洗，这几天下雪都冻成冰棍了。”

到民俗馆的路上，李有才摇下车窗，享受着阳光和微风，但目光没有停留在熙熙攘攘的街景上，而是飘入不可名状的某处。“刚才有个事，正要告诉你，打过手忘了。”

“什么事？”狄棣看着街边的店面，店面的招牌，招牌上的字。

李有才说：“在卢军达家里，有几张照片印证了你的看法。一张是拓开来和卢军达在一起钓鱼，背景是芦苇、蓝天、白云，飞鸟。一张是卢军达在演讲台那儿讲话，背景是主席台，在主席台就座的一溜人当中就有拓开来。”

“什么场合的讲话？”

周晨曦点开手机，李有才帮他设置好高德导航。“鹿城湿地保护志愿者行动启动仪式。”

“腾出时间，咱们去一趟生态环保志愿者协会。”狄棣说，“但还得先看看在民俗馆能有什么收获。”

鹿城民俗博物馆位于老城区靠近外环路与京藏高速的交会处，距离沙梁遗址不远，几幢风格不一但巧妙结合的低层建筑矗立在一块白杨林掩映的坡地顶部，阴山山脉作为它的背景，提供了雄浑、简洁、壮美的元素。一条铺着细沙的路绕过农田蜿蜒通向正门。

进了大门，主体建筑是一座砖木结构的汉民族农舍，但体积要大十几倍，应该是综合展厅。左右两侧错落分布了十多间土屋，有的作为专题展厅，有的作为办公室、购物空间以及洗手间。整体感觉就像穿越时空，蓦然闯入农耕时代的一个村镇，此时看不见孤烟与落日，也没有行人和牲畜，显得有些冷清。周晨曦把车开到停车场。三个人下来，沿着黑石板铺成的甬道向前走。主体建筑果然是民俗馆的主展厅，正门前面青石砌成的高台上竖立着一个磨盘，因为经受了太多风雨的缘故，上面有多处破损。甬道从这里一分为二，他们沿着右边绕过去。主展厅台阶上站着一位中年男子，快步迎上来，介绍自己是这里的副馆长胡羡春，没说几句，就开始流眼泪。狄棣说：“胡馆长不要太悲痛，我们会尽快抓住凶手的。”

胡羡春要领大家去办公室。狄棣说：“你们去聊吧，我想进展厅看看怎么样？”胡羡春把展厅门打开。李有才说：“等郭小虎过来再聊吧，手续他拿着。你们财务上来人了吗？”

“来了，在办公室等着呢，都是自家人，还什么手续不手续的。想看什么，你们尽管看，尽管问。”胡羡春把大厅的灯打开。狄棣的眼前一亮。展厅设计有如九曲回廊，充分利用了空间，墙上挂的，地下摆的，满满登登。他们向前边看边走，逐渐拉开距离。狄棣说道：“一个私人收藏馆，有这么多的旧东西，真让人开眼。说实话，我特别佩服你们这个行当的人，有情趣，有追求，把我们祖先的生命轨迹展示给当代人，让我们这些后来人觉得不孤单。”

胡羡春感叹道：“树无根就死了，人无根就飘起来了。现在的年轻人，不喜欢亲近历史了，去玩高科技大数据了，觉得移民美国也没什么意思，都想去太空转转。”

“呵呵，是啊，就说这个斗吧，”狄棣指着展台上陈列的三个不同年代的斗，“对我来说，只知道‘不为五斗米折腰’，再多呢，就说不上来了，哪能想到，还有这么多的学问。”

“你这已经很有学问了，”李有才笑着说，“我只知道地主收租用斗，其他就不知道了。”

气氛逐渐由压抑变得活跃起来，狄棣说道：“听说拓虹她爸有一些藏品陈列在这儿，碰到了，麻烦你指一指。”

“好的，这件就是。”胡羡春指着玻璃罩子里的一个佛头。

“手上有这个东西，不犯法吗？”狄棣前倾身子，仔细打量。

“这玩意儿是有身份的，”胡羡春笑着说，“用现在年轻人的说法，这位菩萨还是‘海龟’呢。拓开来从香港买回来的。有人说是假的，我倒是同意老拓的看法。”

“怎么讲？”

胡羡春掏出一盒烟，用指头弹了弹烟盒：“老拓说，如果塔利班在上面砍了一刀，或者打了一枪，那就是真的了。”

“呵呵，这是阿富汗的文物？”

“我们替阿富汗政府保管几年。拓开来说了，将来会还回去的。”

狄棣见胡羡春神态坦然，说明他还不知道拓开来也出了事。“拓虹这几天没来上班？”

“没有，拓开来去外地了，侄子没人照顾，请了几天假。现在是淡季，来了也没什么事情。”胡羡春抽出一支烟来，“会抽吗？”

“让抽吗？”狄棣接过香烟，不好意思地问道。

“怎么不让，这儿又不是故宫，我们这个地方，多让烟熏熏，才有民俗馆的味儿。”胡羡春把火打着。

转了一圈，回到展厅门口，胡羡春指着一个榆木大书案说道：“感谢你们参观，给鄙馆留个字吧！”

狄棣笑着说：“不敢不敢，我们算什么身份？”

“小学生来都留字的，我们有个‘参观馆藏签名册’，留个名字，一则留个纪念，再则方便统计一年的人流量。”胡羡春示意他们过去，“因为我们这个展厅不收门票钱。”

狄棣走到书案前。书案上铺了几张宣纸，毛笔、墨汁、砚台、镇纸、笔洗等一应俱全，还有一把别致的裁纸刀放在红色的签名册上面。李有才拿开裁纸刀，翻开签名册，示意狄棣先写。狄棣说：“我不会用毛笔，有中性笔吗？”胡羡春从口袋里抽出一支中性笔递给他。

狄棣想了想，俯下身子写了一首打油诗，并签了名。然后把笔递给李有才。李有才正要写，看到了那首诗，是这样写的：

仲冬晌午后，
结伴向北行。
亲近民俗馆，
探寻先祖情。
馆中藏品多，
琳琅互争雄。
远离烟火气，
因到最高层。
斗似方世界，
佛如圆棋枰。
挂画藏真言，
温暖众人心。
生命一滴水，
凤舞在昆仑。
九曲通幽处，
甘当守拙人。

“嗯，有点儿意思。”李有才在“狄棣”两个字的旁边工工整整写下自己的名字。三个人迈开步子向门口走去，突然，狄棣停住脚步，走回去拿起桌上的裁纸刀，对胡羡春说道：“胡馆长，这把小刀很别致，放在这里，是干什么用的？”

胡羡春说：“裁宣纸用的，你要喜欢，送给你了。”

“这么漂亮，不是馆里的藏品？”

“不是，练毛笔字的人，都得有这么一把裁纸刀。过年写对联，需要裁红纸。平常人一般用学生娃娃的铅笔刀就能对付。但是一些讲究文房用品的书法家，喜欢用有收藏价值的别致小刀裁宣纸。咱们鹿城的一些书法家，喜欢用尺寸更大的，既能裁纸裁绫子，又能当镇纸用。”

“哦，长见识了，你们馆里有收藏类似刀具的人吗？”

“没有，我们馆里这些人都不爱练字，卢馆长喜欢钓鱼，拓虹喜欢下棋，几个年轻的，喜欢斗地主，我喜欢躺在床上翻书。”

“这么说，一些书法家，或者经济条件好一些的书法爱好者，喜欢收藏一些这样的东西？”狄棣把刀放回桌上。

“那可不，一些人家里宣纸一阳台，毛笔几百支，印章几十个，和女人买鞋买包一个样。”

赵静雨已经过来了，正在停车场晒太阳。郭小虎的警车也驶入大门。他们一起去了财务室，一个大学生模样的女子正在等着，铁皮柜和保险柜都已经打开。郭小虎出示了手续，几个人分头查看文件资料和有关账目。狄棣坐到窗户前的一张靠背椅上，对胡羡春说道：“你们的民俗馆是几个人合股搞的？我能看看类似的合同或者文件吗？”

胡羡春从柜子里找出一个文件盒，很快就找到了合股协议书，翻到狄棣想看的那一页。狄棣拿到手里，上面发起人名单上写着卢军达、胡羡春、拓开来、宇文扬四个人的名字。“宇文扬也有股份？”狄棣问道。

“是啊，老卢和宇文扬一人占了两股，我和拓开来一人一股。老拓那一份，转到拓虹名下了。”胡羡春递给狄棣一支烟。

“你们有外债吗？”狄棣把合股协议书放到桌子上。

“有啊，前年搞了搞局部装修，银行贷了二百多万，还了一些，剩下的今年差不多就还完了。”

“有没有借小额贷款公司的钱？还有私人高利贷什么的？”

“没有。我们这个藏馆，就像老乡过日子，不花探头钱。前年贷的那些款子，也是因为临时筹措不开。”

“卢馆长有没有不良嗜好？比如赌个钱什么的？”

“没有，老卢的生活很规律。他要不是个本分人，他拉我入伙，我也不干。”

狄棣准备再问些什么，手机振动起来，是范美玲的电话，说网购的衣服到了，让他晚上六点之前在家等着，不合适可以换。狄棣这才想起前天在李有才办公室，范美玲不是闹着玩的。他看看表，已经五点了，于是对李有才说，厅里有点儿急事，需要回去处理一下，先走一步。他绕外环路回家，快到鄂尔多斯大街出口的时候，收到一条陌生号码发来的短信。点开一看，是何煜之发来的：方便时回电，何煜之。

狄棣把车停在小区大门外，背靠车门给何煜之回电话。何煜之说，北野文的大儿子北野勇一到鹿城了，今晚在苁蓉山庄吃个见面饭，问他要不要以私人身份参加一下，提前掌握一些必要情况，说不定对案子的侦破有帮助。狄棣说，他得请示一下赵副局长，赵副局长牵头这个案子。何煜之说，要是能参加，六点半左右到就可以，在六号雅间。狄棣正要给赵副局长打电话，快递员骑着电瓶三轮车到了门口，他追过去签收了包裹，突然想到还没给范美玲钱呢，于是用微信转了六千，然后发了一条感谢的话：很酷。

狄棣坐回车里给赵副局长拨通了电话。赵副局长说，当然要去，外事办已经把你的情况发给那边了，日本人知道你是谁，对死者家属表示一下慰问也是好的。他看看表，拍拍方向盘，点燃一支烟，决定给李有才打个电话。他简单说了一下情况，问李有才去不去。李有才说，不去，等明天陪领导去。他又给何煜之拨通了电话：“晚上我得带个人去。”何煜之说：“好啊，有什么忌口的没有？”

“凉菜别上地铃。我带个翻译过去。”

何煜之说：“我们公司就有翻译，不过你带一个更好，在日本人面前，咱们得讲究点儿排场。”

狄棣把车开到路上，给范美玲打电话：“你马上来苁蓉山庄一趟，六号雅间。”

范美玲笑着说：“怎么，刚见面不到一天就约人家吃饭啊，你这会谈对象吗？”

狄棣蹬了一脚油门。“约对象能叫你作陪？北野文的儿子到了，你过来翻译几句。”

苁蓉山庄在白塔花园旁边，巧妙地把花园的风景作为自己的背景，附近不但没有山，连个土坡都没有，只有那座孤独的白塔直立在已经入夜的天空下。可能是因为地处鹿城东郊，命名为“山庄”显得幽静，容易让顾客觉得休闲高雅。没想到一进里面，让狄棣大跌眼镜，装修得真是豪华，与何氏会馆一样气派。他决定先不去雅间，等范美玲到了，一起进去。正想找个坐的地方，朱绶鸥从几棵凤尾竹后面踱出来：“正准备出去接你，这么快就到了？翻译呢？”

“在后面。”狄棣示意到外面的回廊里抽支烟。回廊尽头放着一台过去农村用的石磨，旁边用桦木搭成几个锥形支架，上面挂着风干的羊皮，射灯照在上面，看得清斑驳的血迹。“老朱，你和宇文扬熟吗？”

“宇文扬？”朱绶鸥摇摇头，“和他二哥倒是很熟。怎么了？他犯什么事儿了？”

“没有，别他娘一惊一乍的。”狄棣推开朱绶鸥递过来的细支“冬虫夏草”，掏出自己的“大团结”，抽出两支，递给朱绶鸥一支。

“这是什么破烟？好抽吗？”朱绶鸥按在嘴里，用打火机点着。

“新出的一款纪念烟，有劲。”狄棣望着停车场的入口，说道，“这个宇文扬很有学问。”

“那是，美国留过学。但他们家的生意轮不上掺和，跟他爹要了些钱自己搞。不过这小子脑子净往歪处用，前些年盗挖古墓差点儿坐班房。那时候你大概没时间听这些鸟事。”

“滑雪场后面有个榆木山庄，是他的？”

“不知道，他的大本营在北京，听说这些年在搞进出口生意，劲儿往‘丝绸之路’上使呢。”

一辆红色运动轿车驶入停车场，他们朝餐厅门口走去。范美玲跨过铁围栏，朱绶鸥迎了上去。几个人沿着回廊，从侧面一个挂红灯笼的小门进去。

雅间里的沙发上，何煜之正和一位男子说话，两人都侧着身子，沙发后面站着一个大学生模样的年轻人，手里托着手机。推拉门的另一边，周亚薇和其他几个人站在一起，表情漠然地盯着壁挂电视上的画面，见狄棣一行进来，示意服务员把电视关掉。

何煜之站起来向狄棣介绍刚下飞机的客人。握手时狄棣觉得很尴尬，本来想说“你好”，结果一出口来了句“对不起”。范美玲翻译为：“对不起，来晚了。狄棣。非常荣幸。”

大家聚拢到餐桌前就座。何煜之说道：“北野先生一路风尘，车马劳顿，鄙人略备素席，以尽地主之谊。”那个大学生模样的年轻人坐在何煜之和北野勇一之间，他把何煜之的话用日语又说了一遍。北野站起身向大家点头致意。他穿着黑色西装，系着黑色领带，头发垂到前额，神色有些恍惚，狄棣觉得这个日本人虽然胸怀丧父之痛，但举止有据，能够隐忍克制，如果晚饭吃得顺当，或许可以找机会和他谈谈。

何煜之拿起筷子，见大家都不动手，于是说道：“中国有句古话，哀其神不能伤其身，遇悲不食，是为不孝。北野先生请吃一点儿。大家都吃，来，大家都吃。”陪同北野的有他带来的翻译员，还有高桥俊二和池田康，见北野夹了一块油焖风干牛肉放到嘴里，也跟着动了筷子。周亚薇给范美玲的碟子里夹了一块紫薯，范美玲不客气地吃了起来。这时，北野扭头向身边的翻译说了几句什么。那人点点头，用中文说道："可以为北野先生来一杯酒吗？"

"好啊，好啊，"何煜之像长长地出了一口气似的放松地说道，"上白酒！"服务员很快为大家准备好酒具。何煜之端起酒杯正要说话，北野勇一站起身说了几句日语，翻译解释道："北野文会长突发不幸，承蒙何先生和各位帮助善后事宜，北野先生想敬杯酒表示谢意，同时感谢今晚的盛情款待。"大家都站起身举杯示意。气氛缓和了许多，吃饭的节奏也加快了。服务员端上红茶时，狄棣说道："饭后想请北野先生喝个茶，单独聊聊，怎么样？"范美玲翻译为："如果方便的话，狄棣侦探想找个清净的地方，请北野先生喝茶，了解一些北野文总裁的有关情况。"何煜之端起茶杯，大家互相说了一些客套话，分头离开。由于北野勇一就住在苁蓉山庄，他们上到二楼的茶室，选了一间叫"辽国驸马"的雅间坐下。茶台接近于正方形，四个人照着打麻将的位置坐下。等服务员布置妥帖，狄棣说道："你父亲外出旅行，把围棋带在身边，稍有空闲就钻研棋道，让我非常敬佩。"范美玲放下茶杯开始翻译："围棋起源于中国，狄棣侦探却不会下棋，深感遗憾，因此对你父亲外出旅行时总把围棋带在身边，工作之余精研棋道的精神十分钦佩。"

"我想问的是，你父亲总把围棋带在身边吗？"

北野勇一对自己的翻译员说了些什么，翻译离开了房间。北野摊开双手说起了南方普通话："我的中文讲不好，曾在浙江大学游学几年，学习王阳明先生的心学。我们的一家公司就在杭州，我经常到中国来，鹿城也来过几次。"

“既然这样，”狄棣看了看范美玲，说道，“本来呢，明天上午外事办、贸促会，还有中日友协的一些政府官员和企业界人士为你安排了一个见面会，我们准备会后找你谈谈，为了尽早破案，有点儿‘先入为主’了，今晚聊的话题，不会和外人讲的，北野先生不必顾虑。”

北野说道：“我明白狄警官的问题。狄警官负责这起事件吗？”

狄棣停顿了一下，说道：“可以这么说。”

范美玲把茶杯举高了几厘米：“狄警官在这件案子上有更大的临机处置权。他代表更高一层。”

“好吧，拜托了。”北野身体前倾，一只手臂扶住桌面，“棋盘出什么事情了？”

狄棣掏出香烟，放在烟灰缸旁边，抬头与北野的目光对视着：“棋盘被人从现场拿走了，但留下了装棋盘的盒子。”

看到北野勇一在发愣，狄棣问：“你能说说那个棋盘吗？从目前的线索分析，很有可能是侦破的关键。”

“是拓展干的！”北野突然露出凶狠的目光，声音很低，但很愤怒。

“案发时，据说此人在美国。”狄棣抽出一支烟，从裤兜里找打火机，“再说，儿子怎么会杀死自己的亲爹？在中国，只有皇帝的儿子，才能干出那种事。”

“是他泄露了消息。只有他知道家父来鹿城带着棋盘。”

“这个棋盘很珍贵吗？”

“是的，非常珍贵。”

“你刚才说的，我回头就查。”狄棣点燃香烟，“关于那个棋盘，你能告诉我点儿什么呢？”

北野恢复了平静，说道：“这是家父的珍藏，从我记事起，就供奉在家祠。”见狄棣神情异样，他补充道，“我们家族信仰佛教。”

“我对围棋没什么研究，但围棋和佛教好像没什么联系。恕我冒昧。”

“是这样，”北野拿起狄棣手边的烟盒，指着烟盒说，“三块白玉，用浅浮雕的技法，每一块上雕着一尊佛像，背面，用冲刀法刻成棋枰。我们家族在家祠辟有密室，供奉了几百年。”

“我还是没搞明白，三块玉怎么能组合成棋盘呢？”狄棣似乎很困惑，抬起两手，在空中摆弄着。

“这正是我要和你说的。棋盘缺了一个角。”北野用拇指压住烟盒的四分之一，在狄棣面前晃了晃，然后移到范美玲面前，“说来话长。有一年我到香港参加嘉德的秋拍，预展会上临时增加了几件拍品，其中有一个碧玉棋枰，让人赏心悦目，标注的年代是隋唐。收藏界的几位朋友说不太可靠，但棋枰背面浅雕的佛像让我想起了家藏。我给父亲打电话，告诉他我想买下，但不敢确定是不是隋唐的，父亲让我看看棋枰是不是起伏不平，如果不是，就不要买。”

“哦，很有趣。”狄棣在北野喝茶的当口，插了一句，希望他能继续说下去。

“后来，有一次陪父亲回北海道，在家祠散步时说起这件事。他说，隋唐时期的棋枰，如果表面平如桌几，当然是赝品。然后带我详细看了那三尊佛像。那次我才发现，棋枰表面略有高低不平，像丘陵起起伏伏。家父说，这是北魏时期的贵族用品。隋唐距北魏不远，帝王都是北方人，偏爱北工的粗犷大气，所以宫廷匠人更多用北魏遗民，上行下效，蔚然成风。如果棋枰平如镜，断然不是隋唐的东西。他还说《东亚研究》某一期上，有一篇涉及北魏与高句丽围棋交流的论文，可以佐证他的判断。”

“《东亚研究》？”狄棣问道。

“美国外交协会资助的一家研究机构出版的期刊。我后来看了那篇文章，作者就是拓展。”

“哦，是这样。我听明白了。”

“请你们不但抓住凶手，还要找回家父的遗物。拜托了！”

狄棣及时拉回了话题：“请你谈谈后来发生的事情。”

北野说：“拓展最早在旧金山华人联谊组织开设的网站上发表了那篇文章，《东亚研究》转载了部分章节。那篇文章提出一些中国和日本学界不太认同的观点，其中一条，就是认为北魏时期，棋枰不是平面状的，而是山峦状的。我通过网站服务电话查询到他在美国的工作地址，通过电子邮件做了一些初步交流，后来利用赴美商务洽谈的机会，专门绕道费城拜访过他几次，我们成为了朋友。他写了一本书，希望我资助他出日文版。”

“哦，这是一本什么样的书？有中文版吗？”狄棣很感兴趣，禁不住问道。

北野说：“关于中国北魏、南齐，与高句丽、日本围棋文化交流的专著。你们国内一些出版社认为他的作品史料不充分，没有学术价值，不愿意出版。主要讲述北魏都城南迁洛阳之前，在沃野镇出现的一种对弈规则上的变革，尝试取消座子制，实行‘天元’开局制，第三手不能模仿。”

可能是发现狄棣听不懂，北野切入了正题：“有一次在酒吧喝酒，因为我们都是棋迷，当时正在进行中、日、韩三国围棋擂台赛，从谈论围棋渐次谈到他写的书，他说他有足够的证据证明他的观点，既有文物证据，也有西魏时期的典籍做依据。我问他在什么地方可以看到，他说去纽约就能看到，但只能看到南宋的版本书，想要看到西魏时期的原典和棋盘的实物，只有他父亲手上两样俱全。”

狄棣的脑子轰地响了一声，再往下，即使不听，他都能猜出北野会说些什么。

北野说：“拓展告诉我书名是《凤舞昆仑》。后来我去了纽约大都会艺术博物馆，但不够阅读孤本的条件，于是请父亲帮忙，他找到斯坦利的总裁，玉成了此事。让我惊奇的是，拓展对我讲过的一些史实和史论，都能在其中找到出处。所以我确信拓展的研究是真诚的。我把这些事告诉了家父。父亲非常激动，希望能到中国亲自拜访拓开来，命我找拓展协商。但拓展又变得很冷淡，说他父亲不太愿意，然后又说“文革”时期弄丢了。这件事就这样耽搁下来。去年年终，在一次董事会的间隙，父亲说想和中国内地一家高科技公司合作，研发新一代机器人。我问他是哪一家公司，他说时机还不成熟，暂时保密，但告诉我在‘丝绸之路’上。前段时间，他突然告诉我，说要到鹿城拜访拓开来，于是就有了今晚。”北野勇一左手握成拳头，砸在茶台上，把范美玲吓了一跳。

狄棣问：“你确定，你父亲把玉棋枰带来了？”

“是的，接到池田康的电话，我回了一趟北海道，三块佛像都被带走了。”

“除了拓展，说不定你父亲把相关的信息也透露给了别人。”狄棣望着悬挂在头顶上的红色吊灯，“况且，拓展不知道你家有这么珍贵的宝贝。”

“我和他谈起过！”北野又把拳头按在胸前。

“即使这样，也不能肯定就是拓展把秘密泄露出去的。只是一种可能性，但这条线索我们会追查的，你放心。”狄棣起身握住北野的手说，“如果凶手以窃取棋盘为目的痛下杀手，我们很快会破案的。但是，有没有可能，不好意思，恕我冒昧，你的家族内部或者你父亲身边的朋友出了问题？”

“不会。”北野勇一拉紧领带，系好外套的扣子。

出门时，狄棣回头问道：“那个棋盘，哦，就是那三块佛像，真的就那么值钱？凶手连两个七十多岁的老人都不放过？”

“对你来说可能一文不值，”北野从拳头里伸开一根手指，指向狄棣，然后又指向自己，“但对于我和我的家族，我愿意用生命交换！”

狄棣抓着范美玲的手一声不吭地走到停车场，分开时，狄棣说道：“北野那小子说的是三块。”

“我们在录像中看到的，是四块。”范美玲伸出手，神情无比惬意地把车钥匙在手上绕了两圈。

“那一块是谁的呢？”狄棣也掏出车钥匙。

“你开始变得和我一样聪明了。”范美玲的手甩了一条弧线，身后不远处一辆轿车的尾灯啪啪闪了两下。

第四卷
具体

“大河北岸的柳树林里，毡房、土屋、覆盖着被烟熏过的树枝和石板的洞穴，错落分布在林间的空地上，溪流从前面流过，汇入大河。岸边泊着一些无桅小船和独木舟，沙地边缘晾晒着被晨露打湿的羊皮筏子。拓跋睿走出密林，沿着溪边草地，向岸边走来。背后平坦的原野上马莲花盛开，蓝色的花朵，嗡嗡的蜂群，洒落的晨露，掠起的飞鸟，组成了一幅隔绝尘世的风景画。”

拓展觉得有些热，他停下手里的活儿，脱掉外套，顺便看看手表，时间还早。他又要了一杯咖啡，望望窗外雾霾笼罩的街道和匆匆走过的行人。到店里吃便饭的人逐渐多起来，大多是结伴的大学生。一对情侣在他附近的座位上坐下，争论着彼此感兴趣但观点不一致的话题。拓展把笔记本电脑装进帆布包里，喝了口咖啡，又看了一下手表，时间还早。他从包里取出那沓纸，翻到上次浏览过的地方：

四气鳞次，寒暑环周。睿亲耕垄亩，播田置谷。稻映乎波纹，麦秀于丘中。凉风振落，忽焉素秋。弈弈玄霄，濛濛甘雷。睿瑰姿玮态，晨入幽谷，暮归密林。仰视山巅，俯视峥嵘。过涧登栈，攀林摘叶。停策倚于茂松，舍舟眺望回渚。路逶迤而高歌，水分流而慨叹。

这段话不知看过多少遍了，但“登栈”两个字还是有些费解。他看过各种地图，谷歌的卫星图，摆在书店的地图册，以及一些学术专著中有关河套地区历史研究的附图，甚至把《水经注》细读了一番，说不定郦道元鬼使神差去过那一带，但所有资料都显示，那里没有陡峭的山脉，只有起伏较大的丘陵，说明不是修建在山中的栈道，可能是在树与树之间搭建的通道，下面有无法涉水而过的河流。会不会是架设在黄河上的临时通道呢？史书上没看到明确的记载。不过，更可能是一条不知名的小河，水深一些而已，也许仅仅是带有文学色彩的一句话，说明不了什么问题。

那对情侣说话的声音更高了，听口音，男的是北京本地人，女的来自湘楚一带，他们在谈论一部电影，看来是张艺谋的新作，因为他们不断提起《活着》和《摇啊摇，摇到外婆桥》，似乎这部电影增加了当前最流行的科幻色彩，还提起《谍影重重》的男主角。拓展脑海里闪现出一个个呈现死亡场景的画面，然后希望张艺谋突然走进镜头里，表扬演员们演得好，强迫自己断定那些死亡场景是假的，强迫自己看到父亲也像那些演员一样活过来了，没有死。他又突发奇想，等完成手头的这本书，说不定也可以尝试写个剧本，从另一个角度重新塑造拓跋睿的生命轨迹，用朱生豪翻译莎士比亚的那种笔调，再加点清末民初半文半白的元素，挖掘拓跋睿灵魂深处超越时代局限的特征。如果能找到合适的戏班子，让父亲帮忙，用鹿城方言搞一个二人台独幕戏也不错，但他不理解，父亲怎么就死了？电话响的时候他还在出神，铃声吸引了周围顾客的注意，包括那一对大学生。拓展接起电话，是宇文扬的声音：“我到了，你在哪个店里呢？”

“我也说不清楚，就在一家卖手机的门店旁边，我出去找你。”拓展把那沓纸塞进挎包，连同外套抱在胸前，手机没有离开耳朵，但对方已经挂了。出了店门，宇文扬正站在门口。他们紧紧地握了握手，上了路边一辆黑色轿车。宇文扬关掉车载导航，把车在街面上掉了个个儿，汇入向西的车流，等车行驶平稳，对拓展说：“今天走不成了，明天的机票订好了，最早那一班，咱们先吃饭去，想吃啥？”

“喝碗面好了，早点儿回酒店。”拓展望着街上的车流和不断移动的高楼，各色灯光和画面急速变换的电子屏让他感到一阵一阵的头晕，夜色似乎在一瞬间降临到这座城市。

“明天送你去机场，今天住我家，省得来回接你。”宇文扬把车拐到西三环入口，扭头看了看他，想说点儿什么，但该说的早在电话里说了，在这种沉重的时刻，说什么都没意义，虽然八九年没见面了，但今天一见，就像前几天才刚刚分开，电话和网络把时间压扁，人的生命周期反倒被拉长了，拓展似乎什么都没变，除了面容有些憔悴，发型和衣服的色调还是原来那个样子。车向西拐到北京电视台前面的街上，宇文扬说：“附近有家山西面馆，合咱们的胃口，要不要去尝尝？”拓展摇摇头，说改主意了，饭也不想吃了。宇文扬加快车速，一直开到五棵松附近，进了一处高档住宅区的地下车库。

在电梯里，他们并排站着。电梯升得很慢，像在考验他们的承受能力。

坐进沙发里，拓展点燃一支烟，看着博古架上的瓷器和地板上堆放的木板箱，说道：“你不经常住吧，一点儿人气都没有。”

“平时就在公司吃住，那儿有一间小公寓，这个地方都快成仓库了。”宇文扬从酒柜里找出两瓶酒，一手提一瓶，在拓展面前晃晃，“喝哪个？”

“喝家乡的。”拓展说，“看看家里有什么下酒的东西，有榨菜就行，花生豆也可以。”

“为了回味当年，咱们就用茶杯喝。”宇文扬很快安排利落，拧开“蒙古王”的瓶盖，“我今天下午才回北京，这几天一直在帮你打问情况。你也知道我和家里的伤心事，不愿意找他们，公安系统也没什么要好的。但要我分析，不是北野文那边的人干的，就是何煜之这边的。”

“你和我想的一样。”拓展盯着茶杯，转动手里的烟。

“有一件事电话里不方便说，你爸出事第三天，警察就找到高洪波，问起棋盘的事。是这样，有一部录像机录下了两个人摆谱的全过程。角度类似于国内国际大赛的现场直播，做了一些处理，把对局人进入镜头那些部分剪掉了。”宇文扬举起酒杯，“那个棋盘让我很震惊。”

“嗯，你先说完。”拓展弹弹烟灰。

“警察肯定给高洪波看了那段录像，估计是高洪波说不清楚，他给我打电话，说警察想找我咨询围棋上的事。那天我在山里，又刚下了大雪，他们居然追到山里问我。我想肯定和案子有关，而且是很着急的案子。等看完那段录像，和警察聊了半天，我才琢磨明白，对局的两个人很有可能就是你爸和北野文。那样的棋盘，我还是第一次见。如果真是你爸和北野文，那我想，两个老人遭难，晓晓下落不明，就不是什么意外了。”

“就是我爸和北野文。我妹给我打电话说了，在一家会所同时遇害的。”

“之后我也找人问了，何氏会馆发生了一起大案，和你说的差不多。”

拓展说：“那个棋盘是什么样的？”

“东汉到隋唐之间的，就像你说过的那样，不是棋枰，是棋山。”宇文扬靠进沙发里，“当时我跟警察胡扯了一句，我说棋盘背面雕有佛像，其实从录像上根本看不见。拓展，咱们这么多年的好朋友，你都没告诉我你家有这东西，原以为你说的那些不靠谱，这次真信了。”

“是我家的东西，但说起来话太长，一时半会儿讲不清楚，以后找机会详细告诉你，我现在脑子乱得很。”拓展拿起酒瓶往杯里续了些酒，“我正写一本书，来龙去脉都在里边，哪天出版了，你拿一本看去。现在想看，去我电脑上看。”

“一会儿睡不着，瞅瞅也行。”宇文扬坐起身，“人已经死了，没办法了。但愿晓晓不会出事，你别太担心，警察追查的路子是对的。”

“本来呢，想让晓晓去美国，我爸不同意，一直僵持不下。”拓展摇着杯中的酒，“这下好了，什么都不用想了。”

“晓晓的天分，放在鹿城，真有点儿可惜。你这当爹的。要是早去了美国，就不会搞成现在这个样子。”

“当爹当不好，做事做不成，百无一用。”

“不能这么说，世上没有百无一用的东西，包括人也是。”

“还有一件事出得蹊跷，”拓展朝宇文扬挑起眉毛，“卢军达也死了。”

“什么时候？”

“就这一两天的事。拓虹告诉我的。”

“让人杀了？”

“不太是，但死得不正常。”

“不会是一个人干的吧？要是一个人干的，得有多大能量？”

“在鹿城，谁能有这么大的能量？”

拓展拿起酒瓶，把剩下的酒匀到杯子里，问道：“生意怎么样？”

“一年不如一年。古董这个行当，得看有钱人的脸色，他们哪天换兴趣了，我们的苦日子就来了。手里没有硬邦邦的好东西，老顾客慢慢也来得少了。靠工薪阶层，只能勉强维持。”

“蒙古那边还好吧？”

“也不行，只剩下木材一项，车皮没以前好搞了，挣不了几个钱。”宇文扬转动着手中的杯子，“倒是和哈萨克斯坦的买卖有了点儿章法。”

“都是上合组织的成员，又在丝路经济带上，眼光不错。”

“我在兰州设了个据点，下一步，准备把重心放在那个方向。”

“出口哈萨克斯坦，海关查得严吗？和蒙古一样？”

“你以为是美国呢，集装箱里全是炸弹。”宇文扬笑着碰了碰拓展手中的杯子。

回家的路上，狄棣拧开收音机，中国之声正在播国际要闻，首先是上合组织新闻公报的摘要，紧接了一条近几年中亚国家经济发展的利好消息。他嘴里含着烟，十分放松，甚至还有些激动，把北野勇一说过的林林总总又在脑子里梳理了一遍。外环路车流稀少，路灯沉闷，收音机里开始插播广告，他转到鹿城交通之声，主持人正在引导一个出租车司机，问他请女朋友吃饭去哪家新开的饭馆最好。司机小伙子猜了几个地方都没猜对，然后主持人公布了答案，说滨河路中段黄河老渡口餐饮十字街的“赵大姐鸽子蛋”不错，新装修新风格，吃够一百元赠送一杯沙棘饮料，还能边吃边看湿地保护区的美景，然后小伙子惊喜而又愉快地说，那我以后就去那儿了，接着是十一点的整点报时。狄棣关掉收音机，给李有才拨通电话，问他干什么呢。李有才说，在办公室，正准备回家。狄棣把晚间和北野勇一的会面情况简要复述了一遍，然后说，明天的正式谈话就不参加了，想去拓晓晓的学校转转。电话里传来李有才关窗户锁门的声音，李有才似乎无动于衷：“这么说案子有眉目了。”

狄棣说：“下一步应该对何煜之那个方向展开调查。”

李有才说：“基础工作倒是做了不少，问题是一点线索都没有，怎么展开？”

狄棣说：“找一找，说不定就有了。”

回到家，正要开灯，想起网购的大衣还在车上，他又下楼去取，担心明天车窗被人砸了。取上包裹，想一想，干脆再去买些日用品，一鼓作气，把生活中的小事处理完。他去了小区附近一家二十四小时便利店，买了一瓶速溶咖啡、一瓶蜂蜜、几袋夹心饼干、几桶方便面，用剩下的零钱买了几个打火机。出了便利店，发现街对面的那家音像店居然没关门，于是兴致勃勃地走过街道。店主给他推荐了十几张收藏级的蓝光碟片，说好长时间没来光顾了，一有够水准的，就留一张，攒了这么多好的，看看，都是你喜欢的。狄棣一张一张检阅了一番，有张艺谋执导的新片，有经过修复的黑白片《马耳他之鹰》，有法国拍摄的两张侦探片，那个扮演憨豆先生的家伙居然煞有介事地当起了大侦探，这些狄棣都很满意。然后他翻出一张好像是以色列拍的片子，片名叫《烽火回家路》，狄棣问："这是个什么片子？战争片吗？"店主说："是战争片，也不完全是战争片，这片子，拍得相当牛逼，拿回去看看就知道了，都卖断货了，专门给你留了一张。"

回到家打开灯，已经接近十二点。他去洗手间把热水器弄成即时加热，烧了一壶开水，冲了一杯咖啡，发现忘了买糖，只好用良药苦口利于病来原谅自己，好在手上有足够的选择，觉得憨豆侦探戴礼帽的剧照不错，于是就把那张放进影碟机，侧躺在沙发上。看着看着，就咬着袖口睡着了。

他醒来时，发现还不到闹铃响的时候，这一觉，睡得很有质量，身上的毛毯没有滑落到地下，感觉神清气爽，有勇气开始新的一天。他关掉电视和影碟机，一边漱口一边热好牛奶，然后打开笔记本电脑，在搜索引擎的方框里输入"何煜之"三个字。

"网络百科"里没有他，看来此人不是重量级人物。

再往下看，"IT人手册"里有"何煜之简介"：

何煜之，鹿城何氏工贸集团有限公司董事长、总裁。作为民营企业的实干家，多年来严格按照国家的法律法规，自主创业，开拓进取，为社会做出了贡献，磨炼了执着的性格。

后面是省略号，需要翻转到下一页。网友评论：

每个人都有自己的难处和不容易，何况是一个企业家呢？

再往下，有个社区论坛类的网站专区，里边有几句网友的评论：

感慨型的：何煜之的儿子飙车撞死了，真是不小心。

博学型的：几年前的旧事了。

冷漠型的：哼，从阴山上飞下去，能有不死的？

好奇型的：山顶，还是半山腰？

同情型的：何煜之只有一个孩子，那么大一份家业，将来谁继承？

超脱型的：私生子呗，管那么多干吗，咸的淡疼。

再往下，是何煜之投巨资打造鹿城高科技企业新亮点。点开一看，是一条链接在鹿城新闻网的消息。篇幅不长，归纳了三个亮点：亮点一，中日合资互利共赢；亮点二，升级平台筹建新厂区；亮点三，战略转型拓展新项目。狄棣用手机拍了照，顺便用微信给李有才发了过去。

再往下，是何煜之的创业路，梦在脚下。点开一看，是一篇综合了新闻、杂感、抒情、调侃等多种元素的长篇文章，还有若干错字点缀其间。

下面一大溜，基本大同小异。倒是有一个“何煜之狂”的条目惊了他一下。狄棣决定点开看看，何煜之究竟怎么个狂法：太魔古剑。第1006章，何煜之狂。“嘭，”又是一声巨响！他娘的，是一部小说。

他站起身离开书桌，走到窗前望望外边的天空，离天亮还早，但楼群之上，有几条极细的红线呈散射状划开天幕，预示着晨曦即将到来，街灯照射着残留的积雪，偶尔有出租车从小区大门外的街道上一闪而过。身上有一股劲使不出来，出去晨跑怎么样？狄棣想起一些生命力旺盛的人都喜欢戴个耳机到公园里跑步，于是自己也找了件卫衣穿上，他没有耳机，戴了副毛线手套下了楼。穿过鄂尔多斯大街，在立交桥下面跑了有十多分钟，快到信息学院南校区的时候，他放慢脚步，觉得自己真笨，何煜之即使有足够的动机，也不会那样干。狄棣想，假定北野勇一说的是真的，那么拓开来带着孙子去何氏会馆的时候，拓晓晓的书包里肯定装着第四块，为什么不在路上下手呢？如果我是何煜之，可以安排人伪装成街头混混抢劫，那天是赵子龙开车去接的，他可以很好地配合。至于北野文手上那三块，机会就更多了，办法也更多，何必在自己的地盘费了老劲去做，还容易吸引警方的注意？何煜之不可能傻到这个程度，否则怎么可能白手起家几十年积累起几十亿的资产？狄棣转身往回走，会不会是拓开来到了会馆以后，何煜之才发现了这个秘密，临时起意呢？也不会。那么多人的谈话笔录，以及二楼的探头，充分说明他没有看到拓开来手上那一块。即使看到了，也可以在拓开来回去的路上抢了它。狄棣越想越糊涂，有些泄气，有点儿失落，就像一个胀鼓鼓的皮球，又蹦又跳的，突然扎了根钉子，晨跑的欲望瞬间灰飞烟灭。

回到家，他把手机从充电器上拔下来，很快把自己收拾利索，开车去了泰禾小学。正是上学的高峰期，一群一群的孩子不知从哪儿钻出来，汇集到校门口，一浪一浪涌进校园。还说中国已经老龄化，看看这些孩子，就能发现专家最爱坐在办公室胡扯，反倒是校园的面积小得可怜，校园既是足球场，也是篮球场，又是排球场，三个场地套在一起，踢足球的时候不能玩篮球，玩篮球的时候不能打排球，打排球的时候不能踢足球，专家们为什么不把这个研究研究？

校长办公室的门锁着，楼道保洁员说掌柜的出差了。狄棣去了副校长办公室，刚把证件掏出来，对方就挥挥手表示没兴趣看。“派出所的同志来了好多回了，拓晓晓这孩子，我和派出所的同志说过了，要不去了澳大利亚，妈接走了，要不去了美国，爸接走了，要不去了北京，聂卫平接走了。”

“聂卫平？”

“聂卫平你不知道？想当年，打遍天下无敌手，横扫东洋一大片，棋坛风云几十年。对了，和陈毅是忘年交，和邓小平打过桥牌。”

原来他在说聂卫平棋圣，这个狄棣知道。但狄棣还是谦虚地说，想见见拓晓晓的班主任老师。副校长抓起座机的听筒，拨了几个号，很快就安排妥当，让他下到一楼去一年级一班旁边的文印室等着，并且安顿他，形容举止要装得像学生的家长，千万别暴露警察的身份，引起孩子们的好奇和恐慌。

孩子们正在上早自习，教室里传来琅琅的读书声，狄棣觉得这是城市里最美妙的声音了，像置身大自然之中，聆听山泉、林涛、飞鸟的交响曲，心头涌起无法言说的悸动，鲁莽地想让自己年轻几十岁，穿越到童真年代，远离现在的自己。

文印室门口站着一位年轻的女老师。狄棣握她的手时，发现班主任老师的眼里全是泪。文印室没有人，他们拉了两把椅子，面对面坐下。狄棣说，派出所同志来了解的情况，他都知道了。这次来是想碰碰运气，找拓晓晓最要好的同学聊聊，看能不能问出老师和家长不掌握的微信号和QQ号。班主任苦笑着说，不知道所谓的实名制落实得怎么样了，不过问问也好，说不定能发现其他线索。狄棣说，除了同班同学，其他班里其他年级会下围棋的学生也关注一下，和拓晓晓关系铁的，不妨也找一两个来。

班主任离开文印室，狄棣又追了出去，把她叫回来，对她说："叫来的孩子，如果和拓晓晓同班，让他把书包背上，就像平时放学回家那样。"

班主任离开后，狄棣忽然意识到自己缺乏和孩子打交道的经验，另外，童年时代的记忆也早过时了。不一会儿，一个孩子穿过篮球场朝这边走过来，进了文印室，一点儿都不惊讶。狄棣觉得还是开门见山的好，拐弯抹角，容易产生抵触情绪，于是说道："我是公安局的，叫狄棣，想请你帮个忙。"孩子点点头。狄棣说："老师说你是拓晓晓的好朋友，我想问一下，他除了老师和家长知道的联系方式，还有没有其他的联系办法？"孩子摇摇头。狄棣又问："比如说，你们小伙伴们，私下用的QQ号之类的，告诉我，我绝不会告诉别人。你知道，找到拓晓晓有多重要。"孩子还是摇摇头。

沉默了几分钟，狄棣说："让我看看你的书包好吗？我想给我儿子也买一个你这样的。"孩子取下双肩包，递给他。狄棣抓在手上掂了掂，然后还给他，"那好吧，你回去上课吧。"

看着孩子离去的背影，狄棣下意识地跟到门口，看见班主任在篮球场另一边和一个学生站着。看来又找了一个。于是他坐回椅子上等着。

进来的这个，比刚才那个矮一些，胸前挂着红领巾，眼睛里有股虎劲，靠到门框上，没再往前走。狄棣朝他招招手：“过来，哥们儿。”等他走过来，狄棣说，“你和拓晓晓关系不错？”

“差不多吧。”孩子一条腿坐在椅子上，另一条腿支住地面。

“这两天他和你联系没？”

“没有。”

“看你这个头，学习挺不错呀，跳级了是吧？”

“没呀。”

“几年级了？”

“四年级。”

“看来你围棋下得不错，是吧？”

“马马虎虎吧。”

“几段了？”

“‘新野狐’三段，‘弈城’二段。”

“这么厉害，我才一段。”狄棣拍拍膝盖。

“老师说，你是警察？”

“是啊，我是警察。”

“什么警察？”

“什么警察？哦，《名侦探柯南》看过吗？我跟他差不多。”

“带枪了吗？让我看看。”

“今天没带，下次带过来让你看。”狄棣把身体向前倾了倾，“求你帮个忙，拓晓晓有什么私密联系方式吗？”

“我都和老师说了几遍了。”

“如果你能帮我，等找到拓晓晓，我可以带你参观我们的装备，狙击步枪，防暴枪，红外望远镜，还有侦查用的各种机器人。不信，可以回去问你爸。”

“我倒是有一个主意。”孩子换了个姿势，把另一条腿支到地上，“你不是一段吗？看来你经常下棋。”

“嗯，虽然工作忙，但有时候也下下。”

“你在网上下吗？”

“嗯，有时候也在网上下。”

“你下棋的时候，关注一下‘凤凰男孩’。”

“‘凤凰男孩’？”

“对，拓晓晓的网名是‘凤凰男孩’。在新野狐是十段，在弈城是九段。”孩子有点儿得意地说，“只要他上了线，你就可以去网吧找到他。”

“太感谢了！你帮了大忙了！”

“不过这几天他没上去玩。”

“保不准以后会上去玩，总之我会信守诺言的。”狄棣握了握他的手。

孩子站起身说：“你别把拓晓晓的网名告诉别人，下网棋没点儿神秘性就不好玩了。”

“好的，你放心。”狄棣站起身，非常喜欢这个孩子。孩子转身正要离开，狄棣又问了一句：“你能告诉我你的网名吗？”

“呵呵，我的网名是‘鹿城小霸王’。”

在返回的路上，狄棣掏出手机准备给李有才打电话，但马上意识到李有才和赵副局长此时正陪着市局领导正襟危坐，通过范美玲的翻译，与北野勇一进行不太习惯的对话。应该给网监部门打个电话，立马对新野狐和弈城两个网站进行实时扫描，说不定有奇迹发生，但他随即打消了这个念头，还是等回了分局，走正常的手续来得稳妥。况且，一早来泰禾小学，就是一个堂吉诃德式的想法，是对不存在的希望抱有希望，是在自己抱怨自己的情况下做出的不冷静的决定。但愿那个孩子还活着，并且能自由自在地闲逛，碰巧有机会接触到网络、下个网棋，这种可能性就像黑云密布的天空，阳光想找到一条不存在的缝隙，把光线投射到眼前的街道上。离开学校时涌动的那一丝丝激动，现在消逝得不知去向，失望和烦躁重新占据了心头，让自己隐隐作痛。

到了分局，他直奔李有才办公室。门还锁着，看看手表，马上十一点了。他踱到隔壁专案组办公室，只有周晨曦一个人靠在椅子上抽烟，眼睛眺望着天花板，烟灰落在烟灰缸外面。见狄棣进来，周晨曦坐起来说："正想给你打电话，但手边没号码。"

"要是和案子有关，我不生气。"狄棣靠到窗台上，看着周晨曦的侧面，然后把目光移到他夹着香烟的手上，那只手正轻敲着一张A4纸，纸上画着街道的节略图，"大侦探在思考什么哲学问题呢？"

周晨曦把脸转过来："昨天晚上我把滨江酒店西边、北边外围几条街的探头录像过了过，还真有点儿意思。你看看。"

狄棣接过那张A4纸：钢铁大街上，滨江酒店大门西边一点点的地方，画了一个圆圈；酒店西墙外的公主巷，画了个问号，公主巷与西边的劳动路之间，连接着一条红线；北墙外的桦树巷画了一个小三角，三角形上方是一个大方框，方框中间画了一个圆圈，方框上方是与钢铁大街平行的昭君大街，昭君大街上由东向西一条带箭头的红线，出了昭君大街，胡乱划拉了几下，一直沿着A4纸的边缘向南，最后箭头刺入东西走向的滨河路上的圆圈。

"那个方框，是财政局老家属院，三角是后门。"周晨曦用只剩过滤嘴的烟头指了指。

"圆圈代表拓虹的车，是吧？"狄棣继续看着那张纸，像在欣赏苏东坡的手札。

“嗯，假设你前天在分析室说的不是幽默，”周晨曦把烟头扔进烟灰缸，站起身说道，“拓晓晓干掉了北野文，还有他的亲爷爷，那么，故事可以像这张图一样继续下去。想听不？”

“想听。”狄棣掏出烟，递给周晨曦一支，自己点燃一支。

周晨曦说：“拓晓晓背着沉重的书包，施展轻功，跳出窗外，蹦过西侧树墙，跳到滨江酒店的小花园，取捷径跑到酒店的西墙，翻过铁栅栏，跳到公主巷，抬头一看，他姑姑的车在那儿等着呢。然后，镜头一转，我们看看他姑姑是怎么来的。拓虹在十点二十分离开酒店门口，上了钢铁大街，靠右侧车道向西走了五百米左右，不见了。怎么了？广告牌挡住了探头的视线。哪儿去了？百分百拐到劳动路上去了，否则车还会继续出现在钢铁大街上。然后呢，车沿着劳动路向北走了不到一百米，向东拐进一个没有指示牌的小巷子，一直开到公主巷。在那里接上拓晓晓，向北开到桦树巷，从桦树巷进了财政局家属院的后门，然后从前门出去，上了昭君大街。从昭君大街一直到滨河路，各个街口的探头照得清清楚楚。”

“搞得不错！”狄棣笑着把那张纸放到桌子上。

“今天早上，为了上根保险丝，我专门开车到滨江酒店，按刚才说的走了一遍。当时就想给你打电话，后来还是忍了忍。”

“从昨天晚上到今天早上，你搞得很有成效！”狄棣坐到周晨曦的椅子上，“你核对财政局家属院前门的探头录像没？”

“核对了，拓虹接近十一点半的时候，出的前门。后门正在整修，门也拆了，探头也没有。”

“这条线头必须抓住。拓家在北外环，她大半夜跑到滨河路，大南大北，总得有个说法。”

“滨河路上有好多夜店，营业到后半夜两点。拓虹也有可能去那儿和男朋友约会，毕竟三十多岁的大闺女了。”

“那就只有一个可能，她的男朋友住在财政局家属院，她去家属院是接她的男朋友。但她为什么不直接拐到公主巷呢，非得绕个远路？也可能是过了公主巷才决定和男朋友约一约，在谈恋爱这个问题上，人们总是表现得犹豫不决。”狄棣想起收音机里的广告，觉得周晨曦说的也有道理，“等李大咖回来，让他斟酌，看看采取什么方法向拓虹核实稳妥一些。”

赵副局长一行回来以后，狄棣建议中午请大家去外面吃，大家都看着赵副局长。赵副局长说：“饭堂糊弄一口得了，下午要去市局开会，吃了饭抓紧时间开个碰头会，时间紧得很。”赵静雨说：“驳了狄处的面子多不好，到外面一边吃一边开会多好。”赵副局长说：“纪律这么严，别蹦跶了，况且马上进入年终岁尾，让别人看见，还以为我拉票呢。”

到了饭堂，大家拿不锈钢餐盘排队打饭，几人一伙围坐在一起吃。赵副局长端着餐盘，迈着平民的步伐，很民主地踱到李有才这边的桌旁。李有才示意郭小虎让开，赵副局长坐到空出来的位子上。郭小虎去打了一碗鸡丝蘑菇汤，放到赵副局长手边。

赵副局长品尝了一口，看了一眼范美玲，放下碗说道：“美玲她爸在咱们分局当局长的时候，和小弟兄们出去吃饭，都是有规矩的。”

“什么规矩？”周晨曦很感兴趣。

“那时候你还念着书呢。”赵副局长看了他一眼，继续说，“请局长吃饭？可以。对个对子，对上了，出去吃；对不上，回家吃。然后，老范就出个上联。那几年，把我们历练得，都成诗人了，是不是？上书房行走。”

狄棣一边吃一边说：“是呢。”

赵副局长又说：“那时候有才思路敏捷，所以我们请大掌柜吃饭，都拉着有才。”

李有才呵呵笑了笑，表示很惭愧。

“有一次，韩建民说要请局座吃饭。啊呀，老韩在饭堂不？别让听见。”

“不在，上午去厅里排列DNA去了，就是卢军达家里那两根头发。”赵静雨急着想听下文。

“那好，我接着说，老韩那时候还腼腆，不敢一个人去，怕被训出来，于是招呼上我们一起去。范局长听明了来意，说：‘感谢大家的盛情，准备吃什么呀？’韩建民说：‘也没什么，家常便饭，炒个土豆丝什么的。’他知道局长爱吃土豆。局长给我们每人发了一根烟，然后说：‘我出个对子，对得好，咱们就走。’大家都很痛苦，但都说行呢。局长出了个上联，土豆丝好吃有营养。”

“这就是上联？”周晨曦问道。

“对。然后韩建民从桌上扯了张日历，把上联记下来，开始研究。我见局长在看我，于是说，老陈醋不坏无污染。”

“对得真好。”郭小虎站在赵副局长身后，准备再给他打点儿什么菜。

“有才那天有事，不想参加饭局，所以低着头假装思考。于是局长拿眼睛看狄棣。狄棣故意使坏，对了一个，洋女人难看没韵味。局长就有点儿不高兴，然后等了一会儿，问韩建民，想好了没？老韩说想好了，二锅头难喝不上头。然后局长就毛了，说难喝还请什么客！”

大家都笑起来。赵副局长对范美玲说：“回去别和你爸讲。”

吃完饭，几个人到小会议室开碰头会。赵副局长翻开记事本戴好眼镜，说道：“上午和日本友人见了个面，效果比预想的好，平时见惯了哭哭闹闹的场面，感觉还有点儿不适应。具体情况，有才和你们通报。下面大家说说自己手头上的事。”

郭小虎转了转手中的笔：“凶器还在进一步调查，没有新的线索。寻人启事那块儿，到目前为止没有有价值的信息。我对何氏会馆的整个建筑和附属建筑重新进行了详细勘查，没有发现漏掉的线索，特别是对206房间，每一寸地方都检查到了，没有私自改造的痕迹，主体建筑也和图纸一模一样。公安厅技术中心对会馆监控系统的鉴定书我也拿回来了。总之，现场的背景信息和基础资料没什么新东西。”

赵静雨说：“我跑了发改委、商业、国土、工商、税务、贸促、海关等等几个部门，搜集了一些可以对我们公开的何氏集团的有关情况，正在梳理汇总，明天差不多能搞出来。”

周晨曦看看狄棣，然后把复印过的那张节略图分发给大家，把拓虹可能走的路线更详细地解释了一遍。大家静默了几秒钟，李有才看赵副局长，赵副局长摘掉眼镜说：“让刘云茜直接问拓虹，务必直接问，不要拐弯抹角。”李有才掏出电话。

等李有才打完电话，狄棣说道：“我今天一早去了一趟泰禾小学，问到了拓晓晓下网棋用的网名，叫‘凤凰男孩’。这孩子过去经常在新野狐和弈城两个网站上用这个名字下棋，他姑姑和我们谈话当中没提起这件事。建议网监部门关注一下，说不定有奇迹。”

“周晨曦就是个黑客，让他协调去办。”赵副局长抬起笔指了指周晨曦。

李有才说：“昨晚狄处和北野勇一非正式面谈了一次，上午赵副局长陪市局领导正式接见了一下。对方有两个意思很明确，一是抓不到凶手，他就撤资。二是凶手不可能是日本人，不可能是他父亲的仇家或关系密切的人干的。他和赵副局长提到了那块玉棋盘，准确说是三块。”

“三块？”周晨曦惊讶地问道。

“是三小块，下去我再和你细讲。总之，北野认为这是一起谋财害命事件，是拓开来或者他儿子外露了北野文把棋盘带在身边的消息。和我们了解的情况差不多，听北野的口气，这棋盘价值连城，好像能把大阪买下来不在话下。”

“好。还有没？那我简单说两句。”赵副局长抬起头，“第一，对何氏会馆的所有人，上到总经理，下到保安，进行逐一排查。排查时特别要注意与何煜之、拓开来两个人有特殊关系的人员，然后重点调查。第二，协调各派出所和兄弟分局，对今年以来所有进出鹿城的日本人和曾经在日本工作过、现在回国的中国人，进行一次彻底排查。第三，开始对何煜之进行侧面调查，同时，搞清楚何氏集团与道擎工业集团的合作情况。第四，对拓虹进行调查。卢军达的突然死亡，不早不晚，需要我们多想想。刘云茜打回电话来，有什么情况告诉我一声。”

散会时，赵副局长重复了他的口头禅：“一点一点积累，直到合情合理。”

回到李有才办公室，周晨曦问棋盘的事情。范美玲在一张A4纸上画了一张棋盘，然后折叠裁成四块，拿出三块递给他：“这是北野文从日本带来的。”

“摄像机拍下的是，有点儿意思，那一块呢？”周晨曦指了指范美玲手里剩下的四分之一。

李有才说：“拓虹没和我们提起过。不过，闺女不知道老子手里有些什么宝贝是正常的，中国人讲究个‘传子不传女’。等拓展回来，一问就清楚了。”

赵静雨说：“上午的飞机，十点多落地，晚点了。下午肯定到家了。”

大家又扯了一会儿，先后散了。范美玲说要回趟家，也离开了。李有才对狄棣说：“上午会见，刚调来的一个副市长也参加了，看来市政府对日本人在鹿城的投资很重视。”

“从案发到现在三天多了，我好像一步也没迈出去。”狄棣有些懊丧地说。

“急什么，我们要是神探，早被调到公安部去了。”李有才接起电话，“刘云茜打来的。”

狄棣靠住窗台，望着外面。阳光极为锐利，干枯的树枝轻微抖动，要起风了。阴山后面似乎要飘起些云彩，山体的轮廓线显得过分清晰，拉近了与城市的距离。等李有才听完电话，他问："拓虹怎么说的？"

李有才坐回到椅子上。"她们在等飞机落地。刘云茜问她，那天晚上到财政局家属院干什么去了。拓虹说是找一个朋友拿点儿东西。刘云茜问她那个朋友叫什么名字住哪个单元。拓虹说她们是同性恋，名字不能说住哪儿不知道。刘云茜问她大半夜到滨河路干什么去了。拓虹说心情不好去散散心。"

"什么表情？"

"没什么表情。"

"不吃惊？"

"不吃惊。"

"同性恋？"

"神回答。一句顶一万句。"

"从警察学院找几个学生来，把探头录像好好滤一滤。"

"我给赵副局长汇报一下。"李有才抓起桌上的电话。

等李有才打完电话，狄棣问："赵副局长怎么说？"

李有才苦笑了一下："他问同性恋应该长什么样？"

"他娘的。"狄棣也痛苦地笑了，"我们现在就去拓虹家，在那儿等着。"

"我们在院里傻站着？"

"现在就走，路上找家书店，买本书去。"狄棣勾勾手指。

李有才站起来，换了便装，问道："买什么书？还嫌不够多？当手纸这辈子够用了。"

"买本围棋入门书，我得掌握一门新技艺。"

在靠近北外环的一家民营书店里，狄棣在书架前转了一圈，没发现他要的书。店面很小，书却很多，一直顶到天花板。正所谓麻雀虽小，书的品种相当繁复，学生辅导读物和练习册囊括了小、初、高，小说包揽了中外流行、通俗、经典，专著拥有励志、说史、心理辅导各个门类，喜欢美食的有菜谱，喜欢思考的有佛学，喜欢练字的有字帖，独独找不到围棋书，倒是有一本类似独门秘籍的关于象棋攻防的书插在《连城诀》和《笑傲江湖》之间。狄棣问店主有没有围棋入门方面的书，店主像变魔术一样，很快找到一本，书名叫《聂卫平围棋道场入门教程》，主编是聂棋圣本人，封面上一群卡通人物神采飞扬，看样子，玩围棋是一件快乐的事。狄棣将书抓在手里，翻开内页看看里面，有一段话很适合学围棋的孩子们，包括自己：

古时就有“人生一盘棋”的说法，棋局象征着人生。

狄棣刚掏出钱夹，李有才已经甩出了一张一百元，他给自己的儿子选了一套《名侦探柯南》。店主说：“书打九折，再赠送一本明年的日历。”李有才说：“日历不要了，书打八五折。”店主说：“可以，凑个整数，多收你一毛。”然后又给李有才甩回五块。

出了店门，李有才说：“谁说中国的物价高了？你看看，十一本书才花了九十多，不到一盘菜钱。”

狄棣晃了晃手中的书，说道：“当今时代，读书既高冷，又便宜。所以要多读书，少吃饭。”

到了泰禾小区，李有才给刘云茜打电话，刘云茜说飞机刚落地，到家最快一个半小时以后。李有才说，要不要找个茶馆咖啡店什么的。狄棣说，就在车上等，一边看书一边等。李有才从套装盒里抽出一本，不舍得看，怕弄脏儿子不高兴，又放回去，在后座上躺倒，准备眯一会儿。狄棣翻到讲解围棋规则那部分，认真研究起来，规则非常简单，看一遍就学会了。他又翻到“如何吃子”那部分，稍有些复杂，“气”这个概念让他琢磨了好一会儿。“有气则生，无气则死。”总结得好。人生何尝不是如此呢，不就活的一口气吗？书中解释，要想避免死棋，就要想办法“长气”。解说图越来越复杂，理解越来越困难，很快他就睡着了。

天空由蓝转白，由白变灰，灰色逐渐强化，云层不断聚集，风不是从阴山北边刮来，却是坐地而起，在街面上形成无数个不规律的旋涡，上升，扩散，卷起地表上的尘土，扫掉树枝上的残叶，路上的行人加快了步伐，大颗粒的沙尘敲击着车窗，四周变得一片暗淡。拓家兄妹和刘云茜到家的时候，天空开始飘起零星的雪花。

屋里的陈设和八年前的记忆惊人地重叠在一起，唯一的不同，大概就是阳台上那几盆花，长了尺寸，变了姿态。拓展伸出手指，轻轻抚摸龟背竹巨大的叶片，狄棣和李有才进屋时，他正在出神。他们彼此寒暄后，坐到沙发里。李有才介绍情况的时候，狄棣打量了他几眼。眼前的这个人梳着过时的发型，穿着略显简朴的衣服，在香烟都是过滤嘴的时代，左手食指和中指的指甲居然被熏得发黄，如果不是之前就知道他的年龄，仅仅以神情态度衡量，比自己要大得多。他的面部轮廓，他的眼神指向，和拓晓晓如出一辙，唯一的区别是一个天真乐观，一个冷漠悲情，就像画家在心境迥异的情况下随手给一个人画了两幅肖像。

李有才的话题还在城外游走，似乎在寻找合适的时机好不留痕迹地进入核心区，因此，说话的语气既不自然又不干脆，看他的表情，自己都感觉费劲。于是，狄棣插话说：“当务之急是找到咱们家晓晓，找到他，可能一切问题都能迎刃而解。当然，你也要有个心理准备，这种话谁也说不出口，我还是要说出来。但是，我们也不会放弃努力。”

拓虹端上茶水。狄棣掏出香烟和打火机，递给拓展一支：“你父亲的收藏里有没有一块玉棋盘？”

拓展就着狄棣压出的火苗，点燃香烟，深吸一口，说道：“有的。”

“你知道放在哪儿吗？”

拓展对拓虹说：“爸爸那张檀木棋盘在家吗？”拓虹点点头。拓展说：“你把它搬过来。”

拓虹去了拓开来的书房，不一会儿抱出那块狄棣周五晚上已经见过的棋盘。拓展移开茶几上的茶杯和烟灰缸，让拓虹把棋盘放到他前面。颜色与第一次见到时明显不同，是含蓄的黑紫色，虽然窗外飘着雪花，天色阴暗，客厅也没开灯，但可以清晰地看到木头的纹理和拼接的工艺，与博物馆见到的檀木器具的颜色也不完全一样，这一件更显古朴憨拙，光泽也更为圆润自然。

拓展指了指棋盘：“就在这里。”狄棣没说话，意志很坚定的样子。拓展手指伸进两个侧面的凹槽，用力向外一拉，棋盘的上半部分一分为二，被拉向两边，露出了里边的棋子，黑子和白子被一根木档隔开。拓展抓住木档一提，像提着一篮水果一样，把子盘放到茶几上，露出了下面的空间。里边除了一块深蓝色的绫子，空无一物。

“请别动！”狄棣突然像在睡梦中惊醒，“这是证物。”

他的异常举动让大家都吓了一跳，但他很快恢复常态，抱歉地说道：“我们需要提取一下指纹，说不定有什么帮助。”

李有才给周晨曦打了电话，然后和刘云茜合力把棋盘移到餐厅的餐桌上。

狄棣指了指似乎还在茶几上的棋盘：“里边的空间，搁不下一张棋盘呀。”

“里边放着其中的四分之一。”拓展说。

“什么棋盘？”拓虹问道。

“爷爷留给爸爸的，一块玉。”

"怎么没告诉过我？"

"那不是玩具，也不是普通艺术品。"

狄椋问道："那另外的四分之三呢？"

拓展抬头望着狄椋，神情变得异常安详，好一会儿，才说道："一千五百多年前，被鲜卑拓拔部的一个氏族大人带走了。"

"你说什么时候？"

"公元455年，北魏太安元年。"

狄椋像被念小学时候的数学老师罩脑袋打了一板子，意识出现了短暂的混乱，想说话但不知说什么才好。他掏烟，烟盒空了，他让李有才给周晨曦打电话，让他来的路上顺便买几盒"大团结"。

拓展拿起茶几上的"芙蓉王"递给狄椋。狄椋点燃一支，说："是这样，你知不知道另外四分之三谁收藏着呢？"

"北野文。"

"是这样，案发当晚，你父亲和北野文用咱们刚才所说的玉棋盘下了一盘古人下过的棋，还用摄像机录了像，晓晓也在身边，他还往棋盘上摆了一手。之后，我想拓虹和刘云茜警官都给你讲过了，事情发生后，晓晓和棋盘同时都不见了。"狄椋逐渐找到了头绪，继续说道，"昨天晚上，北野文的儿子北野勇一从日本赶过来了，我和他会面时，他说，他父亲带着三块佛像，也就是棋盘的那四分之三，来鹿城拜访你父亲。他说你知道这件事情？"

"我知道，最早是我联系的。"

狄椋说："北野也是这样说的。他还说，很有可能你父亲或者你本人，把这个情况无意中泄露给什么人，因此招来了杀身之祸。"

"不可能。拓虹是他的闺女，你问拓虹，她知道吗？"拓展苦笑起来，"自己的至亲都不告诉，能告诉别人？"

狄椋看了李有才一眼，李有才让刘云茜把客厅的灯打开。狄椋说："时间不早了，你刚下飞机，很疲劳，我再耽误你几分钟时间。北野文和你父亲见面，身边都带着非同寻常的东西，我觉得不可能是老来童趣，比比宝，下下棋，交流一下收藏心得吧？你知不知道他们的主要目的是什么？”

“我这几天也在揣测，是不是我爸准备把他的东西卖给北野文？”拓展迟疑了片刻，“最初，我爸都不愿意见北野文。我把这个情况告诉了北野勇一，让他不要再找了。直到拓虹给我打电话，说爸爸死了，我才意识到，北野文这几年肯定一直和我爸保持着单独联系。所以，也有可能我爸后来改变了主意。”

狄棣在烟灰缸里掐灭烟头，站起身。李有才对刘云茜说：“一会儿周晨曦过来，你帮他把棋盘处理好，然后回家休整一天再去单位上班。临走前把注意事项给拓虹交代好。”

出门时，狄棣扶住门对着衣帽钩又问：“棋盘那个事，《魏书》里有记载吗？”

“《魏书》里没有。别的书里有。”

“有机会咱们好好聊聊。”

回到车上，狄棣把钥匙插进去，等李有才说完。李有才正给附近派出所的指挥点打电话，安排得很仔细，看来这些年历练得不错。他推车门出去，到旁边烟酒铺里买了一条烟，边走边扯出一盒，望望已经晦暗的天空，雪花从他睫毛上飞过，地下已经铺了薄薄的一层，还未化解干净的黑冰被掩盖起来，他连拖带滑返回车上，对李有才说：“古人一见下雪就兴奋得不行，非得整个踏雪寻梅，我带你去个地方怎么样？”

“也不看看几点钟了。”李有才把那条烟扔进储物柜。

“我请你到滨河路吃鸽子去。”狄棣启动车，一路向南，一直开到钢铁大街右拐，稳定地汇入车流，“想一想，至少三年没去过老渡口了，世界有多小，城市有多大？今晚我们得喝一杯。这样下去，一辈子也别想喝酒了。”

“工作期间，不能饮酒。呵呵。”李有才笑着说，“想当年，喝了酒破案没思路，现在，不喝酒破案还没思路。周四晚上，准确地说，周五凌晨，拓虹开车走的就是这条路，到滨河路老渡口一带，周晨曦的箭头就停下了。此后，拓虹去了哪儿？再从探头里把以后的行踪找出来，估计还得费把劲搞几天。”

狄棣说：“这就是今晚踏雪寻梅的诗趣所在，一会儿上了滨河路，你当个好诗人，把沿路的探头、岔路口当成梅花，好好记在心上。”

接近钢铁大街的尽头时，雪花飘得更密了，颗粒和羽片交织在一起，被风不动声色地吹成倾斜状降落，雨刮摆动的频率也开始加快，街灯亮起，楼群退后，就这样，车在拐上滨河路的时候，越过了昼与夜的分界线。狄棣把车速放慢，随着越来越接近黄河老渡口，进入视线的红色斑点逐渐多起来，那是由轿车尾灯和渡口附近上百家夜店门口的红灯笼组合成的夜景。狄棣想起昨晚回家时交通之声的主持人提到的“赵大姐鸽子蛋”，不知哪些红点是他们家挂出的灯笼。老渡口距离城区至少二十公里，那里的餐饮和住宿，既不属于农家乐的范畴，也不属于旅游景区的配套服务，更不能和市区的饭馆酒店相提并论，当然也不能因为挂着红灯笼就戏谑为红灯区，这个创意不会来自设计师的国学偏好，也不会是政府有关部门的暗示促成，只能理解为店主们希望生意红火、追求喜庆祥和，出于共同的愿望，产生自发的行为。

狄棣把车开到停车场D区，两人冒着雪来到街面上。没想到这个地方这么吸引人，大雪天都阻挡不住人们远离厨房外出就餐的兴致，各个饭馆和小吃店都上了客人，此外，网吧、台球厅、咖啡店、礼品店、小超市也间置其中，甚至还有一家电影院。落雪刚刚被路人踩实，新的飞絮就覆了上去，红灯笼连排成片高高挂起，轻轻地在风中摇曳，让雪花飞得更欢了。李有才得意地说：“这地方真不赖，咱们鹿城也不缺有情调的地方。”狄棣问一个卖烤红薯的大爷，“赵大姐鸽子蛋”怎么走。大爷指了指前边，不高兴地说：“是‘赵大姐鸽子’，没有蛋，就在十字街的街口上。”

来到十字街口，一艘巨大的渡船模型放置在正中央，周围有护栏围着，使十字街成为转盘街，抬头望去，桅杆上高挂着六个大红灯笼，象征着“六六大顺”。朝渡口方向的一排店面中，他们要找的那家靠近街口，招牌被射灯照得非常显眼，“赵大姐”三个黑色字是夸张的美术变形体，“鸽子”两个红色字是方方正正的宋体，“蛋”字被一篮子经过艺术处理的鸽子蛋代替了，一看就让人产生想往店里走的欲望。

进了店门，一楼的散座几乎坐满了人，既有家庭聚会，也有朋友聚餐，还有情侣相约，气氛十分热烈，说话声盖过了吧台播放的二人台。服务员带着鄂尔多斯口音，引导他们上到二楼，二楼全是雅间，相对安静一些。他们选了靠里的一间，进门时，服务员提示，雅间最低消费二百元。狄棣说行呢。雅间不大，餐桌占去了大部分空间，狄棣和李有才都坐到靠里的位置，服务员把印刷精美的菜单递给狄棣。狄棣点了两只烤鸽子，两篮煮鸽子蛋，一盘黄豆芽，一盘猪皮冻，一盘油炸风干牛肉，问李有才要不要真的喝两口。李有才说：“喝，管他娘的，放松放松。”于是，狄棣对服务员说：“再上两个牛栏山‘扁二’。”

服务员说：“你们两个大后生，不够吃的。”狄棣问什么意思。服务员解释道：“你以为鸽子是鸡啊，一个人就得点三只，要不吃不饱。”狄棣说，那好吧，来六只。服务员在小票上记好了要上的菜，正要走，狄棣说：“先把那两杯沙棘饮料上上来。”李有才问什么意思。狄棣笑着说：“店门口不写着么，消费满一百元，赠送一杯天然绿色高营养沙棘饮料，咱们这个雅间，最低消费两百，不就赠送两杯吗？”

“没看见呀，门口哪儿写着呢？”

“不信你等着，饮料马上就到。”

果然，服务员推着餐车到了雅间门口，上好凉菜和白酒，又端上来两高脚杯金黄色的沙棘汁。

“好。扁二沙棘高脚杯，六只烤鸽没人催。咱们慢慢吃，解解乏。”李有才拿起牛栏山二锅头，拧盖前确认了一下标注的度数，开始往小瓷杯里倒酒。

狄棣拿起另一个，抓在手里，并不拧开，突然换了话题：“看着这酒，想起美玲她爸老讲的一句话，你跟着他时间短，可能没太当回事，但我是深有感触。”

“哪一句？”李有才把凉菜摆好，往猪皮冻上倒了些醋。

“他说，破案不怕走错路，聪明人经常一错再错，笨蛋却是一错到底。”

“别说丧气话，好多条线咱们还没好好展开呢，这个案子不复杂。”

“来的路上，我从拓开来的角度编了个故事。你别不耐烦。那天晚上，拓开来去何氏会馆与北野文会面，不管是去干什么，他都没意识到即将身处险境。为什么？因为他带了自己的独苗孙子。如果我是拓开来，我带支枪去，也不能带孙子去。”

李有才无奈地笑了：“好吧，你说，我听着呢。”

狄棣倒上酒，和李有才碰了一下杯：“来，就着凉菜先干一个。”

“慢点儿喝，一共才二两。鸽子蛋还没上呢，别喝没了。”

主菜终于上来了。鸽子烤得金黄，香气瞬间让冷清的雅间焕发出生机。盛鸽子蛋的小篮子和山西铁壶差不多大小，用麻绳编成，不但有使用价值，而且有观赏价值。蛋皮呈浅蓝色，还冒着淡淡的蒸气，一看就是刚出锅的。李有才拉过自己身边一篮，把另一篮推到狄棣手边，然后从狄棣的篮子里挑了一颗大的，小心翼翼地剥开了皮，露出晶莹剔透的蛋清。

狄棣抓起一只烤鸽，啃了一口，说道：“可能是我不会下棋的缘故，总是自觉不自觉地对案子里涉及围棋的要素过于关注，通过昨天和北野、今天和拓展一番谈话，现在觉得没什么了不起。如果说，到目前为止，还有一点点感兴趣的地方，”他拿起一颗鸽子蛋，在李有才眼前晃了晃，“那就是，为什么用玉棋盘玩了一会儿以后，又用何煜之送的折叠式竹棋盘继续玩呢？看棋盘上散落的棋子，说明他们又玩了一段时间，就是在这个时候，凶手出现了，就在十点十分以后，到十一点五十分之前。”

“嗯，凶手在何煜之招呼晚宴的时候，就已经进了北野文的房间，提前埋伏在那里，躲在壁橱里。”

“我也是这么认为的。下棋的时候，凶手从窗子进去，动静太大，也容易被外面的人发现。提前埋伏进去的可能性有百分之百。”

“凶手熟悉何氏会馆内外的地形和监控设施，有同伙提供帮助，这个可能性也是百分之百。”

“得手之后，手里还抓着孩子和沉甸甸的宝贝，消失得顺顺当当，无影无踪。”

“另一种可能性是，如果凶手和孩子不在一起，那么，百分之百，孩子被拓虹接走了。再加上卢军达突然死亡，说明玉在孩子那儿。而凶手呢，两手空空。”

“你说的这种可能性只能发生在电影里，”狄棣端起酒杯，“按刚才设想的，凶手躲在壁橱里，等啊等啊，等两个老人都亮出自己的宝贝，他冲出来，对拓晓晓说：‘孩子，你起开，让我干掉这两个老鬼。’干完事，一回身，孩子没了，再看盒子，玉也没了。”

“呵呵，这么说，又回到原来那个悖论了，只有孩子是凶手，才能说明一切。”李有才也抓起一只烤鸽。

狄棣说：“孩子像你手中的鸽子一样，是无辜的。”

“怎么讲？”

“答案我已经想好了。还是刚才那个问题：他们为什么用玉棋盘玩了一会儿以后，把玉棋盘放在一边，摆上折叠式竹棋盘继续玩呢？还玩了一段时间。把这个问题回答好，案子就破了。”

“来点儿神奇的，我听着呢。”

“我先告诉你答案，然后给你讲过程，怎么样？”狄棣见李有才没理他，于是继续说道，“拓开来是凶手。”

“啊？”

“故事的经过是这样的：九点十分到九点半之间，拓开来从孙子的书包里拿出宝贝，北野文也拿出自己的，他们拼成完整的棋盘，然后，把盒子合上，叫高桥俊二进来打开摄像机，这是第一步。第二步，高桥俊二离开房间以后，他们打开盒子，开始摆谱，这个过程持续了四十分钟，正像宇文扬说的，他们在摆古棋。为什么要花四十分钟干这种附庸风雅的俗事呢？对于两个七十多岁的高级文化人，似乎毫无必要。要说原因，我觉得，拓开来是在利用下棋的工夫，对玉棋盘进行鉴定呢。在日本人面前，拓开来采取这种方式，显得婉转不俗气。咱们都看过‘一锤定音’，文物鉴定的顶级专家对一个物件都得仔细瞅瞅。然后开始第三步，十点十分，他们把盒子盖上，北野文让高桥进来把摄像机关了，高桥离开后，拓开来准备杀死北野文。但怎么杀？自己是一个拄拐杖的糟老头子，杀死北野文没那么容易。他想了个办法，就是刚才我跟你说的，也是我以前忽视了的折叠式竹棋盘，他提出和北野文来盘真格的，你知道，人在下棋的时候，必须集中精力思考。在这种情况下，拓开来拔刀一刺，来个突然袭击，容易得手。下面是第四步，刺中北野文之后，拓开来从小孙子的书包里取出一根绳子。你别笑，好好听着。然后把北野文的三块玉和自己的那块放进书包，去让拓晓晓背好，带他来到卧室的窗前，用绳子把孩子送下去，然后把绳子也扔下去让孩子带走。返回会客室的时候有点儿累，于是用手扶了扶门旁边的水晶球，留下了指纹。拓开来坐回到自己原来的地方，定了定神，站起身从北野文胸口拔出刀来，迟疑了三五秒钟，然后，坚定了决心，用力一挥，把刀刺入自己的身体，这个瞬间的心理过程使得八滴血滴到棋盘和棋子上。临死的时候他还不放心他的孙子，所以，他死的时候，脸转向卧室的方向。此时，他的孙子正坐在他女儿的车上，从公主巷到桦树巷，穿过财政局家属院，上了昭君大街，一直开到滨河路，消失在咱们俩坐的这个地方。”

“讲完了？”

“讲完了。”

“这次咱们干了。”李有才摇了摇杯中的酒，快乐地说道，“在童话般的冰雪世界里，喝着‘扁二’，演绎了一把好莱坞的冷艳推理。”

狄棣把酒喝干，很真诚地对李有才说：“虽然是瞎编胡扯，但似乎天衣无缝。”

“本来想表扬你几句，结果你自己把自己表扬了一下。”李有才端起高脚杯，“我告诉你一句名言，谁说的不知道，‘只有人情味儿是最真实的。’你什么都考虑到了，唯独没考虑拓晓晓的承受能力。那孩子才上小学六年级，试想，一个小学生，在爷爷挥舞吓人的刀子、做出骇人的事情时，他会怎么样？他会惊恐至极，浑身发抖，脑子烧成一锅糨糊。居然还能抓着绳子大大咧咧下到一楼？不掉下去才怪了。”

“卫生间的马桶盖上，放着一本围棋书，你记得吧？”

“嗯，《当湖十局细解》。”

“笔录上写得很清楚，拓虹说是拓晓晓的，池田和高桥说不是北野文的。”

李有才笑起来：“我猜到你想说什么了。”

“既然你猜到了，省得我说了。”

“还真有点儿意思。”李有才停下手中的活儿，“你是说，拓开来刺北野文的时候，拓晓晓正在卫生间上厕所，坐在马桶上一边拉粑粑一边看书，拓开来进去找他的时候，他正洗手，所以书放在马桶盖上。”

“是啊。”狄棣苦笑道，举了举杯，又放下去。

“有隔扇挡着，从卧室看不见会客室。孩子居然不知道爷爷干下的荒唐事，呵呵。”李有才又端起酒杯，“不过，你应该替拓开来想想，考虑考虑老人的情怀。老年人最大的情怀是什么呢？就是时时处处为自己的儿女着想。就算你刚才讲的都发生了，进行得也不错，就算拓虹把孩子藏起来了。下一步怎么办？孩子永远躲起来不见人？那几块破石头拿来卖钱还是怎么的？警察迟早会找上门来，怎么跟警察解释？拓开来是个文化人，这些事他能不想想？”

“是啊，以后的日子怎么过？”狄棣帮李有才补充了一句。

“虽说推理缺了人情味儿，但今晚这顿吃喝，却是充满人情味儿。”李有才让服务员把剩下的东西打包，准备带回办公室当夜宵。

爬自家的楼梯与爬其他楼梯迥然不同，有一种只有自己才能心领神会的归属感，心里自然踏实，即使楼道里灯不亮也没关系，知道迈一步需要跨多高，迈几步需要拐个弯，到了四楼开始掏钥匙，钥匙准备好，已经到了五楼，伸手一抓，准是自家防盗门，就连门把手的寒冷程度都是独一无二的。

狄棣把《聂卫平围棋道场入门教程》放到茶几上，打开煤气烧水。去卫生间洗漱的时间比以往有点儿长，出来的时候，壶嘴已经在呼呼冒气。在保温杯里冲速溶咖啡练成了机械动作，用不着考虑什么就能做到恰如其分。他从新买回的碟片中找到《烽火回家路》，放入驱动器，设置好音响，关掉客厅的吸顶灯和厨房的吊灯，坐回沙发里，调暗台灯，裹紧毛毯，按下播放键。

故事从一个男孩子的出场开始，年龄和拓晓晓差不多一样大，都有着清纯率真、活泼睿智的表情。情节的推进节奏非常快，他都来不及喝口咖啡，半小时就过去了，当男孩举起手枪向维和部队的军官瞄准的时候，手机振动了一下。他点开屏幕，李有才发来短信：睡没睡，没睡回个电话，也不急，别紧张。狄棣看表，已经一点半了，看来这群弟兄还在加班。他顾不上按暂停键，拨通了李有才的电话。李有才说："小虎把拓开来的手机通话、短信、微信捋了捋，找出几个我们感兴趣的名字，其中一个估计你乐意听，卢军达。"

"我听着呢。"狄棣把音响调成静音。男孩和那个军官还在僵持。

"在过去两个月里，拓开来和卢军达的联系最频繁，交流的话题集中在湿地保护上，看那个意思，好像有几家企业要把新厂址搬迁到湿地保护区那边，其中就有何煜之的'蓝色银河科技'，具体情况你明天看简报吧。卢军达开车拉着拓开来去过老渡口五次，不过说不定也和咱俩一样吃鸽子去了，呵呵。一个月前，拓开来和卢军达一起在何氏会馆请过几个福建客人，大都是生态学专家，还有个抗战史专家。再就是，三周前与何煜之通过一次二十多分钟的电话。"

"我明天上午去一趟志愿者协会。别搞太晚了，早点儿休息吧！"看到那个男孩放下手中的枪，随即又举起来，他又说，"等一下，周晨曦在办公室吗？你问问他监控'凤凰男孩'的情况，然后给我回个电话。"

李有才说："不用问了，周晨曦植入了一个上网提醒编码，只要有人使用'凤凰男孩'登录弈城和新野狐，周晨曦的电脑和手机同时都有提示，要不要给你也安一个？"

狄棣笑了笑结束了通话，拉开毛毯站起身，去厨房把凉了的咖啡倒掉，重新冲了一杯。回到沙发上，他突然苦笑起来，怎么又冲了一杯，都几点了。干脆就在沙发上睡，好不容易焐热了，不能把这些资源白白浪费掉。关电视前他发现那个男孩和军官的关系变得友好起来，猜都能猜出，他们迟早会成为朋友。他把台灯关掉，客厅随即进入黑暗和宁静，窗外可能还在下雪。时间一分一秒向前推进。客厅的窗帘没拉上，窗户像一只眼睛，盯着外面的世界，又像一张硬盘，把看到的贮存在屋里，屋里由纯粹的暗黑逐渐放亮，先是客厅的家具和摆设显出了暧昧的轮廓，然后将充溢得放不下的那部分输送到厨房、卧室和书房。狄棣如果此时睁开眼，他会以为早晨提前到了，窗外的落雪让屋里泛了一层透明的白光，却降低了室内温度，唯一的感应就是把毛毯拉得更紧，直到手机闹铃把他叫醒。

狄棣去卫生间用凉水洗了一把脸，提着刮胡刀来到客厅窗户前，望了望外面，雪已经停了，建筑物和地上的积雪至少有一寸以上，空中还能看到零星舞动的小冰晶，在晨光中上升、坠落，不断幻化，时而凝聚。他就着玻璃开始刮脸，顺带观察自己那张脸，但呼出的热气很快吸附到玻璃上形成水雾，脸变得模糊不清，好在他还有几分自信，不在乎看没看清楚。“下雪不冷，消雪冷。”这句谚语在鹿城非常适用。狄棣给自己的脸上抹了一层防冻霜，提着钥匙下了楼。

高德地图导航上找不到“鹿城生态环保志愿者协会”的地址，他给李有才打电话，李有才告诉他就在艺术厅南街的艺隆大厦二十九层，离上次啃骨头的小饭馆不远。他把车开上绕城高速，准备走点儿远路，省却了堵车的麻烦，还能捎带欣赏一下城市的雪景，可能从小在冰窟窿里长大的缘故，“雪”这个概念以下雪、刮雪、消雪，雪地、雪洞、雪人，雪域、雪景、雪境等更形象的词汇经年累月反复嵌入脑子里最隐秘的地方，对他产生独特的意味，成为一种化不开的情愫横置在生命之路上，时时干扰他的思路和对世界的看法。

艺隆大厦在鹿城市区靠南这一带属于标志性建筑，个头最高，造型也颇为独特，与城区靠西的钢铁大厦和靠北的金鹿大厦遥相呼应，构成三把利剑，直插天空，展示了一座北方内陆城市的雄心壮志和应有的尊严。经济高速发展时期，企业家和创业者们都希望在这三座大楼里找个地方开设自己的办公室，近几年由于租金太高，就像麻将馆一样，心里没底气的人不断离开，胸怀蓝图的人不断进驻，所以当狄棣走进这座巨型建筑的时候，一楼大厅的公司分布图是新印制的，设计非常考究，边框像镀了金，玻璃像纯度很高的水晶，公司的名称也与自己的生活距离越来越远，社会的进步速度让他吃惊。

八部高速运转的电梯在轮番上下，但电梯口还是挤满了人，狄棣上到二十九层，在指示台上找到协会的位置，然后经过“鼎鑫建筑智能化工程设计与施工有限公司”的办公区，在“乐天会展服务公司”的开放式办公区前面不远处，看到了“鹿城生态环保志愿者协会”的牌子。与紧邻的这些高档办公区相比，协会的门显得有些过时，还是几年前深色木头流行时的风格。对开门虚掩着，里边很安静。狄棣敲敲门，一个女人的声音招呼他进去。

一位年轻女士坐在房间尽头的一张办公桌前，对面的布艺沙发上坐着一位身材魁梧的男子，穿着一件咖啡色皮夹克，一条腿架在另一条上，手中正在玩一支没有点燃的香烟。好面熟，哦，是派出所巴格那所长。他站起身和狄棣握手。巴格那说：“这位是协会秘书处的钱晓芙。狄处长。刚才说的就是他。”

狄棣接过钱晓芙递来的环保型茶杯，吹了吹浮起的几支针形绿叶，对巴格那说：“那所长最近忙什么？”

巴格那愉快地说道：“都是弟兄们在忙，我呢，闲得很。”然后板起面孔补充道，“李大咖打来电话，说你要来，我一听，提前一步先到，给你镇一下场子。”

钱晓芙笑着说：“狄处长别听他胡说，我们可是守法市民，别把我们当成农民起义军，更不是恐怖组织。”

“呵呵，我听迷糊了，好像你们刚才在打嘴仗，可我在外面倒没听见动静。那所长是豪爽之人，不会那么厉害吧。”

“我们钱晓芙同志虽然一介书生，那可是到市政府上访的举旗人。我现在是亲自出马，全天候盯着她，按意大利足球队的动作要领。”

“可别这么说，吓出精神病来可不好了，我要住了院，志愿者们能把你吃了。”钱晓芙挑衅的口气太明显，脸对着巴格那说话，眼睛却在瞟狄棣。狄棣心里明白，这丫头其实也底虚得紧。

巴格那把架起的那条腿支到地上说：“不胡扯了，狄处长还找你有事呢。我先行告退一步。记着，中午我请客。还有你，钱晓芙同志，一起来。”

狄棣连忙说道：“你可别走，没什么其他的事情，就是随便聊聊。”

“既然这样，那也好。一会儿，刘会长来了，我还真怕你吃亏。”巴格那又把腿架了回去。

狄棣及时插入了正题：“钱秘书长，一大早过来打扰你很不好意思，是这样，拓开来是你们协会的理事，有些事情我想——”门被猛地一推，狄棣惊了一下。进来一个穿军大衣、围红围巾的中年人，手一挥，右手的皮手套已经交到左手：“好啊，不请自来，正要找你呢。老巴，我告诉你，拓开来和卢军达今天不坐到这间办公室，我就告你非法拘人。”说话间他已走到近前。狄棣急忙站起身。但对方根本没理他，直接坐到钱晓芙刚才坐着的椅子上，一只胳膊撑住桌面，另一只手接过钱晓芙递上的不锈钢水杯，咣当一声砸在桌子上，茶水差点儿溅出来，但眼睛始终没离开巴格那。

“大律师好威猛，早上嫂子没给你做早点吧。”巴格那笑着站起身，对狄棣介绍道，“这位就是威震江湖的华泰律师事务所刘英美律师，咱们环保志愿者协会的大会长，昨天刚从德国出差回来，把德国人的愣劲也带回来了。”

“狄棣。”狄棣走上前去伸出手。

刘英美不感兴趣地和他握了握手。“你好，来得正好。昨天一下飞机，给卢军达打电话，关机，给拓开来打，也关机，一问，关机好几天了。什么意思？把他们限制住，厂子就能盖起来？笑话。”

“老刘，你别急，这位是公安厅的狄处长，答案在他衣兜里装着呢，你想听个明白，咱们就来点儿高雅的。”

“好，那你们先说，人在哪儿呢？”刘英美脱掉军大衣递给钱晓芙，露出里边的高档西装，“上午还有个案子，我得去趟法院。长话短说，废话别说。”

“是这样的。”狄棣看了一眼巴格那。巴格那对钱晓芙说：“晓芙，我代表刘会长给你半天假，你出去玩去吧。”

等钱晓芙走了，狄棣说道：“有个坏消息，我们也很难过。拓开来被刺死了，一天以后，准确说是两天，卢军达也猝死了，死之前被人弄伤了一根手指。”

刘英美的脸沉了下来，一拳抡在桌子上。“那群浑蛋东西，在票子面前，连智商也没了。”

“而且这里还牵扯了一个日本企业家，也和拓开来一起被刺死了，案子稍微有点儿复杂。你是律师你最清楚，要办成铁案，证据都得摆好。马上要开‘两会’了，市里领导很重视这件事，要求我们尽快破案，所以知情面还不能扩得太大。”

“我会有分寸的。”刘英美掏出手机打了几个电话，看样子是让自己的助手代他去法院跑一趟。放下电话，他缓缓说道：“宇文火、何煜之这些人，干出这种事不奇怪。”

“现在还没有明确的证据指向。当然，我们在全方位调查。”狄棣隔着面前的茶几和办公桌，尽量不去盯着对方，但也不允许自己的目光稍有游移，“我跑来占用你的时间请教你，是想弄明白，湿地保护志愿者和准备搬迁的企业之间，矛盾究竟到了哪个程度。”

刘英美的表情逐渐恢复常态，但他似乎在整理思绪，没有马上接住狄棣的话题。于是狄棣转向斜靠在沙发里的巴格那：“如果说，志愿者们仅仅是到市政府上访，仅仅是在市民当中宣传鹿城湿地保护的重要性和紧迫性，我想那些准备搬迁的企业老板，还不到动用丧心病狂的手段去应对的程度，他们也不会那么鲁莽。况且，土地审批还需要牵扯发改委、国土、城建等一大堆部门，要是已经批下来了，我和那所长这些市民应该知道，我们也关心鹿城的建设发展。”

“老巴知道得可能多一些，我们协会就在他的地盘上，经常光顾寒舍，知道我们气在哪里。”

“其实也没什么，这个协会的热心人，都是有文化的明白人，我以后退休了，说不定也当个志愿者呢。”

刘英美用手指在桌面上横着划了一下，然后说：“高新技术开发区和湿地保护区挨着，分界线，就是一排白皮柳。今年春季柳芽刚努出来的时候，近千棵大的被挖走了，向保护区里面扩展了五百多亩，动用几千棵半大的垂柳，种了一道新树墙，与白皮柳的树墙连接起来。普通市民不懂得其中的奥妙，啊，不包括你们俩。但内行人看一眼就知道打什么鬼主意。保护区绵延万亩，搬迁了将近一个乡镇，区区五百亩，在他们看来显微镜也发现不了。但我们就发现了，协会的几个理事找他们开发区领导。”

刘英美突然又来了气，在衣兜里摸了一会儿，找出一盒烟来，自己点上一支，然后把烟盒隔着办公桌扔到茶几上。巴格那不客气地给狄棣点了一支，自己把手中捏扁的那支也点着。刘英美站起身打开窗户，回转身接着说道：“开发区的领导说，你们放心，那个地方别说盖厂房了，就是盖个狗窝都不可能。至于是谁干的，你们得问园林局。去园林局一问，管事的说，这事儿你们得找城建部门。去城建委一问，人家说这个吗，你们得问城管执法局。我的天，这样跑下去还了得？干脆，直接问那些参加过种树的民工，他们的工钱是谁给的。一问，民工说是某某园艺公司给的。再查这个某某园艺公司的老板是谁，一查，好了。”

刘英美想要弹烟灰，但没有合适地方，他从窗台抓过一盆绿植，放到茶几上，大家把烟灰都弹到花盆里。“老板是何煜之的外甥女。”

巴格那坐起来朗声笑道：“律师说话就是不一般，这悬念设得，这包袱抖得，寥寥数语，来龙去脉一清二楚。”

“好听的还在后面呢。”刘英美直接靠到办公桌上，居高临下看着狄棣。停顿了片刻，问：“你是厅里负责刑侦的处长？那你回去问你们范厅长去吧。”

“不不，我在法制处闲着，临时被抽调过来帮忙。”狄棣谦恭地笑笑，但他没有退缩，把自己的年龄抬高了十多岁，不以为然地说，“我倒是乐意听听你的意见。”

“既然这样，那我一句话给你说到位。‘两会’换届选举，何煜之想进政协常委，市里有些领导也希望自己的选票多一些。何煜之的‘蓝色银河科技’要充当示范企业，作为‘丝绸之路’经济带上的一个亮点。所以呢，扯得有点远了，何煜之要在高新区建个新厂，一夜之间就能搞定，你信不信？好在现在是大冬天，刨土垒墙还不太是时候。”

“高新区的土地应该多得很啊，非得占用保护区的湿地？”狄棣确实有些不解，尽管自己对经济一窍不通，但这点儿常识还是有的。

“北新区的地当然多得很，但我们现在说的是南新区，南新区是国家级的。”刘英美的语气缓和下来，他似乎有些累了。

“老刘，我看你还是直奔主题得了。刚才慷慨了一番，我们听得很开心，但那毕竟是协会和企业之间的分歧也好甚至矛盾也好，离下刀子还有十万八千里呢。拓开来和卢军达都多大年纪了，既不是小报记者，又没到北京闹腾，我看没有哪家企业愿意招惹他们，往自己身上抹黑。狄处长恐怕想了解的是，他们和什么人有没有私人恩怨。”

“嗯，也有道理。我也是气糊涂了。多好的老兄弟呀。”刘英美突然捂住脸哭了起来，搞得巴格那眼眶里也涌出了泪。狄棣看看表说：“耽误刘会长不少时间了，下一步分局还要来人问问其他的，我和那所长先告辞了。”刘英美挥挥手，狄棣和巴格那离开了协会办公室。

到了大厦前面的广场，狄棣握了握巴格那伸出的手，随即掏出香烟。见狄棣没有让他离开的意思，他摁着打火机。狄棣推让了几下，点着烟说道：“拓开来和卢军达的坎儿，不在维护湿地上，中间可能有关联，但也不一定。”

“是啊。杀人需要勇气。”巴格那吸了一口烟，伴随的冷空气让他剧烈地咳嗽起来。

“是啊，这是谋杀，不但需要勇气，还需要动点儿脑筋。”狄棣弹了弹不存在的烟灰，“愣头青做不出来。”

巴格那说：“我在基层不太懂规矩，这种案子，是不是需要动用国际刑警？”

“目前这点儿证据和线索，还不需要，已经给公安部报情况了。想要了解日本那边什么情况，公安部可以协调一下国际刑警。”狄棣说，“领导层让咱们抓紧时间破案，也有这方面的考虑。”

“狄处长，咱俩可算一见如故了，这种案子，你揽它作甚？”

“以前干过几年刑侦，现在呢，算是懂点儿政策吧，其实也狗屁不通。”

“那两根头发有眉目了没？”

“只能事后作为证据，现在，往谁头上安？”

“他妈的，人海茫茫，排查的那些人，都得薅他几根，比对比对。”

狄棣正要走，巴格那突然又说道：“有件事我想告诉你，说不定你感兴趣。当然，这是传闻，不知道可信不可信。”

“说说看。”

巴格那说：“有人说，社会上吵吵何煜之想盖新厂子那块地皮，其实呢，拓开来很早就瞄上了，想在那儿盖个敬老院。中间应该有什么周折。你要感兴趣，可以找国土部门问问。”

狄棣说：“还真得问问。”

和巴格那分手后，狄棣给何煜之打了个电话，开车去了何氏集团总部。何煜之在办公室门口迎接他，会客室的茶几上已经摆好了茶具和水果，看来他把身边的人都打发走了，整个六楼显得很空旷很安静。何煜之摇了摇紫砂壶，往狄棣身前的精致茶杯里倒茶，问道：“案子进展得怎么样了？”

狄棣点燃一支烟，说道：“有些眉目，但有点儿复杂。”

“今天天气冷，咱们喝点儿热茶。”何煜之说，“北野勇一想确定一下火化的时间。”

“外事办和民政局都联系好了，北野有什么要求都答应他，日本的风俗咱们不懂，临时筹措都没问题。”

“这个钱，我们公司来出，安排绶鸥办这个事。”

“北野勇一没和你提起棋盘的事吧？”

“什么棋盘？”何煜之问道。

“没提起就好。北野和我说，他父亲从日本带来的棋盘弄丢了。”

“没关系，他要想要，我安排人买一个。日本人真他妈小气，这种事还好意思提？”何煜之喝了一口茶，“知道老先生爱下棋，专门从多伦买了一副高档围棋送他。”

“北野说，那玩意儿是家传的古董。”狄棣笑着说，“何总怕是不好买。”

“我赔他个明青花得了，棋盘能有多值钱。”何煜之突然意识到狄棣在说什么，提高了调门，“你是说，这事和案子有关？”

“目前还不能确定。没什么大不了的，你别在意。既然北野没和你说，你就假装不知道，别主动问他。”

“这事出得，真不是时候，‘蓝色银河’要是受了影响，光靠咱们自己，研发那一块没什么戏。”何煜之拿起烟盒，停在手里，“咱们可不是国有企业，花大钱不能就买个热闹。”

“何总上次说，北野文这家公司，是有人给你介绍的，不知道是谁给你介绍的？”

“是拓开来。”

“是他？赋闲在家的老人？”

“可不能这么讲，这老先生过去交游甚广，我收藏些瓶瓶罐罐，都得找他过了眼，才肯掏钱买。”

“那何总和拓开来应该是老朋友了。”

“那是，拓老爷子人品一流，耿直豪爽，我特别敬重他，算是忘年交吧。这些，你们应该都知道。”

狄棣捧起茶杯，停在手上，望着何煜之，问道：“我想听听拓开来是怎么给你介绍的。”

“很重要？”

“很重要。”

“是这样的，我不懂科学，讲不大准确，你姑且听之。”何煜之说道，“‘蓝色银河’搞的是人工智能，我们公司没收购之前，他们搞一款机器人，利用谷歌旗下一家公司对外公布的科研成果，专门来研究让机器人怎么自主学习，像人一样自己学点儿本事，测试的手法就是下围棋。”

“这我听得明白。”狄棣点点头。

“‘蓝色银河’的那几个年轻人，他们是科学家，但需要懂围棋的行家参与研究。找来找去，找到了拓开来的孙子。”何煜之停下，看着狄棣。

狄棣说：“那孩子，我们正在找。”

何煜之接着说：“这孩子，在全国都是出名的，拿过什么比赛的冠军，特别是在网上下快棋，韩国、日本的职业棋手都知道他的名号。‘蓝色银河’

想让这孩子参与测试，拓开来也很乐意，周六日去公司，不影响学习。”

“我也问过了，拓晓晓这孩子，确实厉害。”

“收购‘蓝色银河’以后，我知道了这个情况，和拓开来交往得比以前更频繁些，怎么说呢，拓晓晓也是我们公司的财富，属于核心商业机密的范畴，孩子父母一个在美国，一个在澳大利亚，拓开来算是监护人吧，有什么事情，都得经过他。”

“那是，就这么一个独苗孙子。”

“有一次，拓开来对我说，日本有一家企业，旗下一个公司也是搞人工智能的，他认识那家企业的总裁。就是这个北野文。对了，贸促会后来也帮着协调过，经信委也帮着论证过，我也是多方考察，才下了决心，政府对这个项目很支持。”

“我明白了。”狄棣看看手表，“‘蓝色银河’离你这儿有多远？”

“不远，就在外环边上。”

“我想现在就过去，见见那几个科学家。”

“不用亲自跑，想见谁，让他们过来。”何煜之掏出手机。

“要是方便，找一个和拓晓晓接近的就行。”

趁何煜之打电话的当口，狄棣站起身走到北墙一溜矮柜前，近距离浏览那一排镶嵌在精美相框里的照片。他发现少了何煜之与巴特包勒德的合影，新添了一张照片，也是合影，背景比较模糊，与何煜之站在一起的那个人穿藏蓝色西装，显得年轻有为，但细看，并不是年轻人，站在高大魁梧的何煜之旁边显得稍稍矮了一些。狄棣拿起相框，带着欣赏的神态打量着。

何煜之在背后说道：“那个人是提穆尔·苏莱曼诺夫，哈萨克斯坦的经济部长。”

“何总跟哈萨克斯坦也有经贸往来？”

“是啊，这几年交往得还是不错的，国家政策支持，企业也有信心，在丝路上做文章，人们愿意动这个脑筋。”

“这张照片非常珍贵。”狄棣把相框放回矮柜上。

何煜之续了一壶新茶。狄棣问：“听说拓开来很热心湿地保护，和你们没闹什么别扭吧？”

“那是外界风传，原打算把‘蓝色银河’迁到南新区，政府有些领导也觉得放在南新区合适，靠近老渡口，从成陵那边过桥，一眼就能看见，做个窗口吧。”何煜之放慢语调，“拓开来找我谈，说这样搞招人嫌。我改主意了，就在总部再起一座楼，也能省出地皮钱，又在眼皮底下，每天能看见。好像上次见面我跟你提到过？”

“没说这么详细。”狄棣端起茶杯，“咦，这个茶杯真是奇特，釉色花纹很神奇。”

“属于建窑工艺，你喜欢，我送你个好的。”何煜之也笑着和狄棣一起端详着。

狄棣憨笑着说：“收藏需要好雅兴，我是俗人，不太懂。我有个朋友，喜欢收藏刀具，大的，小的，长的，短的，中国的，外国的，就像女人买鞋买包，越买越多。呵呵，何总对刀具收藏感兴趣吗？”

“刀具收藏是个冷门，也很烧钱，我不玩那个，怕有杀气。”

“周围的朋友或许有喜欢的？”

“经商办企业的，一般不玩这个，所谓和气生财，见笑了。”

正说话间，走廊里响起脚步声，随即有人敲门。进来一位三十多岁的男子，戴无框无色眼镜，穿深色西式大衣，系玫瑰红领带，手里提着电脑包。来人是“蓝色银河”负责机器人研发的归国留学生张剑，毕业于拉萨尔大学，相貌和学位旗鼓相当。狄棣有一种肃然起敬的感觉，但为了节省时间，他直奔主题，希望张剑能浅显易懂地说一说在机器人研发项目里拓晓晓究竟有多重要，是缺他不可，还是缺他也可。张剑彬彬有礼地听他说完，用疑惑的目光望着何煜之。何煜之说:“不必见外，就当给我们上一堂科普课好了。”

张剑大概在实验室浸淫的时光太久了，突然接触这样直白莽撞的人很不适应，微微露出被冒犯了的神情，马上又换上释然的姿态，但仍然有些不情愿地说：“好吧，我们打个比方。一个普通警察，梦想成为超级警察，他需要学会尽可能多的本事，会精确射击，会近身格斗，会攀岩跳伞，会逻辑推理，会混迹江湖，只要能想到的，他都希望做到。”

狄棣耸耸肩。

张剑带着胜利的微笑继续说：“人工智能研发，就像一个普通警察梦想成为全无敌一样，我们的研究，将会运用到医疗家政工程救灾军事等所有你能想到的人类生产生活的任何一个领域任何一个环节任何一个地方。从这个角度说，拓晓晓对我们公司不重要。”

狄棣想要说什么，张剑没给他留下足够的时间，只一停顿，马上接着说道：“但是，我们正在攻关的一项核心技术，却离不开他。用你的话说，叫缺他不可。”

“下围棋的技术。”狄棣像是在自言自语。

“下围棋的智慧。”张剑不客气地纠正他，然后端起茶杯，喝第一口茶。

狄棣的脑子里像决堤的冰河涌出科幻小说和科幻电影里人的大脑插满各种管子连接到各种测试器上的破碎的不连贯的恐怖的甚至残忍的图像，心里一惊，不由得问道：“拓晓晓的大脑，在脑死亡的情况下，还有没有缺他不可的价值？”

“人不是机器，我们可不是拆开他的大脑研究里边的零件。”

“那就好，今天是我这几天最有收获的一天。”

“今天才过了半天。”

狄棣抬起手腕看看表：“什么时候你们生产出激发智慧的芯片，给我耳朵后面镶一个。”

第五卷
通幽

“那年秋天，沃野镇的军民一直沉浸在丰收的喜悦之中，兵戈不起，民情和泰。大河两岸的麦田像是铺满了黄金，南北外围的草原宛若绚烂的翡翠，军屯牧场草木葳蕤，民垦荒地种植的菜蔬长出一层层的新叶。准备打草的牧民开始在磨石上磨那长长的镰刀，储存过冬牧草的围栏已经修葺一新。即将秋收的士兵们，和当地的居民协力筑路，撒上新土，夯实路基。镇东北渡口仓库区一带，又新盖了十多个大仓，用麦秸、米汤、河土混合合成的防护泥，在仓围上抹了厚厚的一层，刚刚干透，又抹了第二层。大仓成排连片，在阳光的照射下，像一群穿了新衣服的孩子，对着渡口微笑。”

拓展停下来，回头看了一遍，觉得这个段落加得还算满意，尽管灾难即将来临，但与芸芸众生何干？生活的步子一刻也不能停歇，也不会停歇。于是，他点击鼠标，保存了这个段落，向后滚动了几页，接着写下去；

“月亮的形状像被锅台前的农妇轻轻掰了一个边儿，渐渐升上天空，清澈的光辉笼罩着沃野镇的一居一舍、一草一木。镇南的高台上燃起篝火，上升的火苗占据了高台内侧的四角。羌笛与胡琴的颤音远远传来，拉开了激情澎湃的大幕。镇将高天槊与拓跋睿同着布衣，并行登台。身后，卫士和门客几十人逶迤而来。”

窗外泛起了白光，临近正午的阳光被开始泛灰的云层和不断上升的雾霾遮挡住，使积雪和雾气在高处的建筑表面聚集交融，那种难解难分的冰冷和湿冷穿过窗玻璃，进入屋里，使客厅变得过分清冷。拓展站起身，去把阳台那扇半开的窗户关上，然后坐回沙发，手捂到脸上暖了暖，弯下腰继续输入文字：

“棋台置于高台正中，用阴山巨石制成，森森然有磅礴之气。那天晚上，东瀛棋士北野桑将挑战拓跋睿，他是高天槊的门客。高天槊待缺京畿、牧守营州、坐镇御夷期间，即追随左右，先后已有十余年。高天槊站在箭靶一侧主持猜先。北野桑十掷九中，拓跋睿十掷十中。门客们陆续下注博彩，然后各归其位，或举杯畅饮，或静坐赏月，或吹笛自娱，同时关注着棋局的进程。”

烟灰缸里堆满烟头，香烟盒已经空了一个，拓展从茶几下层的搁架上取出一盒新的。他想再加几句什么，好延长灾难到来的心理时间，这时听见拓虹拧开厨房的水龙头开始洗菜，他的目光落在那沓打印纸上，那是一个揪心的段落：

是年秋发朔州兵营甲士三千人，家口六七千配护军，西击沃野。破之，人畜尽没。睿易其服，避入北野家。甲士鱼贯入，问贼睿何在。北野桑挺身曰：“取吾项上复命，不可累及家室。”甲士击杀之，斩首去。睿冒其名籍，随其次子，逶迤东去。

天安初，北蕃大旱，高原陆野不任营殖，百姓困敝，日月滋甚。诏敕朔、夏、凉三州，北野子嗣未殆灭者，复归沃野，受睿姓，居睿室，垦睿田，承祭祀也。

拓展放下手中的烟盒，合上笔记本电脑，靠到沙发里，望着窗外泛白的天光，眼神中的悸动和生命力渐渐隐去，凝重和呆滞占据了原来的位置，他的一只胳膊压在头顶，手无助地伸展着，触碰到台灯的罩面，瞬间又缩了回去，片刻之后，他起身进了晓晓的房间，躺到儿子的床上，闭上眼想让自己缓一缓。

狄棣窝在被子里怎么也睡不着，他从来没有午睡的习惯，更不习惯大白天要个钟点房，睡在自己居住的城市。小时候，他睡在野地里，望着天空，甚至从指缝间与太阳对视，觉得比家里舒服多了，一觉醒来，羊群已不知去向，那个感觉，现在回味起来真够牛气的。但睡觉是儿童的专利，随着时间的推移，控制权逐渐交出去，变成自己的敌人，需要通过对抗、谈判、让步、和稀泥来解决。他换了不同的姿势，但每换一种姿势都没办法打断脑子里想的那些事情。从离开何氏集团总部到现在已经三个多小时了，在这三个多小时里，他始终在想着“蓝色银河”，似乎一刻也没有停息，尽管没去“蓝色银河”找点感性认识，反倒那片空白区给他留下了更多的想象空间，拓晓晓和那个不知道长什么模样的机器人让他更感神秘，中午在一家小饭馆吃饭的时候他在想，拓晓晓要是钻到那个机器人身体里就好了，吃了什么？一碗牛肉面。他掀开被子看看表，快一点半了，再这样躺着实在是一种折磨，干脆起来，把不锈钢电热壶的插头插进电视柜上方的插座里，拧开一瓶房间置备的矿泉水，倒进壶里，点燃一支烟，静等水烧开。

拓晓晓如果已经死了，尸体应该迟早会被发现。但那样，案子就拖下去了，麻烦就大了。如果先找到棋盘呢？可以先把凶杀案结了，单列一个失踪案。如果棋盘也找不到呢？怎么收拾？今天是星期二。四天半过去了。

水壶有了动静，房间有些干燥。狄棣去卫生间洗了把脸，双手扶住大理石台面，弯着腰看着镜子中的自己，镜子中的自己也在看自己，脸上的水珠一颗一颗滴落。他站直身体，镜子中的自己也站直身体，他弯下腰，镜子中的自己也弯下腰，他抬起一只手，指了指对方，对方也在指着他。他上下移动着手指，移啊移，就这样僵持着。他娘的！他掏出手机给周晨曦打电话，对方很快接了起来。狄棣有点儿激动，但他还是放慢语速，说道："大侦探，我想起件事情，打扰你一下。"

"说。"周晨曦的声音有些疲劳。

狄棣说："刺北野文那一刀，是直插进去的，还是斜插进去的？"

"斜插进去的。"

"是锐角还是钝角？"

"什么意思？"

"从下方斜插进去的，还是从上方斜插进去的？"

"以北野文的胸口为原点，向头部的方向引一条射线，以刀插入的方向为另一条线，夹角为锐角，你问的是这个意思吧？从上方斜插进去的。"

"明白了。你能做个电脑模拟图吗？"

"这个事，他们分局的干警谁都能做。"

"那好，你让他们做一个。"

"不用做。大家都明白，北野文低头思考的时候，身体自然前倾，盯着棋盘。凶手出现，给他来了一刀。借着这个力，北野正面倒向沙发靠背，眼镜滑落到鼻尖上。"

"我想看看凶手出击那一刻，凶手的准确站位。"

"好吧，我亲自给你做。"周晨曦挂了电话。

狄棣走出卫生间，拿起床头柜上新买的水晶杯，扔进去一袋酒店自备的不知什么茶叶，加进去刚刚烧开的矿泉水，细瞧着那个白色的小纸袋膨胀起来，水的颜色慢慢变红。他站在房间中央，双手捧着高档水晶杯，茶的香味让他恢复了平静。

喝完那杯热茶，他续了一些水，然后又泡进去一袋。李有才打来电话，说下午两点半开案情分析会，问他参不参加。他哼哼了一声，穿好衣服，提起水杯，拿着房卡从安全通道下到一楼总服务台。结账的时候，总台的服务员小姐用对讲机通知楼层服务员检查房间，然后对他说房间有人抽烟了，加收十元环境污染费。狄棣没吱声，用傲慢的目光抚摸了服务员小姐的脸蛋和胸部大概几个来回，作为对酒店的报复。

到了分局，已经快三点了，他连车钥匙都没拔，就急急忙忙地从安全通道跑到小会议室。专案组的人围在会议桌前听赵副局长讲故事，他进去的时候，大家刚笑完，赵副局长正用一个有力的手势给那个故事画句号。李有才说："你错过了最精彩的部分。"

狄棣坐到给自己空着的位置上，把新买的水晶杯放在正面，一边脱下羽绒衣，一边说道："他讲什么故事我都不会笑，听过太多遍了。"

韩建民大笑的表情还没有完全褪去，说道："这个，你没听过。"

狄棣说："讲故事，从来都是讲没有的。开会讲故事，自然要讲迟到的。"

周晨曦插话道："你们那个时代，工作当中充满生活，干活就不累，真是个好时代，到今天还坚持着，真不容易。"

赵副局长戴好眼镜，用笔敲敲桌子说："好了，言归正传，下面开个长会，不研究出道道来，不能散会。不许抽烟。"

狄棣从羽绒衣口袋里拿出记事本，接过郭小虎递来的中性笔。郭小虎拿起水晶杯，看了又看，然后拿走。赵静雨给每人面前放了一个文件夹，夹了有百十多张纸，狄棣粗略翻了翻，有表格，有数据，有分析，有要点。他见刘云茜手上没有，正准备把自己的给她，赵静雨已经拿起她那份放到刘云茜手边。

赵副局长说道："曹局长已经给我打过五个电话了，什么意思？每天打一个。曹局长是副市长，打电话不单单代表市局，所以大家都清楚现在这个局面。弟兄们这几天很辛苦，包括小刘小赵。有才先把要点摆一摆，其他同志再补充几句，然后我们开始探讨，怎么样？”

狄棣接过郭小虎沏好的新茶，杯里漂着赵副局长办公室的六安瓜片，一片一片，大概有七八片。周晨曦点点头。

李有才说道：“现在有两个突破点，一个，晨曦先说说，一个，小虎先说说。”

周晨曦用下巴指了指郭小虎。郭小虎打开文件夹说：“我对何氏会馆所有员工拉了个名单反复排查，发现个情况。是这样的，会馆的员工没发现什么情况，倒是在给会馆干过活儿的人当中，发现了情况。是这样的，我调查了给会馆安装监控探头的公司，这个公司叫瑞安建筑智能化工程设计与施工公司，这个公司每年过了国庆节，给会馆维护一次，票据的签字人叫李德永，是公司服务部的一个技师。我一查，出生地是柳树驿村的，再一查，是张经理的大姐夫。再一查，案发前一个月之内，和拓开来通过两次电话。我找到周警官，把情况告诉他。他一查，第二次通话的当天，也就是九天前，李德永给拓开来发过个短信，写着粮饷街福成肥牛。说明他们九天前一起在那儿吃过饭。”

“不错，”赵副局长耐心地听着，终于打断了他的汇报，“小虎的工作做得很扎实。”

周晨曦坐起来，把头发向后捋了一下，说道：“这两天我一直在琢磨中国人的心理，我是说中国女人的心理。我想到李泽厚讲过中国人的文化心理结构，又想到柏杨说的中国人的破事儿，我就想，一个女人，防守的最好位置在哪儿？”

韩建民不屑地瞟了他一眼。

“就是站在禁区里。”周晨曦用手指了指桌子，“拓虹对刘云茜说，她是同性恋，顶得刘云茜一口气上不来，没法再问下一句。什么意思？在中国，一个女人，打死她，她也不会承认自己是同性恋。而拓虹呢？恰恰相反。什么意思？她宁愿让别人说自己是同性恋，也要掩盖那天晚上的行踪。所以必须搞清楚那天晚上，从滨河路她又去了哪儿。”

“查得怎么样了？”赵副局长问李有才，“不是从警察学院找了几个人吗？”

“很可惜，天黑路远道又多，监控系统还不完善，牛年马月能搞清楚。必须让拓虹说出来，不说，就撬她的嘴。”周晨曦翻开文件夹，正式开始了他的汇报，“下面我汇报一下。我和刘云茜从拓开来家拿走棋盘的时候，刘云茜问我，要不要取掉拓虹手机里的芯片，当然不能取。对了，棋盘上没什么有价值的指纹。从昨天晚上开始，我一直在监听拓虹和他哥哥会说些什么，结果呢，好像窃听装置坏了，或者是传输系统出了毛病，或者是转换生成系统不中用了，其实都不是，好着呢。实际情况是，拓虹和他哥哥没说几句话。这个哥哥八年没见了，按说应该有说不完的话。更让人奇怪的是，他们居然不关心拓晓晓消失不见的事儿，只是在讨论拓开来是怎么死的、让谁杀的。”

“一句也没涉及？”赵副局长取下眼镜问道。

“倒是说了几句。拓展埋怨他爹，为什么不让拓晓晓去美国。拓虹大致说，拓晓晓要是去了美国，他爹早就死了，还用别人杀？”

“那你有什么结论？”赵副局长又戴上眼镜。

周晨曦不情愿地说道：“我不得不佩服狄处长的推测。”

“什么时候开始佩服上的？”赵静雨和气地问，一点儿也听不出戏谑的意味。

“今天中午。狄处让我做个刺杀北野文的模拟图，我做出来了，一看，还真是那么回事。”

大家都把目光转向狄棣这里，狄棣推开茶杯，说道：“我也是瞎推测，只是一种可能性。动机说不清楚，怎么想都是白费劲。”

周晨曦诚恳地说：“如果这个案子破了，真就是那么回事。我们可以把这个推理称为‘鸽子蛋’推理，写进汇报材料和经验材料，说不定还能写进教材。”

“呵呵，刚才是李大咖在讲故事，我还以为是赵局长在讲。”狄棣笑着说，“我猜到你们笑什么了。”

韩建民又笑起来：“老大爷说，是李大姐鸽子，没有蛋。”

赵副局长说：“等案子破了，我请大家去一趟，好好庆贺一下。”

李有才说道：“老狄的推测，他来之前，我和大家都仔细说过了，再加上小周做的模拟显示，以及小虎的新发现，进一步强化、印证了老狄的判断，我和小周的看法一致，狄处长的判断应该是对的，拓开来一刀刺中北野文，把玉棋盘装进拓晓晓的书包里，去卫生间找到自己的孙子，从书包里拿出已经准备好的绳子，从卧室窗户放他下去，然后回到会客室，从北野文身上拔出刀子，迟疑了那么几秒钟，然后结果了自己。”

大概是因为刚刚已经听过一遍了，大家的注意力似乎都集中在李有才接下来要讲的，但李有才停下来，看着狄棣。看眼神，是问狄棣有没有要补充的。狄棣喝了一口茶，示意他继续说。李有才接着说道：“老狄之所以拿不定主意，没有和大家说道，是怕影响了大家的办案思路。当然，作案动机我们下一步必须查清楚，否则，沙地起高楼是交不了差的。”

韩建民说：“那把大马士革刀的来龙去脉要是能查清楚，作案动机就不重要了，可以先把凶杀案结了。至于剩下的，重新立个案子，失窃案也好失踪案也罢，从长计议，咱们就可以各回各家了。”

“老韩说得有道理，要是能这样解决最好。下一步，一门心思追查刀子的来龙去脉。”李有才说，“但我担心北野勇一会不会还要拿他们家那三块玉说事，如果真要这样，上边还是会给我们压力，说不定这个更有新闻效应，一旦满世界传开了，关注度会更高。”

“那不管他，”韩建民说，“他说值钱就值钱？那破石头谁见了？谁摸过了？谁也没摸过。前几年陪老婆去云南耍，六千块给她买个翡翠镯子，这几年，谁问她，她都说十二万买的。她说十二万，就是十二万了？”

赵副局长说：“下一步，往哪些方向用力，现在就议出个章程来。”

李有才说：“有两个方面的线头可以先剪掉。一个是何煜之这面，赵静雨这几天的功课搞得很细致，跑了不少部门和单位，也动用了一些技术手段，分析报告在文件夹里，何氏集团和道擎工业商贸往来很规矩很清晰，找不出什么疑点，她的看法我认同，北野文被杀，损失最大的人，不是他的儿子北野勇一，说不定他还会因此继承一大笔遗产，坐上总裁的位置。损失最大的人，应该是何煜之，钱砸进去不少，北野文一死，高科技合作这一块下一步会不会受影响？毕竟合同还没最后签字呢。没有高科技支撑，何煜之在鹿城，就算不上是民营企业的领头羊，小赵说得好，何煜之在尽早破案这个问题上，比咱们还着急呢。另一个是北野勇一那面，老韩这几天按赵局长指示要求，排查了年初以来入住鹿城各大宾馆酒店的日本客人和近两年从日本归国的留学生创业者，情况综述也在文件夹里，没有发现什么疑点，一共一百三十多个排查对象，没有一个能和北野家族沾上边儿，即使有什么我们不了解的深一层背景，这些人也都不具备作案的时间和条件。这两个方面排除掉，剩下的，就是拓家这个方面了。所以下一步，我想重点抓两条线。第一条，追查凶器的来龙去脉。第二条，围绕拓虹追查拓晓晓和棋盘的下落。第一条好搞，第二条嘛，我们是以假设为前提的，走错了，就是一条死胡同。所以大家还要时不时多想想有没有遗漏的地方，常回头看看。”

“也好，先围绕拓虹做文章，采取什么方式，要讲究点儿技巧。”赵副局长似乎有些累了，扭头问狄棣：“你有什么要说的，给大家做做指示？”

狄棣推开杯子，坐起身说道：“我上午去了一趟湿地环保志愿者协会，然后又去找何煜之见了个面，还把‘蓝色银河’的一个项目负责人叫过去聊了聊。我觉得我的思路和人家搭不上界，有一种被人家甩到后面老远的窝囊感。现在大家可能坐累了，正好放松放松，听我胡扯几句。从咱们这些人的历练经验来看，何氏会馆这个案子好像不复杂，要不是上面催得紧，不紧不慢查下去，说不准会办得很漂亮。这几天我也是吃不下睡不着，可能是离开刑侦工作有几年了，脑子里有些地方不敏感了，再加上好莱坞的大片、满世界的侦破小说，把脑子搞歪了、心理搞偏了、人性磨没了，见了案子心慌手抖无从下手。但鼓起信心再想想，万变不离其宗，刚才小周提到李泽厚，倒是让我眼睛一亮。我就想起范厅长过去常讲的一句话，他说，杀人和杀羊是不一样的。大家都看过不少电影，翻过不少小说，为什么有的记忆深刻，台词对白都能记住，但有的过后就忘得一干二净？因为，忘得一干二净的，都是那些把杀人和杀羊当成一回事的编剧和作家写的东西。有才喜欢看莎士比亚的悲剧，那是动作片吗？不是。是悬疑片吗？不是。为什么一代一代的人都看得津津有味？因为莎士比亚老先生也同样认为，杀人和杀羊是不一样的。何氏会馆这个案子，不是疯子所为，街头的混混也没这个本事，东洋杀手来鹿城表演忍者技巧，没有高德地图导航，连方向也搞不清楚，哪有施展的余地？从十点十分到十一点五十分，凶手在一个半小时之内，杀掉了两个老人，卷走了玉棋盘，带走了一百斤重的孩子，消失得无影无踪，需要什么？需要前期的谋划，需要足够的决心，需要运转自如的脑子，需要一把漂亮稀奇的刀子。这个案子唯一蹊跷的地方，就是那个孩子。如果没有他横插一杠，这个案子再普通不过了。所以，如果我是杀手，干下这一番蠢事，目标百分百是那个孩子，就是拓晓晓，否则，我会毫不留情地杀了他。如果凶手行凶时他躲在什么地方，那么，他会一直待到我们的人进去发现他。所以，我始终觉得，拓晓晓这个孩子，到现在，仍然活得好好的。我问了‘蓝色银河’那个项目专家，那个专家没明确说，但言外之意很清楚，拓晓晓的思维方式很不一般，研发机器人的某一种本事缺他不可。所以我就想，可能是瞎想，这个案子的主要目标，是不是就是这个孩子？咱们姑且就当作会间休息讲故事。我想说的是，美国搞出原子弹，靠谁？还不是靠爱因斯坦的脑袋瓜子？凶手真要是奔拓晓晓的脑袋瓜子去的，那倒是个好事，至少他还活着。如果他还活着，他得吃，他得睡，大冬天还不能冻着，还不能让外人找见，这个案子就演变成一个捉迷藏游戏。再加上刚才周晨曦的疑惑和判断，说明了什么？说明孩子现在待在哪里，拓虹最清楚。刘云茜从上周五早上一直陪她到昨天晚上，就没发现拓虹有什么异常的行为表现，附近派出所的指挥点上也没发现什么异常情况。敢不敢做个大胆的推测，是拓开来一家搞出的这个局面，让我们这些人坐在一起？如果真是这样，那孩子现在既不是被绑着，有专人看管，下一步会被卖掉还是怎么的，也不是被杀了，脑袋放在某个实验室的仪器里，准备进行脑电波实验还是什么的，而是逍遥自在地在玩儿，看看漫画或者围棋书，听听音乐，甚至踢踢皮球，要是有条件，保不准还会上上网，再打几把游戏。这两天我断断续续看一张影碟，叫《烽火回家路》，说的是躲在黎巴嫩难民营里的一个巴勒斯坦小男孩，和拓晓晓一般大吧，心中的梦想是回自己的家园看看，一个维和部队的军官陪着他，真给回去了，那个幸福啊，那个自在啊，那个快乐啊，虽然只有短短的一会儿，但已经足够了。我们也有过童年，哪儿最好？家最好。遇到蒙人的事，最先想到的就是家。拓虹如果确实在那天晚上接上了拓晓晓，去滨河路干什么？大概不会到老渡口十字街逛达，我想，也许去柳树驿村了，去拓开来的老房子了。我这是瞎猜的。周晨曦刚才说，拓虹和拓展姐弟俩为拓开来的死不断进行思想交锋，那么，很有可能，那天晚上的情况，拓虹也没有料到，把她搞蒙了，也有可能她知道拓晓晓面临什么危险，情急之下，跑回老房子，把拓晓晓藏起来了。”

“这个故事要能成立，明天我们就能睡个懒觉了。”韩建民愉快地说，

“宁可信其有，不可信其无，打电话让附近派出所的人去查查。”

赵副局长摘下眼镜，放松地说：“上书房行走刚才这一大串儿，还真有点儿讲话材料的意思。”他扭头看着李有才，李有才正在翻微信，抬起头说道：“派人去看过了。柳树驿村现在还有十来户人家等着搬迁，已经搬走的，房子早让推土机推没了，上面种的全是草。为了以防万一，还真得再去细瞧瞧。”

“柳树驿过去是个镇，想当年也红火过呢，村子里的人世世代代香火延续，盘根错节都能攀上亲戚，细问起来比荣国府差不了多少。真得多个心眼儿。”周晨曦说道。

赵副局长坐起身子说：“那好吧，我把下一步的工作说道说道，有才下去具体安排。这样，建明你负责找张经理那个姐夫谈谈，问清楚拓开来找他干什么，记住，这个能作为证据，所以要搞得扎实点。有才你带上小刘亲自找拓虹谈，要把她叫到分局来谈，争取有点儿进展。晨曦你是电脑专家，你得去几趟‘蓝色银河’，狄处长的信息很重要，这个背景一定要搞清楚，适当地可以采取点儿技术手段。静雨呢，我看，你去趟北京，找专业机构问清楚，人工智能这个玩意儿，究竟是怎么回事，拓晓晓那孩子在里边有多重要，把相关的材料都带回来，既然追这条线索，就应该有个价值判断。”

赵静雨说：“我一个乡下姑娘，去了皇城根底下，两眼一抹黑，会不会让三句两句打发了？”

“让范美玲和你一起去，遇到困难，小范给她爸打个电话不就完了。”赵副局长拉长了散会的语调，“怎么样，大家看行不行？”

李有才说：“小虎你去艺术厅南街派出所找巴格那，你们去一趟柳树驿，找个借口，逐门逐户看看，不住人的家里也要进去。但别整出太大动静。”

赵副局长把眼镜放进盒子里，合上记事本，大家陆续离开会议室，他指了指那个漂亮的杯子问狄棣：“有对象了？”

“呵呵，还没有。”狄棣拧上杯盖，笑着说，“准备介绍谁？”

“这是个水晶杯，”赵副局长见李有才好奇地凑上前来，摆了个谱解释道，“水晶象征纯洁，看见上边的图案了？并蒂莲，又叫同心芙蓉。这个杯子三四百块呢。送你杯子的人，不是随便送的。”

“佩内洛普送的。”狄棣开心地笑起来，“你要喜欢，转送给你。”

“什么人？”李有才接过杯子，“确实不错。”

“佩内洛普·科鲁兹，”狄棣说，“西班牙顶尖明星，长得有感觉，演技一流。”

“真还缺个上讲究的杯子，你拿着太张扬。”李有才把杯子递给郭小虎，“去水房洗洗，放我办公室。”

狄棣穿好羽绒衣，拿起文件夹：“给我找间宿舍，我好好翻翻这些材料。”

狄棣一页一页看着双面复印的材料，时间一分一秒地伴随着他，烟灰缸里过滤嘴越积越多，桌子上洒落烟灰的碎屑，他不时用嘴吹掉。他把看过的放在床上，打乱原来的顺序，分成不同的区域，把床铺摆得满满的，金属靠背椅偶尔发出的声音是房间里唯一的声音。他已经看过一遍了，正在看第二遍。房间里的光线渐渐暗下来，他去门口按着吸顶灯，然后把床头柜上的台灯也打开。

站在房间中央，看看床上那一大片，再看看摊在桌子上那一大片，灯光照在他脸上，满满的失望，满满的疲惫，还有满满的挫折感。每一份材料，虽然来自专案组各个成员和其他多个部门，赵静雨只是统一了排版格式，但都做得很扎实，手法专业，毫不含糊。问题是所有的基础数据、检验报告、专项分析、基本结论都指向了一个不明确的地域，在这个地域里，看不出作案动机的一点点线索，连个可能的方向都捕捉不到。范美玲打来电话，狄棣懒得理她。他把床上和桌上的材料归拢起来，放回文件夹，离开警官宿舍，临走时让门敞着，好放出房间里的烟雾。

李有才的办公室没有人，狄棣把文件放到办公桌下层抽屉里，抬起手腕看看表，已经快六点半了，他望望窗外，怎么又下雪了？破碎的雪屑在凝重的暮色中狂乱地飞舞，不知想干什么。

在外环路口加油的时候，范美玲又打来电话。狄棣没接，估计微信里有留言，于是点开微信。范美玲在微信里说，晚上在鹿城饭店民俗厅吃饭。狄棣回复了一条：正在开会。和谁吃？

范美玲回复：不认识。

狄棣回复：你爸让陪客人？

范美玲回复：来不来，别啰唆。

狄棣回复：主陪还是负责倒酒？

范美玲回复：倒酒还用你？

狄棣回复：那好，你先把凉菜点了。

他掏出两百块递出窗外，看看油表，大声问："加了二百还不满？"

小伙子把油枪插好，一边离开一边大声告诉他："开上街，晃一晃，就满了。"

狄棣转动钥匙，把车开上街，对着后视镜说道："你娘的，除了会涨价，没有别的本领。"

手机又振动起来，狄棣以为范美玲已经点好了凉菜，生气地掏出手机，一看，是李有才打来的。狄棣问："什么事？"

李有才说话的声音很不清楚，像从什么地方发来的电波。狄棣对电话说，在电梯里还打什么电话！然后把手机扔在副驾驶座位上，等着李有才第二次打过来。

手机终于振动起来，狄棣接起电话问道："拓虹说了些什么？"

范美玲说：“凉菜点好了。餐厅经理问，上不上烤全羊？”

狄棣说：“在民俗厅吃饭，上什么烤全羊！上莜面宴，全套的。”

狄棣摁了电话，刚扔到储物箱上面，马上又振动起来，这次是李有才打来的。李有才说：“拓展打出租车去恩格贝沙漠了，派出所刚给我打来电话，你在哪儿呢？”

“在路上。”

“下午五点多打车走的。派出所的一个干警跟着过了黄河，出租车从达拉特前边的高速路口下去了，朝沙棘梁方向走了，那个干警不能再跟了，路上车太少，跟着怕让发现。”

“让我想想，”狄棣踩了一脚刹车，“你把出租车的牌号发我微信上，问清楚什么颜色什么车型，一起发过来。”

“拓虹还在分局，耗一下午了，我不想让她回去，准备吃了晚饭再耗她几小时。”

“那样，让那个干警用微信发个定位，我离外环路不远，我过去，让他回高速路口找个地方待着，等我过去，他再离开。”

“吃饭了没？”

“吃了。”

“这么快，吃什么了？”

“鹿城饭店吃了顿莜面宴。”

“神回答。有什么情况随时联系吧。”

狄棣把车开上外环路，心情一下子好起来，觉得自己有先见之明，居然加了二百块钱油。他踩着油门在夜色笼罩的高架桥上向前穿行。快到东外环的时候，范美玲打来电话，说客人已经到了，能不能快点儿。狄棣说：“我在鄂尔多斯参加了个会，刚过成陵，回到市里怎么也得一个多小时，你就主持开席吧，是些什么客人？”范美玲说：“你真是个废柴。”随后把电话挂了。

到了南外环，雪花飞得更密了，车流开始慢下来，远处黄河老渡口那边，密集的小红点在雪雾中闪烁着，那是十字街的红灯笼亮起来了。狄棣点开微信，李有才已经把出租车牌号、车型、颜色和派出所干警的定位图一并发过来了，他回了个张嘴傻笑的表情，然后双手握紧方向盘。

南外环路与通往鄂尔多斯的高速公路形成一个尖锐的夹角，里边那块三角形区域属于湿地保护区的一部分，狄棣隔着车窗望去，纷飞的雪花不断地往下落，消失在深沉朦胧的底部，使那块区域显得更加神秘，反衬得高架桥上的路灯和车流的尾灯十分炫目。通过跨河大桥时，他点开手机上的高德地图导航，输入沙棘梁镇，到那儿还要四十多公里。他看看手表，八点差几个小格。他摁下一截车窗，让外面的雪花飞进来。

狄棣在达拉特收费站下了高速，开到通往沙棘梁镇的路口时，把车停到路边，给李有才发了个短信，问情况有没有变化。李有才回短信：没有。狄棣回了个短信，告诉他自己已经到了通往沙棘梁的路口，让派出所的干警回去好了。他启动车，随即停下，换成远光，静静地望着前面。路面覆盖着一层薄薄的积雪，带着轻微的弧度极力向远处延伸，一直伸进深不可测的天幕之中，雪花从路两边护路林劈开的空间徐徐下落，数丈高的穿天白杨挡住了浓重的夜色，使眼前的路显得异常宁静、空旷、清冷、孤独。狄棣踩下油门，换成近光，轮胎轻微地纠结了一下，然后稳稳地驶上路面。

行驶了大约二十分钟，右前方出现了灯光，不是村舍的灯光，是出租车前灯的强光和车顶指示灯若有若无的微光。狄棣把车开到路中央，等那辆车开到近前的时候，他看清了车牌号，推开车门下了车。出租车在身前停下，司机按下车窗说道："大哥，车坏了，还是想抢劫呀？"

狄棣把警官证递给他，然后掏出香烟，等那个小伙子还回证件的时候，递给他一支烟，问他车上拉的乘客在哪儿下的车。

小伙子露出惊讶的神色："不会吧，那老哥那么蔫儿。我擦，人不可貌相啊！”

狄棣说那是他亲戚，家里吵架赌气出来了，别一惊一乍见了风就是雨。

小伙子点燃香烟，轻松地吸了一口，说道：“那是你哥吧，镇不住老婆，还他妈乱跑？”

狄棣火气上来了：“嘿哥们儿，大冷的天，利索点儿！”

小伙子把半截烟扔出车窗：“沙棘梁西口子那块儿，院里停着个小四轮车斗子。”

狄棣上了车，隔着车窗问：“就在镇上吧？”

“再走，出国了。”小伙子看都没看他一眼，车呼呼开走了。

狄棣启动车，稳住方向盘，但他没有踩油门把车开走，他抬起手把后视镜转过来，看着里面那张脸，然后盯住自己的眼睛，那双眼睛试图冒出两股凶光，但冒不出来，不会冒还是里边没有？他用双手捂住自己冻得有些麻木的脸，捂了一会儿，使劲搓了搓，抬起头朝镜子看了最后一眼，转动方向盘向前驶去。

高德地图没有标出沙棘梁镇的位置，狄棣也只是在冷门的书上看到过，这个名不见经传的地方，远离旅游景区，用高德的眼光来判断，应该处于恩格贝沙漠靠里面，真要这样一直走下去，可能就到了沙海里了。不知什么时候，路两边少了杨树，车灯照亮的地方无比的舒展空旷，雪花在自由自在地飞。终于看见前面有几点灯光，紧接着，黑暗的背景上凸显出三架风车，村舍的轮廓也逐渐看清楚了，大概有十几户院子，其中不到一半亮着灯光。狗叫声把他狠狠惊了一下，这样的声音，现在只有在电视电影里才能有幸听到，目的是增加恐怖悬疑气氛，或者体现富豪人家的戒备森严，但此时狄棣听到的狗叫声却是那样的优美，宛若天籁之音，为无边的寂静、无尽的孤独、无瑕的雪夜划出一条婉转的弧线，让他的心里瞬间空荡荡的。他按下车窗，狗叫声变得更清晰了、更清脆了。他把车开到坡底，绕过一段破败不堪的土坯矮墙。正对路口的那户人家，其中一个窗子没挂棉帘，灯光从糊着麻纸的风牌子透出来。按农村的习俗，风牌子上应该贴窗花，但这个很有创意，上面写着“小卖部”三个毛笔字。狄棣把车停到院墙外。

应门的是一个女人的声音。狄棣拉开门，暖流扑到他脸上，明亮的灯光照得他眼前一花。

“忘了买酒了？”老太婆的年纪像七十多岁，但声音像五十多岁。她坐在炕上，面前摆着一个大铝盆，满满一盆黄豆芽泡在水里，她正一根一根挑着，挑好的，放在侧面的一个塑料盆里。老太婆没有抬头看他，专心致志悠然自得超然物外地摆弄着她的豆芽。“看对哪个酒，自己拿。”

狄棣顺着她声音所指的方向看去，一个小货架靠东墙立着，上面摆着酒、烟、面包、饼干、方便面、火腿肠，还有其他什么的，一共没几样。旁边一个平柜上摆着一台电视机、一台收音机。他挑了一瓶带盒子的酒，拿了两盒最贵的烟放到炕上，想了想，又拿起一个面包抓在手上。

“多少钱？”

“展老四不喝那个酒，你拿那个绿瓶的。”

狄棣把酒放回货架，拿了两瓶鹿城二锅头放到炕上。

“多少钱？”

“你自己算一下。”

狄棣走到货架前，果然有标签，但都是一些小纸条。他掏出五十块放到塑料盆旁边，坐到炕沿儿上，撕开包装纸，准备吃那个面包。

老太婆把一根豆芽凑到眼前细瞧瞧，芽尖儿有点发黑，她放在另一边的瓷盘里。“柜顶有温壶，红的那个保温，自己倒着喝。”

狄棣倒了一杯水，开始吃那个面包，见老太婆没有和他说话的意思，无聊地摆弄起面包的包装纸。

“你这面包过期了。”

“哪过期了？”老太婆抬起头看那个包装纸，发现了他。

“日期过期了。”狄棣把包装纸放到炕上，端起水杯。

“过期了还吃？”

“饿得不行。”

“柜门里头有几块炖骨头，你自己拿去吃。”

“多少钱？”

“你这个年轻人说话有点儿意思了。”

狄棣走过去拉开柜门。大瓷盆里边满满一盆炖羊骨头。他端出来放在柜顶，拿起一块，啃起来。

“你怎么不看电视？”

“怕费电了。”

“点这么亮的灯，不怕费电？”

“挑豆芽了。”

“沙棘梁是个古镇，历史上都是有名的，怎么就这么几户人家？”

“年轻人都进城了，再过几年，老人死光，连这几户也没了。”

“儿女们都自立门户了？”

“孙子也快管不住了。”

“在鹿城安家了？”

“再远点儿，一个北京，一个长沙。”

“生这么多豆芽，你能吃了呢？”

“卖给景区的饭馆。”

“你这盆豆芽，我全买了，打包一下。多少钱？”

“不卖。都定出去了。你要想吃，找个塑料袋给你拿点儿。”

“你刚才说展老四，他家院里有个小四轮车斗子，是吧？”

“你想借了？”

狄棣把啃光的骨头扔进灶火里，看了她一下。她还在低着头耐心地挑豆芽。“再吃，吃饱。”

狄棣从瓷盆里挑了一块小的：“我不是他家客人。”

“我知道。”

“你咋知道的？”

“一进门不知道，现在知道了。”

“我一会儿去他家找他。他多大年纪了？”

“七十多了。”

“去他家的客人，是他什么亲戚？”

“不是亲戚，他爹是展老四的朋友。给他妈上坟来了，找不见坟。看看现在的年轻人。”

狄棣没去开车，他用塑料袋提着那两瓶酒步行朝村西头走去。狗的叫声从不远处传来，脚下的雪踩上去柔软含蓄，他不敢下脚太重，小心翼翼地迈着步。雪覆盖了整个村子，除了他踩出的脚印，什么都没有。

他看见了那个小四轮车斗子，因为雪的遮盖而失去了棱角，从院墙外看去，显得残缺不全，如果有一台小四轮也在那里，它才像个东西。斗子里差不多扔着一把扫帚和一把铁锹。狄棣站在院墙外，似乎在听雪落在地上的声音。羊圈紧挨着院墙，做得很严实，听不见羊叫。四扇小窗户上都挂着棉帘，灯光从边缘处透出来。门口到东墙边曾经有一串脚印，新的落雪覆在上面，从童年的记忆图片中才能翻出类似的画面。狄棣走进院子，跨上台阶去敲门。

应门的声音像在喊一只蹲在院墙上的猫。狄棣拉开门进去，拓展从笔记本电脑后面抬起眼看他。“你怎么来了？”

“大爷好啊。”狄棣朝炕头靠在铺盖卷儿上含着烟袋快要睡着的老人点点头，然后把目光移到炕中央，拓展坐在炕桌后面，笔记本电脑挡在他前面，手指上夹着一支烟，狄棣看他的瞬间，长长的烟灰折断了，掉到桌子上。“你是海外同胞，身份贵重呢。”

狄棣把酒放在锅台上，扶住炕沿坐下，掏出两盒烟放在烟灰缸旁边。屋里的灯光有些暗，电脑屏的反光照着拓展的脸。“大雪天往沙漠里跑，丢了怎么办？”

“让雪埋了才好呢。”

“那可不好，够冷的。”狄棣起身给老人腾开地方。老人微笑着打量他。“老人家多大年纪了？”

“七十多了，零头记不得了。”他走到靠在东墙的碗柜前，揭开温壶上的木塞，倒了一杯水，放了一把茶叶，端到狄棣面前。狄棣接过水杯，说：“孝敬你两瓶酒。”

“抽口烟，就暖和过来了。”老人把烟袋递给他，又把窗台上的一个罐头瓶拿过来，里面有半瓶烟叶。狄棣接过烟袋，在灶火门上敲了两下，用手捋了捋烟嘴，烟嘴是玉石的，白中透绿，还留着老人家的热乎气。

“晓晓有消息了？”拓展看着狄棣往烟锅里装烟叶的笨拙模样。

“暂时还没有。”狄棣装好烟叶，用指头压严实。拓展摁着打火机，狄棣凑上去，用力吸了几口。“书名叫什么？”

“什么？”

“你写的大作。”狄棣用烟袋指指电脑屏。

“你在挖苦我？”

“没有。雪夜，小屋，孤灯，在现在这个年代，不是写大作，就是打游戏。”

“谈不上，算是一个故事。”

“听北野勇一说，你写了本书，是学术类的。”

“大老远跑过来，谈这些没人爱听的东西？”

“年代久远的一件文物，日本人拿着一部分，中国人拿着一部分，这个故事，恐怕谁都爱听。特别是我，最爱听。”

“找宇文扬的警察就是你吧，他和我谈起你们了。”拓展见狄棣的表情有了变化，解释道，“我们是朋友，从小在一起，这次回来，在北京耽搁了一下，住在他家。”

“他讲的那些，让我很开眼。但有些地方，有点儿欲言又止那个意思。”狄棣放下烟袋，回头看了看那个老人，他靠在铺盖卷上睡着了，发出轻微的鼾声，“不管怎么说，拓展，这个情况很重要，我是说，在这件事情上，甚至可能是很重要的一个线索。”

“我能体会你的意思，我讲给你听。”

“那就好。”

“你想要了解得更详细些，我把电子版拷给你。”

“你们家的事，需要我们一起努力。”

“那块玉，是我们家祖辈传下来的东西，品质虽然很好，但在过去，也没什么了不起的，个头大一些，算是个古物。我爹说，‘文革’那几年，差点儿扔了，因为上面雕着佛像。后来埋在羊圈里。他喜欢下围棋，对那块玉还比较喜欢，从另一面刻的线条看，是棋盘的一部分。改革开放以后，有那么几年时髦下海经商，我爹书也不教了，跑到外面捣腾旧东西。有一年他买到一本旧书，是丽泽堂木板印的，叫《凤舞昆仑》，是几卷当中的第二卷，反映的是鲜卑拓跋部一个氏族支脉的一段历史，看体例，属于野史那类的。对了，忘了告诉你，其实我们家姓拓跋，是鲜卑拓跋部的一个支脉后裔。”

狄棣点点头：“宇文扬也说过。”

拓展接着说道：“这本书严格说来不太值钱，既不完整，又有多处破损，还有大量的水渍，但上面有东明草堂的藏书章，很有可能是从天一阁流出去的，而且讲的是本民族的历史传奇，我爹很喜欢。我上大学那会儿看过，类似于《蒙古秘史》，故事很吸引人。说的是，北魏灭掉北凉那个时候，担负助攻任务的一位将军叫拓拔睿的，得到四块玉石，从北凉掳来的工匠里挑了几个手艺好的，雕了四尊佛像，送给太武帝，希望太武帝在推行离散部落的政策中给他吃点偏饭，但拓跋焘怀疑他在北都就是现在鹿城东边和林格尔这个地方屯兵，所以不但没要他的礼物，还不断贬谪他，最后流落到沃野镇就是现在鹿城西边巴彦淖尔河套那个地方。拓跋睿在北魏是一流的棋士，沃野镇守将高天槊恰好也是棋迷，身边网罗了一批棋士，包括南朝的、高句丽的、东瀛的。用现在的眼光看，像一个小小的国际围棋交流俱乐部。他们尝试围棋规则的改革，围棋水平很是不低，逐渐与南朝刘宋治下的棋士也多有往来，所以皇帝身边的人怀疑他通敌。后来，拓跋睿在沃野被杀，《凤舞昆仑》第二卷就到此为止了。”

“哦，境界开阔，很好的故事。”狄棣轻声说道，“我更关心那个玉棋盘。”

拓展递给他一支烟：“拓跋睿这个人，不信佛不求道不问仙，他让工匠把那四块玉磨成方的，要拼一个棋盘。工匠想了一个折中的办法，用玉的背面做成棋盘。起初，他不满意。高天槊的门客当中有一个叫北野桑的棋士，是从东瀛辗转来我们中国的。”

“北野桑？日本人？”

“对，恐怕这是你最感兴趣的。”拓展说，“这个北野桑对拓跋睿说，攻占杀伐只是围棋的初级境界，不战而屈人之兵也只能算是高级境界，但无我之境才是围棋的最高境界。所以，不要把佛像磨掉，下棋的时候，如果遇到实地的得失、黑白的对杀、利益的权衡，就想想棋盘背面的佛像，心中有佛，心中无我，才能臻于化境。这一番话，让拓跋睿很受启发。最终，棋盘背面的佛像没被磨掉，就留下了。”

“然后呢？”

“没有然后了。《凤舞昆仑》第二卷里，你感兴趣的大概就这么多。”

“不但没解开我的疑惑，”狄棣苦笑着说，“反倒是越积越多了。”

“后来，奇迹发生了。”拓展的神情变得异常宁静，他的思绪好像要飘到窗外去，“我是学历史出身，业余时间对文物鉴赏很着迷。有一年，买到手几张残纸，应该是过去从楼兰、敦煌一带流出来的。上面有一段话，就是酿成今天这场惨剧的由头。”

狄棣等着他说下去。

拓展说：“你还是自己看吧。”他晃动鼠标，输入密码，点开几个文件，找到确切的位置，然后把笔记本掉个个儿，朝狄棣这边推过来。是一段文言文，百十多个字。其中两行有下画线：

北野桑挺身曰：“取吾项上复命，不可累及家室。”甲士击杀之，斩首去。睿冒其名籍，随其次子，逶迤东去。

“不好意思，我古文修养很差劲。繁体字不认得几个。”狄棣很尴尬的样子。

“你再点开那张图片看看。”

狄棣点开图片。应该就是拓展说的那几张残纸中的一张，和狄棣在书上、网上看到过的楼兰残纸没什么两样：略有魏碑意蕴的隶书字体，字写在发黄、发褐的草纸也可能是麻纸上，破损处颇多，但字数很多，就是刚才看到的那段文字的原件。

拓展解释道：“从残纸上沃野这个地名，贼睿、北野桑这些称呼，天安这个年号，还有里面讲的事件，分明和《凤舞昆仑》里讲的故事对应着呢。”

狄棣正返回去读那段电子版的文字。

拓展见他轻轻点头，接着说：“那天杀错人了。沃野被围，诏命要杀拓跋睿。拓跋睿躲到高天椝的外卿北野桑家里，军兵追到那里，北野桑假冒拓跋睿受死。拓跋睿呢，假冒北野桑，跟着北野桑的二儿子，沿着北线，向现在的东北方向逃了。逃到哪儿去了？很有可能跑到日本去了。”

狄棣似乎读完了那段文字，抬起头，神情变得有些冷峻。

拓展说：“拓跋睿没有妻室，北野桑却有个大家庭。北野桑能抛开家庭，代替他受死，这是多么深的友谊！北野一死，留下妻子儿女无人照料，终究会流散凋敝。而拓跋睿呢，他很有可能想着今后某一天，皇帝老儿死了，改朝换代了，他说不定会翻身，那个时候，再回来，找到北野桑的后代，报答他们。所以我就想，很有可能，拓跋睿在东逃的时候，留下了其中一块玉，作为信物。”

“有道理，在情理之中。”狄棣说，“换作我们，也会这样做。”

“是啊，但毕竟是猜测。可是……”拓展突然长叹一声。

“人世间总是有一些说不清道不明的奇迹。”

“后来，我去了美国以后，北野勇一找到我。你想想，他的姓氏，他谈到他们家族信仰佛教，他父亲爱下围棋，这些都是他们家族的传统。特别是，他提起他们家的三尊佛像。你想想，我当时是什么感受？”

“我能理解。”

“我想到我们家的这块。”拓展流出了眼泪。

狄棣说：“后面的，不要说了。”

“好吧。”

“要是早一天听到你讲的这番话，我可能就不会愚蠢到现在了。”

“你没必要自谦。”

“真抱歉，我必须回去。”狄棣掐灭香烟，“本来想接你回去。你明天一早还要上坟吧，明天上午我派个车过来接你。”

返回的路上，雪已经停了，没有一丝风，天地万物静止不动，唯有自己的车在雪地上行驶。快上高速路口时，他给周晨曦发了个短信：休息没有？然后给李有才也发了一个：干什么呢？

高速路封闭了。狄棣点开高德地图导航，设置目的地时，他犹豫了一下，点回去看短信，没人回复。抬起手腕看看表，凌晨三点十分。他决定回家，把车倒回去一截，转动方向盘，在一块开阔的雪地上找去往鹿城方向的乡村公路入口。只有一个路口是清楚的，但那是去往沙棘梁方向的。高德地图上标得清清楚楚，管他呢，他按照导航员的指引向前开了几百米，但前边没有路，如果继续行驶，只能下到坡底，坡底是一大片人工种植林，再往远瞭，雪原与天际线交接，一点儿都不像去往鹿城，倒像是通向沙漠。他踩下油门，下到坡底。这里的雪好像更深些，他小心翼翼地向前开，耐心地等着导航员的提示。但导航员什么也没说。他试着在密林中找出一条路，但雪抹平了所有的标记、所有的起伏，甚至拉近了树与树之间的距离。就当是逛迷宫得了，他顺着高德地图的箭头向前开，在人工林里向前开，在没有路的地方向前开，居然能听见车轮碾压积雪的声音，就这样，他开出去半个多小时，终于驶出密林，看到了连绵起伏的丘陵中辟出的那条乡村公路的轮廓，还有最高处的隘口。看样子，自己刚才偏离了正确的方向，好在终于找见了回家的路。他向右转动方向盘，然后上了一个陡坡，驶到了路面上。

他想把车开得尽量快点儿，但车不做主，轮胎窄，几百年没换过，胎面可能磨得和自己的裤子差不多了，牛仔裤越磨越时髦，但轮胎不是这样。他没心情理会轮胎时有的轻微打滑，只想快点儿回去。雪域尽头渐渐能看见泛黄的光升上天幕，那是鹿城不眠之夜的标志，终于爬上了坡顶，城市的灯光似乎无边无际，把阴山推得远远的，使这片凹下去的平原更显得寒冷、神秘、遥远。他踩着油门下了坡，黄河横亘在眼前，插上铁架桥的时候，一辆越野车从旁边呼啸而过，终于找到骂人的借口，但已经来不及了，车冲上了路肩，狠狠地撞在水泥墙上，想踩刹车，但没有任何必要，车已经停下了，他的额头被方向盘猛击了一下。

头有点儿晕。后视镜碎了。车门只能推开一厘米。水泥墙挡得严严实实。他捂着额头从副驾驶的位置下去。还好，看样子还能开。他又钻进去，车再糟糕，也是自己的朋友。他终于把车开过了桥。

到家的时候将近五点钟，屋子里再冷，也比外边暖和，狄棣摁亮热水器的指示灯，扶住冰凉的大理石台面，看着镜子中的那个人。他凑上去，撩起头发，额头擦破一小块，甩下来，看不出和过去有什么两样。他咬着牙刷去厨房烧水，把屋里的灯都打开，然后激活笔记本电脑，输入“鹿城二手车交易”，搜索结果排好队等着他看，他把鼠标箭头对准白菜价点上去，车多得是。水烧开的时候，他已经刷了一圈，什么品牌的都有，什么价位的都有，什么年份的都有，什么颜色的都有，就是没有自己喜欢的。

他靠在沙发里，摇手里那杯咖啡。手机闹铃响了。他就让它那样响着，好像在聆听那首曲子。如果《凤舞昆仑》和楼兰残纸为真，上面所记确有其事，如果拓跋睿真的改名换姓流落东瀛，如果北野桑流散的孩子们真的改姓拓跋，如果拓跋睿逃走的时候真的给北野桑的妻子留下棋盘当中的一块作为信物，那么，一千多年后的今天，北野文见到拓开来，他们会相互拥抱，举杯庆祝，感慨万千。甚至，还会去做基因比对，既然拓跋睿没有老婆孩子，真要东渡扶桑，在那里，孑然一身度过余生，那么北野文和拓开来真有可能都是北野桑的后代，怎么会拔刀相向呢？这一串念头，从他离开沙棘梁的时候就一直占据着脑子挥之不去。他喝光杯里的咖啡，穿好衣服下楼，在小区门口拦了一辆出租车。

他在武垣分局附近的一个巷子口下了车，踩着积雪走到小巷深处，进了一家杂碎馆，草草吃了早点，到了李有才办公室的时候，见羊绒大衣和羊绒围巾在衣架上挂着，房间没有人。狄棣坐到沙发上，点燃一支烟。周晨曦进来了，他戴着一顶大概只能在满洲里才能买到的貂皮帽，与身上的皮衣搭配在一起，像是脑袋先进行严冬的考验，而脖子以下还停留在秋天。狄棣笑着说："哪个先哲说的？智慧需要加倍保护。"

周晨曦愣了一下，随即把帽子挂到衣架上，洗过的头发还湿漉漉的。"没有，纯粹为了要威风。"

狄棣拉开羽绒衣的拉链。"大侦探，你对这个案子怎么看？"

周晨曦从打印机旁边拿起一只玻璃杯，审视了一番，然后又拿起一只，放到狄棣手边。"说实话，头一次听你这么问，我是说，问我。"

狄棣朝他挥挥手："别用那个，好的在抽屉里。"

周晨曦放下手中的茶叶筒，走过去把办公桌的抽屉一个一个拉开，拉到最下层，拿出一个紫砂茶叶罐，揭开盖子，从里边抓了一把。"怎么说呢？有点儿费脑筋。"

狄棣说："我是没什么思路了，以前想的好像都不太对。"

"一大早不要太幽默，"周晨曦站在电热壶旁边等着水烧开，"都想对了，案子不就破了？"

"昨天下午，你在会上认同我的看法，是逗我开心呢，还是真的那么看？"

"不仅仅是昨天下午，就是现在，"周晨曦指了指手腕，"我也认同你的推测。"

"现在，我又觉得拓开来不太可能是杀北野文的人。"

"有新进展了？"

"我手上没有，但是有了新情况。"

"一进门就看出来了，瞧瞧你这脸色。"

“刺中北野文，除了拓开来坐的那个位置，有没有其他可能性？”

“没有。”周晨曦沏好茶，靠在办公桌上。一根指头轻敲着茶杯的下沿。

“是啊，模拟图像是精确的，科学不骗人。”

“但是，任何一个人，都可以在拓开来的位置上刺中北野文，如果凶手精心布置了现场，以我们的想象力，可能性有几十种。”

“实际发生的只有一种。”狄棣端起茶杯。

“如果凶手仓促行事，你昨天的判断，最接近实际发生的那一种。如果能证明刀子是拓开来的，或者是拓开来从别人手上得来的，就可以把‘接近’两个字也去掉了。”

“‘蓝色银河’去过了？”

周晨曦说：“去过几次了。里里外外都参观了，从外边看，不起眼，从里边看，设备一流，扫地打水的都是硕士。可不是咱们想的那么简单，仅仅搞个什么机器人，部门多着呢，有特种钢材研发部，还有什么神经科学实验室之类的。”

“拓晓晓担当什么角色，还得靠你研究，我对十加十以上的一窍不通。”

“这两天正学围棋呢，进步神速，打到八级了。”

“我也买了本书在学。八级是几段的水平？”

“八级就是超级菜鸟的水平，距离业余一段，还有七个台阶，差个十万八千里。”周晨曦笑起来，但神情立马又严肃起来，“但怎么个原理，我搞清楚了。”

“那就好。”狄棣见李有才拿着笔记本走进来，把架着的腿拿下来，换上另一条。

李有才脱掉警服外套，说道：“喝我的好茶呢？”

狄棣说：“拓展还在沙棘梁，我先回来了。”

李有才在水晶杯里沏好茶，把同心芙蓉转到他那一边，坐到办公桌后面的靠背椅上，说道：“老韩找张经理的姐夫问过了。李德永说，找拓开来，是要借点儿钱，老婆住院开销太大。老韩说，没见拓开来给你转过钱呀。李德永说，人都死了，转个鸡毛啊。老韩问，准备借多少钱？李德永说，五万。老韩说，五万对拓开来，不就一伸手的事儿，随便找个银行网点就成呀。李德永说，拓开来信不过他，怕他是赌钱还债，要去医院看看，然后转到他老婆卡上。老韩去医院一查，真是住院了，不太好的病，需要做手术。”

“拓虹呢？”

“别提了，真他娘的尴尬。”李有才放低声音，示意周晨曦关上门，“那天晚上，拓虹走的路线，和晨曦画出来的，一模一样。财政局家属院真的有她的情人，还是恋人？怎么称呼呢？反正是相好。也是个女的。”

“真是？”周晨曦问道。

“真是。”李有才说，“昨天我问得有点儿狠，拖的时间也很长了，可能把拓虹逼急了，从手机里调出一段视频来。刘云茜看了，没让我看。小刘按拓虹说的姓名住址出去核实了，然后把拓虹送回去了。”

狄棣说道：“拓虹走那条路线，有可能看到什么人，你没问问？”

“问了。我让她好好回忆一下，说不定看到的某个人就是犯罪嫌疑人，说不定看到的异常情况就是很有价值的线索。但她说，真没看到什么值得一提的。”

“这样也好，至少我们对案发时周边的环境有个更清楚的了解。”周晨曦还没缓过神来，好像在自言自语。

“去滨河路老渡口附近干什么去了？”狄棣问。

“这还用问，接上那个女孩，到十字街吃宵夜去了。”

“核实过了？”

“嗯，小刘找到那个女孩，问过了，吃完宵夜，看了场电影。”

狄棣掏出烟盒，朝办公桌上扔了一支，自己点燃一支，正要说话，赵静雨和郭小虎推门进来。赵静雨穿着貂皮半大衣，胳膊上挂个皮包，全套绿指甲又都安上去了，因为高跟鞋的缘故，比郭小虎高出一截。郭小虎给大家的茶杯里续水的时候，狄棣问："柳树驿村去了吗？"

"要是有情况，早给你打电话了。"李有才笑着说，他在赵静雨扔过来的一张纸上划拉了几下，"静雨现在就去机场，你要不要给女朋友捎点儿土特产？"

"不用了，穿越到北魏去了，飞机到不了那儿。"狄棣又问，"小虎去送站？那要路过一个二手车市场。"

李有才把笔插进笔筒里。"怎么，想到什么了？"

"没有，我是说，小虎回来要是时间赶趟，帮我去二手车市场看辆车。"

"怎么了？"

"车撞黄河大桥上了。"

"这几天太累了，没事吧？"

"人没事，车不想要了。"

"你是说，要买辆二手车？"周晨曦咧了咧嘴。

"真要买啊？看对那辆多少钱？"李有才靠到椅子上。

"五万多。"狄棣朝空中吹了一口烟。

"正好，我那辆，你开走得了。"赵静雨一只手抓着门框，回头说。

"什么色儿的？"狄棣问。

"蓝色的。"赵静雨抬起一只手，包在胳膊上晃起来，"给个整数。"

李有才说："放下一根指头去。"

赵静雨把大拇指一收，另一只手已经把车钥匙扔到狄棣怀里。

等赵静雨和郭小虎离开办公室，李有才说："这大桥撞得，值，你那辆车，早该扔了。"

"脑子撞得更愣了。"狄棣装好车钥匙，然后把昨天晚上拓展告诉他的，又详详细细复述了一遍。

周晨曦掏出烟盒，在手上敲着，突然笑起来：“这要是真的，拓开来应该是北野家族的后代，日本人。北野文呢，应该是北魏贵族的后代，中国人。”

“前提是，棋盘在两个家族都必须代代相传，中途不曾转手。”李有才说。

“前提是，拓跋睿在日本那荒岛上娶了老婆、生了孩子。”周晨曦补充道。

李有才说：“对，如果拓跋睿把棋盘传给了北野桑的二儿子，那就更有意思了，拓开来和北野文五百年前是一家。”

“比五百都多，一千年前是一家。”狄棣苦笑道，“问题是，《凤舞昆仑》和楼兰残纸是不是真的？”

“那不重要，”周晨曦用烟盒敲了一下桌面，“重要的是，如果拓展认为是真的，拓开来和北野文也认为是真的，那么，拓开来绝不会动手刺死北野文。”

“有道理，”李有才说，“我们警察，管他深奥的历史干什么？我们关心的是动机。”

“三人行，必有我师呀，我也转过这个弯儿了。”狄棣的脸上微微泛起红晕。

“要这么说，我们又陷进泥里了。”李有才站起身，把窗户打开，一股冷风吹到他脸上，“拓展的话可信吗？会不会是想把我们领到别的道上？”

狄棣说：“看他的表情，听他的语气，带着感情，满是真诚，他还说，要把电子版拷给我看，他在写一本书。”

“我也得找找他。”周晨曦若有所思地说道，“他要把孩子接到美国去，拓开来呢，坚决不同意，其中的林林总总，也要搞清楚。”

“带个优盘，把电子版拷来让我看看。”狄椋突然又问，“范美玲不是和赵静雨去北京吗，一起走，还是北京会合？”

“晚走一天，曹局长可能安顿她别的事儿。”李有才说，“机票钱是我出的。怎么了？”

“没什么。”狄椋把烟掐灭，“我得换换脑筋去，上午什么也干不成了。”

狄椋在停车场放慢脚步，看见蓝色的就按几下车钥匙，速腾，不是，嘉年华，不是，福克斯，不是。远处一辆小蓝车的灯闪了闪，他走过去，是尚酷，这么新，他坐进去，有点儿挤，把座椅往后调了调，给李有才拨通电话。狄椋说：“这不合适吧，够新的。”李有才说：“对她来说就算旧的了，过意不去就加个三块两块的，买她的车，是看得起她。”狄椋说：“我没她微信，我转给你，你再转给她。”他把车开出分局大门，打开车载导航，准备去鹿城棋院转一转。

鹿城棋院在学府路和大学西街交界处的一条巷子里，门面很小，黑色的牌子上写着绿色的字，旁边挨着一家烟酒店，狄椋买了一条香烟扔进车里，踩着积雪结成的黑冰跨上路肩，犹豫了片刻，推开棋院的门，经过门厅的广告板时，停下来看了看上面的比赛通知和招生广告。

大厅将近二百平方米，四行桌子向前延伸出去，一直到尽头的一个类似于咖啡店的吧台，只有十多个人分散在大厅的各个角落，空旷，安静，像一间巨大的教室，学生还没到上课的时候，或者刚放学，有几个人还在做作业。他沿着过道往前走，一直走到吧台，一个大学生模样的女孩正在擦拭博古架，架子上摆着茶叶罐、红酒、洋酒，还有易拉罐的啤酒、雪碧和可口可乐。狄椋见女孩好奇地打量他，笑着说：“来杯热茶怎么样？”

女孩说：“要点就是一壶。”

“壶有多大？”

顺着女孩手指的方向，他看到侧面还有一个书架，上面摆满了瓷壶、玻璃壶、紫砂壶，紫砂壶个头最小。狄棣指着其中一个金黄色的紫砂壶说：“拿那个石瓢壶，来一壶。”

“那是私人专用的，存放在这儿。”

“那你随便给我来一壶。”狄棣靠到吧台上，拉开羽绒衣的拉链，回头望着大厅。

“喝什么茶？”

“大红袍。”狄棣转过脸来，指了指架子上的红酒，“你们还提供这个？”

“怎么了？还提供便餐呢。你是孩子家长？”

狄棣愣了一下，说道：“不是，我是围棋高手，今天来砸个场子。”

“呵呵，就你？”女孩往一个稍小一点儿的玻璃壶里小心翼翼地放了一竹签茶叶，抬起头轻蔑地挑起左边的眉毛，然后把竹签插进茶叶罐里，又铲了一下，再小心翼翼地放进玻璃壶。

“怎么了？不像？”

“能来砸场子的，没你这么大的。”女孩往壶里倒水，茶叶舞动起来，随即开始慢慢伸展，一丝丝红雾荡漾开来。她像变魔术一样往台面上放了一个玻璃杯。

“这杯子是喝洋酒的吧？”狄棣掏出皮夹，抽出几张钞票，放到台面上。

“今天就用这个。你要常来，自己带套茶具存到这儿，我给你办一张贵宾卡，酒水吃喝打八折。”

“让我先想一想。”狄棣一手抓紧茶壶握把，一手拿起玻璃杯，走到附近的一个对局桌前坐下，轻轻触摸了一下竹制棋盘，把棋盒移开一点儿，摇了摇壶身，倒了一杯，掏出手机，点开微信，给李有才转账。

有人陆续走进来，大厅还是显得异常空旷。狄棣喝了一口茶水，给范美玲发了条微信：干什么呢？等了一下，没动静。他抬头望着那些下棋的人，捡起一枚掉落在桌面上的棋子，像是在感受微微的凉意，然后放回棋盒里，端起茶杯朝靠窗的一张棋桌走去，那里有两个中年人在下棋，旁边一个年纪更大些的在观战。他拉把椅子坐到另一边，那三个人正在全神贯注地盯着棋盘，用的全是不锈钢旅行杯，一个瓷壶放在棋盒旁边。棋盘上几乎摆满了棋子，穿皮衣的那个人手里抓着一颗棋子正在极力思考，穿军用棉袄的那个，指头敲着旅行杯，一下一下，神情有些悠然，看样子，他在掌控着局面。观战的那个老先生双手抱着手机，一边盯屏幕，一边看棋局，嘴里含着一支烟，烟灰马上要掉下去了，但他根本不在乎。

那个人把手上的棋子扔到棋盘上，掏出皮夹，抽出一张五十的，甩到对面，手一抹，黑白棋子哗啦啦全到了桌子上，棋盘上顿时空无一物。“再来一盘。”

穿军用棉袄的那个把钱收了，抬起头看着狄棣：“你和他来一盘？”

“你来，你来，我看着。”

“玩的哪些股啊？”

狄棣愣了一下，随即谦虚地笑了笑。

“没关系，沉住气，马上就红了。”那人把一颗黑子啪的一声拍到自己手边的星位上，惊了狄棣一下。对方布下一颗白子。啪的一声，他已经把第二颗黑子拍到棋盘上。“年轻人，玩什么股票啊。”对方犹豫了一下，但还是落了子。啪的一声，他把黑子拍到了天元的位置，棋盘上其他的子都微微抖了一下。

狄棣后撤了一下身子，但眼睛没有离开棋盘。“好像是吴清源的开局？”

“什么吴清源，”那人把军用棉袄向后推去，端起水杯，终于做了个停顿，“这叫猛牛昂首冲，冲，冲！”

对方夹了一颗子，停在空中。他耐心地等对方落子，一根指头弹起了旅行杯。“玩儿的哪几只啊？”

狄棣把脑子调到中央二台，开始搜索。“贵州茅台，还有清华打头的两只。”

“眼力见儿还凑合。一个字，沉住气，这是哲学。”啪的一声，那个人把第四颗子拍到棋盘上。

“老栾，最近在网上练了吧，棋艺大增啊。”盯手机的那个老先生说道，“开局这几手，跟鹿城小霸王学的吧？”

“别管跟谁学的，能赢棋才是硬道理！”啪的一声，一颗棋子又拍到棋盘上。这次，把军用棉袄震落了，掉到椅背上。

狄棣惊了一下，发了几秒钟的呆，终于听见自己的脑子轰地响了一声。他站起身朝门口走去，出门时回身把杯子放到就近的棋桌上。

出了棋院大门，他看不见自己的车。走了几步，掏出车钥匙，摁了几下，一辆蓝色轿车的尾灯在闪，他快走几步过去，钻进车里，启动马达，开出巷子，拐到学府路上。

到关之森的茶馆只用了十分钟。一个穿和服的服务员帮他拉开门厅内侧的门。狄棣问：“关老板在吗？我是他朋友。”

服务员领他到了最里边的五开隔扇前，狄棣弯腰敲敲裙板，不知道怎么进去，他看看服务员。服务员在边梃上的一颗怪兽的脑门上按了一下，隔扇徐徐打开，关之森正在茶台后面打电话，见狄棣进来，他站起身，示意狄棣先坐。狄棣站到紧邻茶台的一张红木长桌旁边。桌子上摆着一盆兰花，旁边放着一台笔记本电脑和一个平板。他把一只手放在笔记本上，手指有些颤抖。

关之森把手机放到茶台上，和狄棣握手：“不好意思，狄处长，接了个电话，最近忙吧？”

“还好。还真有点儿忙。”狄棣坐到关之森对面。

关之森抚了抚眼镜，打量着狄棣，问道：“喝什么茶？”

“来杯提神的。”狄棣捋了一下头发，笑着说道。

“怎么了？碰了一下？”关之森关切地向前探了探身。

“这个啊，没事，开车撞桥上了。不是喝酒。”狄棣又把头发拨下来。

“过去在桥上有个磕碰，那是喜事。当然了，坐的是轿子。”关之森朝服务员点点头，隔扇门徐徐合上了。他回身拉开矮柜的抽屉，拿出一条拆开的烟，放了回去，又拿出一条更高档的，迟疑了一下，放了回去，拉开另一个抽屉，拿出个木盒子，递给狄棣，“提神，这个够劲。”

狄棣打开盒子，是细支雪茄。他笑着拿起一支，把盒子递回去。

“归你了。”关之森抬起手挡了回来。

“这可不敢当。”

“怎么不敢当。”

“那好吧。之森兄，有个事还得请教你。”狄棣点燃雪茄，深深吸了一口。

“不会是围棋吧？”关之森眼镜后面露出神秘的微笑，也点燃一支。

“还真是围棋上的事儿，我是说，网棋。”

“哦，是这个啊。”关之森失望地拎起铁壶，往紫砂壶里倒水。他忘了洗茶，直接给狄棣倒了一杯，给自己倒的时候，抬起头问道：“和案子有关？”

“是和案子有关。你知道，我不会下棋。等案子破了，好好感谢你。”

关之森很快把神态调整到正常的分寸，又把紫砂壶里的水倒掉，重新续了水。“说说看。”

狄棣说道：“按理说，在网上，二段、三段，算不上厉害，棋迷应该不会关注。”

“那是，一个大的网站，棋迷几十万，二段、三段好几万。大家关注的，是九段以上的，特别是露了身份的一线职业棋手。”

“我刚才去了一趟鹿城棋院，有个棋手看样子挺厉害，旁边一个人说他，说他学了鹿城小霸王的布局。”

“鹿城小霸王？”

“嗯，我在泰禾小学认识一个男孩，大概四年级，他的网名也叫鹿城小霸王。但他说，他在网上是二段还是三段。既然是这个段位，应该没人关注他吧？”

“肯定不会。”关之森说，“但网上同名的也不少。你在棋院听到的鹿城小霸王和泰禾小学那个鹿城小霸王，可能不是一个小霸王。”

“你说得对。但是，如果泰和小学那个鹿城小霸王，在短时间内，从二段不停地升、升、升，一直升到九段呢？”狄棣不断地抬高雪茄，“我的一个同事，刚学围棋没几天，就升到了九级还是八级。”

“从二段升到九段，可不容易呢！短时间就能升上去，那是有高手在旁边指点，或者，一个高手登录他的账号，直接替他练。”

“我说的就是这个意思。”狄棣兴奋地提高嗓门，“就是你说的这个意思！”

“我有点儿明白你的意思了。”关之森说道。

“你现在能不能帮我上网看一下，找一找鹿城小霸王，我关心的是很厉害的那个小霸王。”

“好，我帮你看看。哪个网站？”关之森把笔记本电脑抓到手上。

“弈城和新野狐，这两个网站。”可能吸了高档雪茄的缘故，狄棣的眼神变得敏锐起来。

“哦，这两个网站啊，”关之森指头轻敲着笔记本，看着狄棣想了想，“这个本子上不了，我带你回我家去，家里的网络好，找起来方便。怎么样？”

“好吧。咱们马上走！”

出了茶馆，狄棣把关之森送的雪茄放进存物箱，见关之森朝他招手，于是关了车门，走过去坐进关之森的车里。

好像走了几百里他们才到了关家的别墅，关之森直接把车开进车库，从车库进了衣帽间，然后来到客厅。客厅没人，他们上楼去了关之森的房间，房间收拾得干干净净，包括烟灰缸、各种小摆件都整齐有序。关之森坐到书桌前，打开笔记本电脑，回头让狄棣把书架前面的多功能躺椅拉过来坐，然后递给他一个烟灰缸。狄棣看看表，十点二十八分。

他们先登录了弈城，弈城的九段里没有鹿城小霸王。狄棣问道："鹿城小霸王上网的时候，我们才能看到，是吧？"

"是，"关之森滚动鼠标，从八段里边查找，然后又返回九段里边去，"如果下了线，就不显示了。"

"去新野狐看看。"

关之森登录了新野狐网站，也没有。狄棣很失望，他低声说道："我的脑子越来越不好使了，总犯糊涂。"

"不，不不，有惊喜！"关之森点击着鼠标，露出了微笑，"这个鹿城小霸王，虽然不在线上，但有下棋的记录！"

"是吗？"

"是啊，还真是个九段呢，高段棋手下的棋，棋谱都保存着呢。你看，这个小霸王胜率这么高！"

"是吗？"狄棣像个孩子一样，把脸凑上去，眼睛紧盯屏幕，手伸进衣兜里，拿出手机。

"你看，昨天晚上九点十五分下了一盘，胜了'飘香一剑'。昨天下午三点二十分下了一盘，居然胜了'老虎'。"关之森回头看了一眼狄棣，"这个'老虎'可不一般，他是依田纪基。"

"依田纪基我知道，他挑战过聂卫平。"狄棣点开相机，对着显示屏拍照。

“嚯，居然赢了依田七目半。前天下了五局，大前天少一些。按理说，我不该乱问，”关之森点开鹿城小霸王的头像，让狄楝拍照，“你想让我帮你什么？”

“你已经帮了我了。”狄楝给周晨曦拨通电话，问他能不能像针对凤凰男孩那样，对新野狐上一个叫鹿城小霸王的账号也来个照此办理？周晨曦说：“没问题，但得回市局去搞，分局搞不了。”狄楝说：“越快越好，切记，是九段，我把ID码用短信给你发过去，弄好了，待在那儿别动，回头再给你解释。”放下电话，狄楝说：“如果奇迹发生，我好好请你一顿。”

关之森笑着说：“还是我请你吧，你看几点了？中午就在我家吃。”

狄楝说：“我得盯着这个账号。你还是送我回茶楼，下次再来。你看，我什么都没买，让你父母看见笑话。”

“客气什么。你看，我帮了你这么大忙，你得给我个面子。老人都到海南晒太阳去了，家里只有我和我妹，芝林已经在菜市场呢。她回来，你走了，叫我如何是好？”

“你扫描一下我，咱们加个微信。如果运气好，这个周末我请客。怎么样？”

关之森说：“也好，我送你回去。”

狄楝执意不肯，说打车去就好。关之森更是执意不肯，说哪有这个道理。推让了几个回合，关之森胜出，他们一起去了茶楼。路上，狄楝给李有才打了个电话，让他别离开分局。

到了分局，狄楝直奔李有才办公室。李有才在办公桌前仅有的空地上来回踱步，手里端着水杯，见狄楝进来，给他沏了一杯茶。“转了几下，不转了，卡里没钱了？”

狄楝坐到沙发上，看看表，十二点五十分。“明天再转，卡多着呢。没有十张八张的，还像个爷们儿？”

“说说看？”

狄榇说：“泰禾小学有个鹿城小霸王，是拓晓晓的好朋友，比他低两个年级，是棋友。上学期间不能在网上下棋吧。我怀疑——”

“晨曦和我说了，”李有才说，“网上同名同姓的多了。况且，拓晓晓想下棋，又怕别人知道，可以注册个新名字。”

“哥们儿，现在是实名制。再说了，替别人下棋，在孩子们心里，就像帮别人打架，这是友谊。你有儿子，你能体会。”

“登录需要密码。”

“那当然。”狄榇笑着说，“你信不信你儿子拿你手机来一圈网上购物？再说了，他们既然是棋友，平时肯定会帮着练两下，知道登录密码很正常。”

“呵呵，真要这么回事，得把赵副局长叫起来。”李有才看看表，“刚喝安眠药。”

“那也得叫起来。至少得找几个特警。”

“不急，先让他睡一会儿。”李有才说，“中午吃什么了？”

“你问我？海鲜。”

“海个球。上午我给范美玲打电话，告诉她机票买好了。你猜她说什么？她说她不去，还说你做事不讲究。”

“那丫头，快恨死我了。”电话响了，狄榇接起来，是周晨曦打来的，告诉他已经搞好了。狄榇说：“你就待在网监，这个鹿城小霸王一登录，马上定位，然后给李大咖打电话。”

李有才说：“小虎在街上办事，要不要给你捎个肉夹馍？”

狄榇摆摆手：“不要了，储物箱里有不少零食，来的路上吃了些。”

“那是买车的赠品。”李有才给郭小虎打了个电话。

狄榇说：“我得去宿舍睡一会儿，有情况去叫我。”

李有才说：“要不要给你准备一支枪？”

狄棣说："我是什么身份？要枪干什么？给我准备一件防弹衣。"

狄棣把羽绒衣盖在身上，手机放在枕头边，侧身躺好，闭住双眼，努力使自己快速进入放松状态，并能轻而易举地睡着。但心里还是踏实不下来，如果这次再闹出笑话，可就不是那么一回事了。他把本来已经非常清晰的推断过程和思路又重新梳理了一遍，再试着倒退回去一遍，然后又一步一步地截为数个阶段，在每个阶段中仔细查找可能存在的疏漏和不符合逻辑不符合情理的地方，但没有。而且，周晨曦和李有才没听他做过多的解释，就完全清楚了他在想什么他要做什么，说明大家的看法是一致的。区别可能仅仅在于，李有才这几年始终处于侦破一线，历练得更加稳重，更能沉得住气；周晨曦脑子转得更快，思维更敏锐，专业素养能帮助他快速排除各种无厘头的干扰。而自己呢，有时觉得浑身全是优势，有时又觉得一无是处，但不管如何，真相往往是简单的，真理也没那么复杂。肚子有点儿饿，但不要紧，晚上一定要好好吃一顿，回勺面好像很久没吃了，怎么就那么香呢？美好的时光在不断地流失，厨师的手艺也在不断地流失，找一家像样的面馆，做一盘地道的回勺面端上来，还真不那么容易。渐渐地，狄棣咬着袖子，遗憾地睡着了。

手机振动了一下，跟了一个原始设置的提示音。时间一分一秒地过去。紧跟着又振动了一下。狄棣睡得很投入的样子，好像在梦中吃到了那盘回勺面。过了将近一分钟，手机连续振动起来，铃声也跟着响起来。持续了几秒钟，断了。紧接着，再次连续振动起来，铃声响起来，狄棣睁开眼，看看手表，两点二十分多一点，他拿起电话，但已经挂断了，是李有才的电话。他坐起身，脚伸到鞋里去。走廊里响起急促的脚步声，门被敲了两下，随即郭小虎走进来，指头伸得老远："指挥中心。"

狄棣点点头。等郭小虎走了，他站起身，抑制着内心的喜悦，努力让自己走得慢一点儿。经过卫生间门口，他拐进去，用凉水洗了一把脸，整理了一下发型，把额头碰破的地方盖好，然后，走安全通道去了指挥中心。

大屏幕上，左边是公安厅指挥中心的全景画面，右边是市局指挥中心的全景图，很快切出一个特写镜头，曹局长正在戴眼镜。中间两幅电子地图，显示效果非常好，一幅是鹿城全图，固定在那儿不动，一幅是全国地图，不停地在各省间切换。专案组和相关部门的警官几乎坐满了靠前的几排。狄棣走到第一排，坐到赵副局长旁边。李有才从赵副局长身后给他递过一个文件夹。

"曹局长刚才问起你了。"赵副局长扶了一下眼镜，"问怎么看不见你。"

"看不见好，不能进了领导的眼。"狄棣打开文件夹，扫了一眼情况简报，"怎么，上去一下，就下去了？"

李有才说道："登录以后，待了不到二十秒就下线了。"

赵副局长说："周晨曦认为，这个小霸王可能没找到合适的对手，就下线了。"

"昨天下午三点二十分下了一盘。"狄棣接过刘云茜递来的茶杯。

赵副局长说："不急，等一等，坐在哪儿都是坐着。"

市局那边又给曹局长切了个特写，看来，曹局长要讲话。果然，他扶了扶话筒："你们那边准备好了？"

赵副局长按了一下麦克风的按钮："准备好了。如果在鹿城，或者周边，我们自己就能处理。如果在其他市区或者外省——"

"你们也得安排一个小组，把人带回来呀。工作衔接好，动静一定要小，越小越好。"曹局长离开了镜头，大家都放松下来。

李有才说："如果在外省，这次我可不去了，刚回来才一、二、三、四、五、六天。"

"和这个案子一样的天数。"狄棣说。

“五天半，是五天半。一个人休息五天半，时间够长了。”赵副局长看看那边的李有才，然后又扭回头来看看这边的狄棣，“你们一起去，正好能回忆回忆过去的舒坦日子。”

狄棣的手机振动了一下，紧跟了一个原始设置的提示音。他点开一看，是一串编码。“上来了。”

李有才伸手晃了晃，大厅安静下来，灯光瞬间调暗了一些。右边的画面切换到网监值班室，周晨曦脖子上夹个电话，正在嘟囔什么，看来他的手也没闲着。

手机又振动了一下。狄棣点开，一个未知码传来的短信，写的是：新野狐难觅无情女。后面跟了三串数字与字母的组合。他轻声笑了一下。

“怎么了？”赵副局长问。

狄棣说：“周晨曦还记得上次你讲的故事呢，也对了个下联。”

“‘土豆丝好吃有营养’那个？”

“嗯，设置成转给我的自动提示短信了，意思是小霸王上网了。”

“怎么对的？”

“新野狐难觅无情女。”

“对得不够到位。现在的年轻人，古文修养还差点儿火候。”

鹿城全图上突然出现一个红点，闪动着。李有才说道：“在新城区！”

大厅再次安静下来。赵副局长说：“把比例尺调一下。”新城区噌噌两下取代了中国地图和鹿城全图，街道变得非常清楚。红点在东方维纳斯南区一闪一闪。

“用第一套方案吧。”赵副局长敲了敲中性笔。

李有才站起身，后边几把椅子也跟着响动着。狄棣站起来说：“真是出人意料。”

“想不到吧，周亚薇居然是个坏人！”李有才离开座位。

赵副局长拍了拍脑门，随即摘下眼镜："这个周晨曦真有两下子，看看人家这对联对得，多有超前意识。快去抓住那个狐狸精。"

到达东方维纳斯别墅区用了将近三十分钟，小区里行人稀少，积雪清理得很干净，现在的孩子们已经提不起兴趣堆个雪人竖一道风景。八个人分成三组从不同方向朝周亚薇的独栋别墅走过去。狄棣走得很吃力，羽绒衣里边的防弹衣压得他有些喘不过气来。他跟在李有才身后，旁边，韩建民愉快地欣赏着小区园林式的美景。走到甬道岔口附近，李有才在一棵巨大的雪松下面停住，回头对郭小虎说："放个机器人，爬到窗户上看看。"

郭小虎卸下双肩包，拿出一个带坦克链的银色香烟盒放到地上，然后取出游戏机玩起来。狄棣好奇地打量着那个东西。"又出新产品了？"

"这个效果更好，比玩具车强多了。"李有才跟着走了几步，机器人飞速向前开去，很快爬上了院墙，停顿了一下，爬到顶端，翻了过去。狄棣望了望晴朗的天空，虽然寒气逼人，但心情好极了。他侧过身盯着那个铁门。

"屋里没人呀。"郭小虎盯着屏幕。

"各个窗户都看了？"

"都看了。"

"卫生间的小窗户应该开着，看看能不能爬进去。"

狄棣朝铁门走去。韩建民把手伸进裤兜里，跟在后面。李有才走到郭小虎旁边，凑上去看电子屏。

"窗户关着呢。"

"算了。"李有才拍拍郭小虎的肩膀，"把执法仪打开。"

他们走到铁门旁。韩建民开门的时候手有点儿抖，笑着说道："手艺不如以前啦。"

他们进了院子。小院收拾得干净利落。狄棣示意绕着走，不要踩了中间的过道。他们走到屋门前，这次，韩建民很快就打开了，他掏出一只溶液涂层还没干透的橡胶手套戴上，然后，小心翼翼地下压把手，拉开房门。

穿过门厅，客厅没人。他们套好内层加了绒的塑料鞋套，分成两组散开。狄棣跟在韩建民身后上楼梯，拐弯时，韩建民回头看了他一眼，执法仪套在脑门上，样子相当古怪。狄棣见他掏出一支枪来握在手上，轻声说："你上。"韩建民也笑了，轻声说："好不容易找到个用它的机会。"

二楼的主卧室没人，小卧室没人，小会客室没人，卫生间没人，书房里也没人，但迷你吧台上放着一个打开的可口可乐易拉罐，书桌上也有一个，还有一袋拆开的夹心饼干和几块棒式巧克力散落在旁边。台式电脑开着，处于屏幕保护状态，一条美人鱼在屏幕上游来游去。狄棣伸出指尖碰了一下鼠标，屏幕立刻跳出一个对话框，要求输入口令。狄棣掏出手机，点开短信，把"新野狐难觅无情女"后面第二串数字与字母组合输进去，然后碰了一下回车键。和关之森家看到的差不多，屏幕上显示的是新野狐的网站，"鹿城小霸王"和"侠客无形"的一局棋，没下多少手，小霸王就被超时判负。压了金币的观战棋迷在不停地输入各种俏皮话。狄棣大声说："赶快追，没走远。"

他跑下楼梯，李有才正对着执法仪喊话，让法医那一组赶快进来。狄棣问："怎么了？"郭小虎指了指卫生间。狄棣走过去，周亚薇在浴缸里躺着，眼睛直直地瞪着他，一条腿伸出缸沿，高跟皮鞋掉在防滑瓷砖上，看来已经死了。

狄棣跑回客厅："孩子被弄走了，最多四十分钟。小虎留下。咱们走！"

李有才跟在狄棣身后跑出院门，韩建民已经跑到前面很远。值班室的门卫站在小区门口朝这边张望，韩建民很快进了值班室。狄棣跑到门卫跟前，掏出证件问他："一个钟头之内，有没有外来的车辆，进出小区？或者，出了小区？"

“有。”门卫被吓坏了，没见过这样的阵势，他走到遮阳伞下边的小桌前，扭正外来车辆和人员登记本。“有四辆车。”李有才凑上去拿过登记本，对着执法仪，说出了四辆车的车牌号。狄棣问门卫：“有没有其他出口了？”门卫摇摇头。

他们进了门卫值班室。十六台液晶显示器分成两排挂在墙上，韩建民趴在工作台上操作键盘，他指了指中间靠上的一台，狄棣和李有才走上前去，显示的图像正好能看见周亚薇的别墅的前半截。

“太靠前了，从两点五十分开始往下捋。”狄棣说。

韩建民敲击着键盘，突然发现一只手上还戴着橡胶手套，使劲揪下来，扔到工作台上。

“停。按正常速度走。”李有才踮起脚。一辆白色面包车驶入镜头，停在周亚薇的别墅前。一个男子跳下车，戴着墨镜，穿一件黑色立领短款羽绒服，绕过车头，走到铁门前摁门铃。“是什么车？”

狄棣说：“五万块钱那种的。”

李有才抬起登记本看了看，对着执法仪报出车型和车牌号。

狄棣举起手机，点开相机，连拍了几张。显示的时间是十四点二十八分。“速度快点往下捋。”

韩建民稍显笨拙地操控着键盘，看来他对自己也不太满意，嘴里不知在嘟囔什么。李有才挥挥手说道：“停。慢下来。”铁门拉开，那个男子走出来，等了几秒钟，一个男孩穿着蓝色羽绒服，戴着红色针织帽，背着双肩包走出来。男子拉开车门，等男孩跳上车，然后拉上，绕过车头，钻进车里。车掉了一个头，驶出了镜头。狄棣连拍了几张。显示的时间是十五点十一分。他看看表，现在是三点五十分。“离开已经四十分钟了。”

“搞不好鬼影都没了。”李有才对韩建民说，“看看门口的录像。”

韩建民指了指最左边靠下的显示屏。狄棣和李有才移过来几步。韩建民调出摄录存储录像，直接拉到十五时十分左右。他们耐心地等着，时间一秒一秒变化，那辆面包车终于缓缓驶入镜头。司机在另一边，根本看不清脸面。李有才说：“倒到十四点二十五分那块儿。”

韩建民拉回去，一直拉到面包车进大门那一段，等司机摇下车窗，他来了个定格，李有才举起执法仪，狄棣也摁了两下。

“像谁？”李有才露出了灿烂的笑容，把执法仪放回衣兜里。

“没印象。图像很清晰，距离有点儿远。”

“给他换个红棉袄，再想想？”李有才打开门，几个人走出去。

“你要是见过，我肯定也见过。”狄棣示意韩建民把车开过来。

李有才一只脚踩在路肩上，把羊绒围巾归拢到原来的位置，竖起羊绒大衣的领子，绷紧手指弹掉袖口不存在的尘土，朗声说道：“此乃常山赵子龙也。”

“何煜之的司机？”狄棣手中的烟盒停在半空中。

“这些浑蛋一直在咱们眼前打转转。”李有才拉开车门，坐到副驾驶的位置。狄棣还站在路肩上，手里拿着烟盒。李有才说：“上车呀！”

狄棣钻进车里，拍拍韩建民的肩膀说：“送我去何氏集团总部。”

韩建民提高嗓门说道：“记不记得，第一次开会，我咋说的？”

“记得。”

“不听老人言，一拖五六天。”

“老韩高见。”李有才掏出执法仪，抓在手里，“一小时，跑不了多远，满大街交警都盯着那辆破车。”

“关键是，人家就没准备跑。”韩建民狠狠踩了一下油门，“准备跑，还用那种车？”

“老韩说得非常在理。”狄棣点燃一支烟，把后车窗拉开一个小缝，“可能是换个地方。”

“给赵局打电话，申请个单子，把何煜之那老鬼抓起来。”

“他也在动脑筋呢，先别打扰他。”李有才说。

“何煜之的司机把何煜之的情人弄死，除了何煜之，谁能想出这个主意？何煜之的脑子被驴踢了。”

“想一想这几年全国爆出的大案，想一想知名人士犯下的大事，哪一个没被驴踢过？”李有才挥挥手。

狄棣觉得有点儿憋气，脱掉羽绒衣，取下防弹衣，扔到旁边空着的座位上，对韩建民说道：“到了何煜之那儿，你别上去了，你去英雄广场，招呼几个特警，组织个应急队，耐心等着，一有面包车的动静，直接端了。”

到了何氏集团总部，狄棣和李有才下了车，进到一楼大厅。朱绥鸥站在大厅中央，上来就要握手。狄棣没理他，问他何总在不在办公室。朱绥鸥说，去市政府办事去了，马上就回来。狄棣说，就在办公室等他。

进到何煜之的办公室，狄棣坐到沙发上，朱绥鸥帮他点燃一支烟，问道：“风风火火进来，谁惹你不高兴了？”见狄棣还不理他，于是把目光转向李有才。

李有才站在房间正中央，正在看北墙上挂着的横幅。他突然转过身，红色的羊绒围巾甩出一条弧线，对着朱绥鸥说道：“天道酬勤，大道无边，黑道猖獗，王道在我。你说，上面写的是哪一句？！”

“呵呵，别吓唬我，我和狄处长是朋友。”朱绥鸥被问了个莫名其妙，脸色一变，但很快恢复了优雅的姿态，靠回沙发里。

狄棣把烟灰弹到地毯上：“赵子龙跟了何煜之多少年了？”

“比我年头长。怎么，犯什么事儿了？”朱绥鸥见一个秘书端着茶盘站在门口，招手让她进来。

等那女孩离开房间，狄棣说：“周亚薇和拓开来，关系有多深？”

“肯定是通过何总认识的，否则，八竿子打不着。”朱绥鸥尴尬地笑着，“看你问得，让人迷茫。”

“何煜之养着周亚薇，何煜之老婆不发威？”

“既然你这么深沉，那我也正正规规告诉你。”朱绥鸥把夹了半天的细支香烟点着，吸了一口，说道，“何总媳妇五十多了，不能再生了，何总儿子前些年出车祸被撞死了，你们应该知道，不知道也正常，谁关心这事儿呢。何总和周经理，说真的，是真感情，可不是外界想的那种玩一玩。何总想让周经理给他生一个。当然是生个儿子。这是重点。”

“他们在一起多长时间了？”

“三年？五年？我怎么知道。”

“你知道的是哪一年？”

“三年前。周亚薇去何氏会馆当总经理。咦？换了这么年轻的总经理？！一问，才知道。”

“给他生了没？生个儿子没？”狄棣的神色缓和下来，给朱绥鸥递了一支烟。

“生了应该落户吧？你们应该最清楚。这话问得，有失水准。”朱绥鸥架起一条腿。

“你给他打个电话，问他什么时候能回来。”

朱绥鸥站起身走到窗边去打电话，狄棣也站起来走到李有才旁边。李有才指着矮柜上那一长溜小相框说：“还真是个人物呢。”

“这样也好，从现在起，我们就围着他转。”

“大白天的，满大街都是摄像头，别说赵子龙，就是诸葛亮，也不行。”

“何煜之真有这么荒唐？”

“荒唐与否，一问便知。”

朱绥鸥打完了电话，走过来说道：“在高新区呢，马上回来。出了什么大事儿？满世界人都知道，就我一个不知道。”

“你是在装糊涂呢。”狄棣瞥了他一眼。

“看这阵势，糊涂总比聪明好。难得糊涂，糊涂难得呀。”

狄棣正要刺激他几句，手机振动起来，他掏出一看，是何煜之打来的。何煜之在电话里说：“我晚上要赶飞机，回公司怕是不赶趟了，干脆，在外边约个地方，一边吃饭一边谈？”

狄棣看看表，刚过五点。“飞机不要赶了，从现在开始，你哪儿也不能去了。”

“怎么了？”

“见面谈吧，不是小事。”狄棣挂了电话，回头问朱绶鸥，“他要去哪儿？”

“北京。”

“然后呢？”

“哈萨克斯坦。”

“有什么买卖，亲自去？”

朱绶鸥指了指自己的领带：“鄙人是行政总监，不是董事长。”

不到半小时，何煜之回来了。进门以后，他脱掉大衣，递到朱绶鸥手里：“安排食堂，准备点儿吃的。多弄点儿。”然后和李有才握手，回头问狄棣，“出什么事了？”

等朱绶鸥离开会客室，狄棣坐到沙发上说：“你的司机，把周亚薇杀了，带着拓晓晓走了，警察满世界找他呢。”

“啊，啊，弄成这个局面。”何煜之长叹两声，靠到沙发上，望着李有才。李有才站在房间正中央，面无表情地盯着他。何煜之掏出烟来，找不到打火机。狄棣把自己的打火机递给他。何煜之抖着手把烟点着，吸了一口，拉过盆景，在石子里把烟弄灭，然后又抽出一支，捏在手里，对着盆景问道："亚薇死了？消息确切？"

李有才走到天球瓶旁边，把灯打着，顺着矮柜，踱到另一边，侧身坐上去。"死了。"

何煜之抬起头，望着狄棣。狄棣看着他，说道："你的司机，杀了你的情人，带走会馆大案的目击证人。外人看来，这是闹剧，我倒觉得像个荒诞剧。你是导演，你说说。"

"我怕的就是这个！"何煜之用香烟敲着茶几，烟断了，他又用指头狠敲了几下，"你看看，现在都冲着我来了！你让我从何说起？"

"从何氏会馆爆的冷门儿说起。"

"我真不知道，我真不知道。"何煜之握紧拳头砸着茶几，盆景里延伸出的枝条颤动着。

"那拓晓晓怎么就到了你手里？"

"亚薇接走了。"

"那好吧，就从这儿说起。"

何煜之克制了一下，说道："还是想到哪儿说到哪儿吧，我现在脑子乱了。是这么回事，北野文来了之后，谈起拓开来，说想和他见个面，下下棋，聊聊天。拓老是社会名流，能来给我撑个场面，也是好的。我给他打电话，他还有些犹豫，后来答应了。他还来了我家一趟，给我安顿了一些事情。当初我没在意，现在想来，是有深意的。他说了两层意思，一个是，拓晓晓是他独苗孙子，一定要帮他照顾好，将来有个好前程。我说这还用说，就当是我亲儿子，有什么事情让亚薇去办，她最喜欢孩子。没想到，让她办的是这件事。"

"先说这件事。"

"案子发生以后，你第一次从我这儿来了以后，我找亚薇问她当时什么情况。她那一番话，让我吃了一惊。她说，那天晚上拓开来到会馆之前，在电话里让她当晚接拓晓晓回家住一夜，拓虹加班，第二天一早要出差，他本人第二天一早要去外地。亚薇说，住个十天八天都行。然后拓开来又让她把车钥匙放到孩子书包里，让孩子自己去车上待着。亚薇说那么多房间，大冬天车里多冷。拓开来说孩子孤僻，愿意在车里一个人玩儿，还特别强调，不要告诉别人，怕让人知道笑话，最后说，第二天煜之会安排人接的，其他就不用管了。这乱糟糟的，我说清楚了没？”

“说得很清楚。”狄棣点点头。

“没想到，出了这么个事。案发以后，等警察来了以后，她找了个空当，去车里一看，孩子果然在车里呢，还若无其事地睡着呢。亚薇很慌张，不知道该不该告诉警察。她想起拓开来给她安顿的话，觉得事情不那么简单。警察处理完现场以后，她把孩子接回家里，问我有什么事瞒着她。我第一感觉就是，有人设了局，要陷害我，必须把孩子交给警察，说清楚就拉倒了。但你想想，我能和警察说吗？谁信啊？就像现在，连你都不信。只要一说，和我就扯不清了，肯定会怀疑到我身上。干脆，就让孩子待在亚薇家，等案子破了，形势缓和了，我再出面，把情况说清楚。”

“周亚薇问没问，孩子是怎么到了车上的？”

“后来问了，从窗户上下去的，绳子还在书包里呢。”

“谁帮他下去的？”

“他爷爷。”

“孩子知不知道房间里出的大事？”

“亚薇也问了，孩子什么都不知道。所以，亚薇也没告诉他，他爷爷被人杀了。”

“他爷爷让他从窗户上下去，他不觉得奇怪？”

“这个亚薇也问了。那孩子说，临走之前，他爷爷就给他安顿好了，晚上要来个花样，搞个历险，是个什么车，怎么上去，冷了怎么用空调，这些，孩子都会。”

狄棣抬头对李有才说：“孩子在卧室的卫生间洗了洗脸，看了会儿书，拓开来进去，把他从窗户上放下去，他什么都不知道。还真是什么都不知道。”李有才好像什么都没听见，望着窗外。

狄棣转过身说：“这是一层意思，第二层意思呢？”

何煜之想了想，说道：“拓开来说，哪天万一他死了，骨灰要埋在紧邻高新区的湿地里。”

“就是社会上吵吵的，你要盖新厂房的那块地方，是吧？”

“是，是那块地方。”

“那好吧。你的司机杀了周亚薇，你怎么解释？”狄棣说。

何煜之摆摆手说：“这不可能。小赵母亲病了，回去伺候两天，我这儿有他电话，你们一查就清楚了。”

李有才按何煜之提供的号码给赵子龙打电话。一打，通了。一问，在他母亲家呢。再一问，这两天一直伺候老人呢，没挪过窝。李有才问清住址，给韩建民打电话，让他过去查清楚，然后对狄棣说道：“走吧。”

狄棣站起身说：“不是开玩笑，这段时间你不能离开鹿城了。你给曹局长打电话问问也行。”走到会客室门口时，他回头说，“用不了几天。”他们在走廊里没走几步，啪嚓一声，估计是茶几上的盆景碎了。

走出大楼，冷风迎面扑来，身上的暖乎劲顿时一扫而光，狄棣眯起眼，暮色已经彻底隔断了天光，街灯和楼群窗户让眼前的一切再次变得冷漠起来，他拉紧羽绒衣的拉链。李有才把羊绒围巾往脖子上绕了一圈。“打个车？”

“开什么玩笑。”狄棣给朱绶鸥打了个电话。两个人走到马路对面，站到一棵国槐下边。树枝上挂满积雪，不时有小冰晶坠落下来，闪烁着五彩的微光。

狄棣望着密集的车流，大声问道："他的话能信百分之几十几？"

"一句都不能信，"李有才跺着脚大声说，"但一句都不能大意。"

"咱们第一次去周亚薇家，那孩子居然就在楼上，真是讽刺。"

"可不能这么说，你不要总是轻易相信别人的话。"李有才回头望着街道，"也可能是后来接过去的。当然了，周亚薇肯定是被卷进来了，至于是事前还是事后，是同谋还是被利用，那得看证据。"

"如果你没看错，真是什么赵子龙，"狄棣双手捂住脸，试图抵挡冷风，但双手又瞬间冻透了，"那这个何煜之可真够狠的。"

"不难理解。形势所迫，痛下杀手。"李有才开始原地踏步，频率越来越快。

已经过去几十辆几百辆出租车，其中不少都是空车，有些司机还减缓车速，按着喇叭邀请他们上去，但狄棣不为所动，他把手插进衣兜里，也和李有才一起跺起脚来。跺了几下，狄棣说："周亚薇想狠狠地敲他一笔多多的钱，何煜之恼羞成怒。"

"怒从何来？"

"他和拓开来的秘密。"

"何煜之的钱多得是，况且，那是事实上的夫妻，过去那可是二姨太太。"

"女人的贪婪，你能悟到第几层？"

"我说，兄弟终于知道哥哥为什么不找对象了。"李有才笑起来，"哥哥的胆，被女人吓破了，哥哥的神经，被女人吓断了。"

一辆奥迪终于停到他们身边，狄棣和李有才一前一后钻进车里。狄棣系好安全带，扭头对朱绶鸥说："何总给你安顿什么了，等了这么长时间。"

"别谈公事，莫论国事，闯了红灯没什么，追了尾，我可担待不起。"朱绶鸥双手抱着方向盘，眼睛直视前方，听见李有才接电话，他关掉收音机。李有才接电话的时间持续了十多分钟，然后，他说：“送我们回分局吧。”朱绶鸥加快了车速，过了几个红灯，像是自言自语一样问狄棣：“周亚薇死在哪儿了？”

狄棣说：“家里。”

“何总说，你们怀疑是小赵干的？”

“不是怀疑。”

到了分局，狄棣和李有才直接去了赵副局长办公室。赵副局长穿着正装，正在吃一桶方便面，抬起头问：“吃了没？没吃柜子里还有。”

狄棣和李有才坐到沙发上。李有才说：“看样子你要出去？”

“一会儿去市局开个会。看样子，曹局长要下个决心。把老人家惹毛了。”

“面包车没着落？”狄棣问道。

赵副局长推开方便面桶子：“车是找见了，在通达商场后门的巷子里停着。车呢，是个报废车。车牌呢，是套牌。人呢，不见了。这个地方选得好啊，旧城最乱的地方，周围有农贸市场、水果批发市场、义乌小商品市场、东鹏服装城，巷子又多，七拐八拐。幸亏是周三，人流量还小一些，摄像头倒是抓了几个镜头，没什么大用，三转两转，找不见了。搞不好，已经换手了。”

“离赵子龙母亲家有多远？”狄棣手插在衣兜里。

“不远。他母亲家在西沙梁。开车去大概十几二十分钟。”

“韩建民那边，调查清楚了？”狄棣有点儿泄气的样子，但他还是追问了一句。

“车上不方便说。”李有才把围巾拉下来，抓在手上，“赵子龙说，从一早起就没离开家门。他母亲也这么说。街坊邻居都问了，路边的小店也问了。”

“沿路和门口的摄像头呢？”

赵副局长说：“棚户区，哪有什么摄像头。”

“现场呢？”

“现场的规格是今年最高的，市局的法医也去了，公安厅去了三个人，目前看不出什么名堂，即使下一步有新发现，今天晚上也不赶趟了。曹局长要拍板，等不及了。”

狄棣站起身，又坐下，然后站起身走到门口，点燃一支烟，吸了一口，吹到走廊里。

“会上，我得有个明确的意见。”赵副局长抬起手腕看看表，“目前这个情况，你们二位都要亮明观点。”

李有才站起身，走到窗户前，望着窗外。

赵副局长敲了敲桌子：“有才，你先说说看。”

李有才回过身，把围巾缠到手上，说道：“挖。”

“什么意思？”

狄棣靠到门框上，迟疑了一下，说道：“最好是明天白天干，如果上边等不及，就连夜干，雇几辆挖掘机，搞几个射灯，去湿地保护区，挖个大坑。”

“挖哪个地方？”赵副局长从皮包里取出眼镜盒，抓在手里。

“社会上吵吵的，何煜之准备盖新厂房的地方，‘蓝色银河’的新厂址。”狄棣说，“就在黄河老渡口附近，高新区与湿地保护区的交界处。”

“下面有什么？”赵副局长眯起眼。

“拓开来的秘密。”狄棣说。

“能挖出个啥？”赵副局长把眼镜盒放回包里。

“你问他。”李有才指了指狄棣，“说不定是一座北魏古城。”

“你是说遗址？”

“我也不知道，”狄棣无奈地苦笑了一下，“按理说，应该召集鹿城档案馆、社科院和高校的历史专家，以及其他什么部门，开个联席会议，挖之前先探探路。但时间要不赶趟的话，就顾不了那么多了。”

李有才接着说道：“同时对何煜之包括他的公司，还得重新过一遍，我们以前搞得不细，可能漏掉了什么东西。”

“这样，”赵副局长看看表，站起身说道，“我不能跑到会上让曹局长问个大红脸。说不准范副厅长也要去。你和你，把你们脑子里的那些玩意儿，都归拢成一句话，说出来。”

狄棣看看李有才。李有才说道：“何煜之，不是侠肝义胆的大丈夫，就是老谋深算的王八蛋。”

狄棣说：“不管挖出什么，拓开来可能用一个星期、一年或几年的时间，谋划了这个杀局，但具体策划只用了四天。至于何煜之，就像有才说的，可能帮了拓开来，但是，也可能被拓开来一起算计了。”

“再简单点儿。”

“拓开来杀了北野文，拿回了失落千年的鹿城圣物，让自己的孙子出不了国，成不了儿子那种漂流海外的废物点心，”狄棣摸了摸袖子上那块胶带纸，最后说道，“代价是赌上自己的老命。”

赵副局长拿起皮包，从衣架上取下帽子，走到门口，又返回房间中央，自言自语道：“一个受人敬重的老先生，有爱心，又大气，能掏出一生的积蓄，资助娃娃们念书，跑到恩格贝沙漠种草，筹措大资金保护湿地，突然做出这种荒唐事来。他何必给自己来上一刀，有那个必要吗？”

赵副局长一走，狄棣说：“你给老韩和小虎打个电话，我在‘天下第一涮’请客，问他们来不来。”李有才说：“还用问，这么冷的天，哪有不吃肉的。”他们小步跑着出了分局大门，顶着冷风到了“天下第一涮”。已经过了吃饭的高峰期，店内顾客稀少，老板指指天花板，他们上到二楼，坐到上次来过的小隔间。等店老板把铜火锅往桌子中间一摆，看着清水中不断涌出的气泡和缓慢游走的小枸杞、大红枣、尖辣椒、香菜叶，他们浑身上下也变得暖和舒坦了。狄棣脱掉羽绒衣，挂在椅背上，拿起筷子，等着羊肉端上来。李有才给韩建民和郭小虎打电话。

锅里的水很快就开了，羊肉和蔬菜也推了进来，狄棣端起一盘香菇，拨进去一半，停住手说道："要不是我做东，就先涮几块肉尝尝。"

"那可不行，你一吃，气氛就没了。"李有才挂好羊绒大衣和围巾，回身坐下，"咱们先闻一会儿。"

"你说，我是不是有点儿不冷静？"

"怎么了？"

狄棣掏出烟盒，放到手边说："真要动了挖掘机，下面什么也没有，这个玩笑就开大了。"

"没事，就怕别人笑话你，我才先说了一句。挖不出东西，怪我。"

不大工夫，郭小虎进来了。李有才说："正好，一边等老韩，一边挑有用的说说。"

郭小虎搓了搓冻得通红的脸，探头望着铜锅里沸腾的水，用嘴吹了吹蒸腾的热气，问道："怎么没有肉啊？"

"这不等你呢，说说看？"狄棣也问道。

郭小虎说："厅里和市局的装备确实好，真是没法比，三下两下就搞利索了。第一现场不在卫生间，在一楼的封闭式晒台。鞋子是死了以后给穿上去的，周亚薇在晒台上穿的是拖鞋。"

"说啊？"李有才不耐烦地催促他。

"厅里的人一去，窗帘一拉，打开仪器的喷头，在屋子里喷了些水雾，烘干机这么一吹，不到半小时，那个警花姐摘下墨镜就说了，周亚薇被人拖到卫生间，扔进浴缸里，还给找了双高跟鞋穿上，可能是怕凉着脚。至于死因呢，连捂带掐。掐死的？捂死的？反正是氧气不够用了。凶手戴着手套，两块来钱那种黑线针织手套。穿着一双三千多块钱的‘爱步’鞋，今年的最新款。”

“还有呢？”狄棣问道。

“还有就是，”郭小虎看看狄棣身后，“凶手挂了点儿衣服纤维什么的，检测结果呢，结合摄录图像一比对，穿的是波司登羽绒服，比你这件贵多了，市面上最贵的那一款。”

狄棣问李有才：“老韩说没说赵子龙的穿扮，他母亲家里有没有这样的衣服和鞋子？”

郭小虎说：“没有，但赵子龙穿的，可是一身新外套、新鞋子，百十多块钱那种的，有点儿意思吧？”

“你是说在东鹏、通达、义乌小商品批发市场都能买到？”狄棣问。

“如果非要往那上面靠，当然都能买到。”郭小虎说，“老韩还不来？”

狄棣不再问了，开始抽烟。李有才也开始给儿子打电话，问幼儿园有什么好玩的事情，仰着脸认真听儿子讲故事。韩建民进来的时候，他正哈哈笑着，但脸上没有显出协调一致的笑容。

韩建民说：“怎么不吃啊？还等谁呢？”

狄棣说：“就等你呢，动筷子，要不要来二两暖和暖和？”

“没那个心情。”韩建民把一盘手工刀切出的羊肉里脊倒进铜锅里，用筷子搅了搅，开始吃起来。大家也开始往里夹土豆片、夹茼蒿、夹冬瓜片，锅里顿时冒出诱人的香气。韩建民又往里倒了一盘肥一点儿的，油花花马上漂起来，晶莹剔透地翻滚着。

狄棣吃着碗里的肉，同时问道：“赵子龙他母亲那儿，就没找见一点儿有用的？”

“问我呢？”韩建民抬起头，“找人证物证那种活儿，只有新手才乐意干。我呢，有我的窍门儿。”

李有才说：“指教一下？”

“看他的眼神。”韩建民老练地夹出一块土豆片，放到碗里的瞬间，正好夹断了，冷笑了一声说道，“我盯着那浑蛋的眼睛看了三秒钟，就把他看明白了。”

“这么说有结论了？”李有才问。

“没有。”韩建民回答道。

“没有？那你看明白个球！”

“眼神不能作为证据。”韩建民哈哈大笑起来。

肉全吃光的时候，狄棣问要不要再加几盘，大家都说不要了，他把店老板叫进来，付了账单，突然看见何氏会馆的万能卡还在皮夹里，抽出来扔给郭小虎。“怪不得开车往桥上撞，万能卡忘了还给张经理了。”狄棣是在自言自语，其他人也没太注意他说什么。但他自己听得很清楚。由万能卡想到了张经理，由张经理想到了张经理的姐夫，然后想到柳树驿村，想到柳树驿村所在的湿地，想到与湿地保护区紧邻的高新区，想到自己撞到桥上以后站在路肩上眺望黄河老渡口的孤寂和无助。他问道：“柳树驿村距离高新区那块拓出去的地方有多远？”

李有才说：“小虎去过，你问他。”

狄棣望着郭小虎。郭小虎掏出手机说：“我也没注意。我帮你算算。”他点开高德地图，移动，放大，移动，放大，又测算了半天，终于得出结论。“三公里左右，不到四公里。”

李有才问：“想起什么了？”狄棣说：“没什么，随便问问。”吃完饭，郭小虎去公安厅和市局取检验报告和鉴定结论，韩建民返回西沙梁接着摸排，李有才和狄棣回办公室重新翻看有关何煜之以及企业的相关背景材料。

大约到夜间十一点，赵副局长打来电话，说他先回家一趟，再来分局。李有才问：“会上定了个什么调调？”赵副局长说：“多拧了一圈儿紧箍咒而已，曹局长觉得直接挖开太莽撞，没有明确的线索就贸然行动，没有结果会出笑话，他建议明天由文化局牵头，召集社科院、档案馆和相关部门的明白人，多方咨询一下，再做决定不迟，总而言之，用不着咱们操心，咱们等消息就行了。”放下电话，李有才问狄棣：“接着熬夜，还是回家睡觉？”

狄棣看着眼前一大摞一大摞的材料，把摊开的归拢起来，站起身说道：“回去睡吧。记得告诉周晨曦一声，周亚薇、何煜之这几天联系过哪些人，让他把名单拉出来，琢磨琢磨。”

回到家里，狄棣按开热水器准备洗衣服。为了加快进度，他在煤气上烧了一壶水，不等水烧开就倒进洗衣机。洗衣液倒得有点儿多，漂洗了三次，下水管流出的水才不再浑浊。晾好衣服，他想歇一歇，李有才来了电话，声音很轻，看来是怕影响老婆睡觉，躲在阳台或者书房里打的。李有才说：“小虎刚才来了电话，化验报告和鉴定结论都取回来了。情况是这样的，从周亚薇家里提取了一些陌生人的头发，通过DNA比对，有几根与卢军达家里那两根是同一个人的。”

狄棣说：“韩建民应该从赵子龙头上揪两根，也拿去比对比对。”

李有才说：“打电话就是想告诉你这个，赵子龙的头发也拿去D了一下，但都对不上，看来是看走眼了，杀死周亚薇的另有其人。我也是累了，眼睛不好使了。”

狄棣说：“没关系，人家戴着墨镜，又有羽绒衣的立领挡着，而且还不是特写，看走眼是正常的，但我们绝对在哪儿见过。”

李有才说：“肯定在哪儿见过，而且这个人能随便叫开周亚薇的门，说明他认识周亚薇。或者，即使不认识，但他们都认识另外一个人，另外那个人，肯定和周亚薇联系过，否则不会给他开门。”

狄棣说："让周晨曦把周亚薇的电话、微信、短信记录捋一捋，杀死周亚薇的那个人，或者是你说的'另外一个人'，肯定在咱们的视野之内，不难找。"

放下电话，狄棣看看表，必须马上睡觉，昨天没睡，今天再不睡，明天什么都干不成了。他关了灯钻进被窝里，被窝里真冷，焐热的同时睡意也渐渐来了，蒙蒙胧胧就要睡着的时候，手机又振动起来。他打开台灯，接起手机。李有才在电话里说："你马上来分局。看样子，有些眉目了。"

狄棣坐起身，开始穿衣服，心里想肯定是周晨曦那儿有了突破。车上了外环路，他看看表，将近三点。整个外环只有零零星星几辆出租车被自己甩在后面。快到分局门口的时候，他看见刑警的两辆越野车和特警的三辆厢形车相继出了大门，一路向西驶去。

到了李有才办公室，门敞着，灯亮着，房间没人。他上楼去了赵副局长办公室，灯亮着。他敲敲门进去，赵副局长正坐在办公桌后面，握着水杯，手心里托着几粒小药片，眼镜滑到鼻尖上。狄棣笑着说："值班呢，还是躲着嫂子不回家？"

"值班呢，你们扰我；回家呢，你嫂子扰我。没个清静的地方。"赵副局长喝完药，把水杯放在面前的地图上，"半夜把你招呼过来，有点儿不好意思，不过嘛，再有两三个小时天就差不多亮了，咱们得赶快行动。"

狄棣坐到沙发上："有才说有进展。"

"对，他们已经在路上了。"赵副局长摘下眼镜，"长话短说。晨曦刚才来了电话，是这样的，昨天早上八点多，周亚薇给拓展打了个电话，持续时间有二十多分钟。不到九点，拓展给宇文扬打了个电话，持续时间有四分钟。九点十分左右，拓展给周亚薇打了个电话，持续时间大概有五分钟。"

"我想起来了！开面包车的司机是宇文扬！怪不得这么面熟呢。"狄棣拍拍脑门，"我倒是不吃惊，他们是发小。拓展这次回国，在北京耽搁了一天，就住在宇文扬的寓所。”

“不管是不是他，咱们都必须试一试。”赵副局长说，“老韩带了一组，去了他家，不远，就在金鹿大厦附近。有才带了一组，去了榆木山庄，把拓晓晓藏在那儿，临时歇歇脚，倒是个好地方。”

狄棣停顿了片刻，说道：“如果真是他，有些事情就能解释通了。当然了，DNA比对结果必须一致。”

“说说看。”

“周六上午，我和有才去榆木山庄找他咨询那个玉棋盘，现在看，是我们把他引到这团乱麻里来了。”狄棣苦笑着说道，“宇文扬喜欢那个玉棋盘喜欢得不得了。我推测，我们走了以后，他就打起了主意，所以就有了当晚卢军达的死。他肯定是找卢军达问情况去了，结果不小心把老爷子弄死了。”

“他们熟悉吗？”

“卢军达、宇文扬、拓开来，都是民俗博物馆的股东。宇文扬肯定是从高洪波那儿知道卢军达参加了何氏会馆的晚宴，他想找卢军达问问情况。拓展在北京住到他家里，他们说了什么？我看，离不开那个玉棋盘。宇文扬半道杀出来，卷进这个案子，是奔那个玉棋盘去的。”

赵副局长说：“小周已经定位了宇文扬的手机，显示的位置在他家。到现在为止，这个手机就没挪动过地方，我估计，宇文扬根本就没带在身上。你这么一说，搞不好，有才和老韩白跑一趟。”

“我现在就去找拓展。”狄棣站起身，“你赶快眯一会儿，血压高了别怪我们。”

第六卷
虚实

“他在雨地里不知走了多少天，在泥泞中跋涉，在密林中穿行，在荒野中投宿。雨不断地下，像在催促他，也像在阻止他。就这样，他一路向北，向东，再向北，再向东，继续向北，继续向东，从雨地走进雪地，从秋天走进冬天，直到进入另一个国度另一个世界才迎着升起的太阳向南走。”

拓展抬头望着窗外，希望能从楼群上方的某个地方也看到太阳，希望找到方向感，因为他不知道接下来该如何继续，思路突然断了，手指停留在键盘上。他想起“东临碣石，以观沧海”那一句，但不能给他什么启发，曹操用的是一个“观”字，拓跋睿哪来的心情去“观”呢？窗外的夜空像是茫茫大海，距离吐出晨曦升起朝阳还得几小时，拓展低下头，目光在屏幕上游移，然后，手指开始动起来：

“他站在岸边，眺望大海。渔民的小船驶离堤岸，渐渐隐没在晨雾中；偶尔有一艘降下帆的大船从雾中驶出，几艘小船拖着，慢慢靠近海岸。拓跋睿还在犹豫，他拿不定主意，下不了决心。一个老渔夫拖着网从他身边走过，望了他一眼，脚印被渔网抹平。渔夫的小孙子背着一捆绳子，在刚刚被抹平的沙地上踩出新的脚印。拓跋睿的目光追着那串脚印，一直追到海水浸泡的岩石上。望着老人，望着少年，他想到了自己，已过而立之年，但从没见过自己立得住立得稳；已过不惑之年，但惶惑仍旧伴随左右；未到知天命之年，但天命就像一滴水，一望便知；未到耳顺之年，但耳朵似乎已经聋了。他猛然大笑起来，哈哈哈……”

拓展停住手，到茶几上摸索烟盒，摸到手里，抽出一支，点着以后，抽了几口，眼睛始终没离开屏幕，然后，他对着屏幕哈哈大笑起来，然后，拉灭沙发旁的台灯，捂住脸，哭了起来。

狄棣关上车门，沿着路肩向泰禾小区的大门走去，派出所的一个年轻干警在门口等着他。狄棣递给小伙子一支烟，虽然没有风，打火机却打不着。小伙子掏出闪亮的打火机，当的一声，金黄色的火苗稳定地闪耀在眼前。狄棣凑上去点着烟。小伙子把打火机递过来：“送你了。”

狄棣说：“这么贵重，开什么玩笑。”

小伙子冷笑一声：“这种天气，这种时候，站在大街上，只能用这种打火机，你那种，不好使。”

“我也在基层待过，不要见着一个人就挖苦。”

“我进院看了看，灯还亮着呢，大阳台的窗帘没拉上。”小伙子的脸冻得红红的，被大门口的射灯一照，好像上面结了一层冰，棉帽上挂满了白霜，“所长说你要去家里问话？叫到所里多方便。”

“我还是去他家里。你回去吧，回去替我谢谢你们所长。”狄棣抬起手腕，卸下手表，最后看了一眼时间，“你要送我打火机，我把这块表送给你。”

狄棣爬楼梯的时候用力跺着脚，各个楼层的灯泡逐个欢迎他的来访，一不小心爬到了五楼，然后又折回四楼。在四楼，他想不起来是左边这个门还是右边这个门。左边的防盗门上落满尘土，门把手上也是，在灯泡的照射下更是显眼，好像住户去海南晒太阳，走了几个月似的，这个门很长时间没人碰过，门缝里插着几张铜版纸广告，也落满了灰尘。右边的防盗门是干净清爽的，狄棣闭着眼停顿了片刻，开始敲门。

拓展推开门。狄棣握了握他的手说："收到短信了？"

拓展把他让进来，他们坐到客厅的沙发上。拓展推开笔记本电脑，把烟灰缸摆到狄棣面前，问道："什么短信？"

"没什么，给你发了个短信，说我要过来找你聊聊。"狄棣指了指笔记本电脑，抬头望着拓展，"一晚上没睡？写作是一件辛苦事。"

"睡不着。"拓展从茶几下层拿出一盒高档烟，扔到狄棣手边，"习惯了就谈不上辛苦不辛苦了。"

狄棣说道："你把孩子弄哪儿去了？"

"什么？"

狄棣从沙发上坐起来："孩子，你的孩子。"

拓展的脸色瞬间凝固，表情消失了，目光停留在烟灰缸上。

狄棣说："为了你的孩子，这个案子你可不能陷得太深。"

狄棣掏出烟盒和打火机，接着说道："周亚薇给你打电话，你又给宇文扬打电话，宇文扬把孩子带到哪儿去了？"

"他是我的朋友，这种事，我该问谁？"

"你应该问我。"

"正是为了孩子，我才不能问你。"

狄棣说："宇文扬把孩子带到哪儿去了？"

"我没让他接走晓晓，只是问了问他。"

"问他什么了？"

"我问他，能不能想个其他办法，把晓晓送到美国。"拓展抬头绝望地望着狄棣，"你最清楚，现在这种情况，走正常程序，你们不会让他走，大使馆也不会签。"

"宇文扬怎么说的？"

“宇文扬说，让他想一想，办法会有的，先别告诉警察。”

“糊涂！”狄棣抽出两支烟，递给拓展一支，打着打火机。

拓展惊了一下，隔着火苗说道：“谁能知道晓晓究竟干了些什么！周亚薇说，玉棋盘就在晓晓书包里。”

狄棣点燃香烟，冷静了一下，尽量使自己的声音柔和一些：“我能理解你的顾虑。你知道，等案子的来龙去脉搞清楚了，我们也想让晓晓跟在你身边，大使馆当然会签字的。就算晓晓在整个事件当中做了什么，他还是个孩子。”

拓展又一次变成一座雕塑，更像是一张照片。

狄棣说：“你把晓晓的行踪告诉宇文扬了？我是说，晓晓在周亚薇家的行踪。”

“是的，告诉他了。”

“那好吧，我不埋怨你，换作是我，遇到困难，我也会找个知心朋友商量的。”狄棣说，“问题是，很有可能他把孩子接走了。”

“接走也好，你们找到他，让他把孩子送回来。这件事，算我的错。”

狄棣苦笑了一下，靠到沙发上，像看腻了一张照片一样，把目光从拓展脸上移开，离得尽量远一些。“昨天早上周亚薇给你打电话，说什么了？”

拓展擦了擦眼睛，嗓音有些嘶哑：“周亚薇告诉我，晓晓在他家，警察正在满世界找他。还说，何煜之可能一两天把孩子接走。还说，看在拓开来是个好人的份上，通知你一声。还说，何煜之要是接走了，恐怕三年两年见不到了。”

“然后你就给宇文扬打了电话？”

“嗯。”

“之后你给周亚薇回了电话，你们怎么交流的？”

拓展说：“我告诉她，让她再等等，我正在想办法。”

“她怎么说的？”

“她说，尽量快一点。”

狄棣忽然变得温和起来，他靠近拓展，轻声问道：“周亚薇有没有向你透露，或者流露出，那个，何煜之接走晓晓究竟图个什么？晓晓身边的玉棋盘，对他来说，没什么意思，他经营的是大公司，做的是大买卖。你懂我的意思？”

“她没说。我现在这种境况，还能听出话外之音？”

“那好吧。”狄棣站起身，又坐下说道，“如果宇文扬帮你把晓晓送出国，他可能想个什么招？驻华大使不是他亲爹，也不是拜把子兄弟，你既然找他商量，不找别的朋友，说明你至少对他有个念想！”

拓展迟疑了一下，说道：“他在哈萨克斯坦有贸易伙伴，近几年和那边的贸易往来很频繁。说不定，晓晓能坐火车出去。”

“让孩子坐在集装箱里？像一卷丝绸一样过海关？”狄棣又站起来，“拓展兄，亏你还是个文化人，今年多大了？”说完又觉得自己的话太不妥当，缓了缓，伸出一只手说，“有优盘吗，把你的大作拷给我看看。”

拓展从台灯架子旁边的帆布包里找出一个优盘，插到笔记本电脑上。“都拷上去了，相关的都拷上去了。别见笑。”

“没有。”狄棣接过那个蓝色的像卡通娃娃一样的小东西，“其实我很敬重你。”

离开拓开来家，走到小区大门口的时候，他突然站住，走进传达室问值班的保安，小区的物业经理叫什么名字，手机号码是多少。保安递给他一张塑过封的卡片，狄棣看了看，装进衣兜。进到车里，他给李有才打电话。李有才说，宇文扬在家呢，韩建民弄回局里了，但孩子不在宇文扬身边，榆木山庄我也去了，没有。狄棣说，没有就算了，不奇怪。

进了分局停车场，狄棣把车停在一辆红色马自达旁边的空位上，下了车，他看着这辆马自达，想起了范美玲，想起她今天要去北京与赵静雨会合，于是掏出手机给她打电话。狄棣说：“我送你去机场怎么样？”范美玲在电话里大概哼了一声。狄棣追问道：“还冒火呢？”

范美玲突然愉快地笑起来：“多蠢的人才会跟你生气呀，我爹送我。回来的时候，接我一下，倒还行。”狄棣望着晨曦初露的蓝天，心里想着今天应该是个晴天，气温会掉头向上的，嘴里说了一声“没问题”，快步走进办公大楼。

李有才在沙发上仰躺着，警服外套还没脱下来，见狄棣进来，坐起身揉着眼睛问几点了。狄棣说，离吃早点还有几支烟的工夫。李有才躺回沙发，又把眼闭上。狄棣问：“宇文扬在哪儿关着呢？”李有才朝办公桌的方向指去，随即垂到沙发外沿。狄棣走出房间，来到隔壁专案组办公室，周晨曦坐在办公桌后面正在和宇文扬说什么。宇文扬背朝门坐在周晨曦对面，手里夹着一支烟，回头望着狄棣。周晨曦拿起两张纸，扔在桌边，同时用下巴指了指。狄棣拿在手上，说道：“这么晚把宇文兄请过来，真是不好意思。”

“应该是这么早。”宇文扬一抬手，烟灰掉进笔筒里。

周晨曦对狄棣说：“头发拿去比对了，韩建民也去核实了，要是有惊喜，你得换个称呼。”

狄棣看着手中那两张纸，一张是周亚薇近段时间的通话和短信清单，另一张是何煜之的，上边用不同颜色的笔做了标注。他把纸折起来，放进衣兜，拉过一把椅子：“比对结果什么时候能出来？”

周晨曦说：“郭小虎在公安厅等着呢，他什么时候打来电话，什么时候结果就出来了，不过已经不重要了。”

狄棣说道：“不重要也得走个程序，我们这份工作经常让我们自己举止失措。”

“不用自谦。配合公务人员工作，是每一个市民应尽的义务。”宇文扬像在社区宣传栏前念一份公告，把每一个字都念得清清楚楚。

“卢军达的家，周亚薇的家，你都去扫了一遍，是吧？”狄棣给宇文扬递过一支烟。

宇文扬没看见的样子，说道：“已经问过两遍了。”

“我想再听听。”

“那好吧。”宇文扬把过滤嘴摁到烟灰缸里，“是去过，都去过。‘扫’是什么意思？”

“没什么意思。”狄棣说，“先说说去卢军达家里的情况。”

“那天晚上，我去老卢家里坐了坐聊了聊，然后就走了。”

“那天晚上卢军达死了。”

“死了怎么能说话？还把我送到门口？”宇文扬眯起一只眼，“我跟他们已经说了，老卢家门口安装了一个针孔探头，当时如果开着，都录进去了。”

“你怎么知道？”

“我帮他买的，还帮他弄好。用了不到一年，应该没坏吧。”

周晨曦说：“韩建民去了。不急。”

狄棣说：“你去周亚薇家，开的不是面包车？”

“我开越野车。”

“你从哪儿进去的？”

“车库。从车库进去的。”

“车库门没锁？”

“没有。”

“怎么不走正门？”狄棣耸了耸肩膀，“从车库进去算是走后门吗？”

宇文扬冷笑了一声：“别墅后面是车道，车在上面走的。别墅前面铺的是彩砖，人在上面走的。你说，我该走正门还是走后门？”

“进去她活着还是死了？”

“死了。”

“你开的什么车？”

“黑色的卡宴。”

“进小区没登记？”

“没让我登记，”

“直接进去了？”

“是啊。你们可以看监控。”

周晨曦咯咯大笑起来：“这门卫也是狗眼看人低。”

狄棣也微笑起来，见宇文扬用嘲讽的眼光瞥他，他站起身说道：“既然这样，不用等老韩和郭小虎的电话了，咱们吃早点去，好离好散，不伤感情。”

“谢谢了。还是等一等好，要不，刚回家又被抓来，我也尴尬，你也麻烦。”宇文扬话音里没有走的意思，但人却站起来。狄棣送他到电梯口，宇文扬主动伸出手，狄棣握着他的手说：“我有你微信，回头我们再联系。”

回到办公室，周晨曦说：“那两张纸你看了？”狄棣掏出那两张纸坐到他对面，又认真捋了一遍。

“画三角的那几个，估计你感兴趣。”

狄棣又把下面那张纸拿到上面，周亚薇在案发第二天凌晨六点零五分接了拓虹一个电话，通话时间将近十分钟；六点三十五分又是一个，通话时间不到一分钟。他抬头望了望周晨曦，脸上露出难得的微笑。

周晨曦两手交叉托住脑后的秀发，靠到椅子上说：“案发六小时多一点儿，拓虹就给周亚薇打电话，这个点钟，她们这种关系，打哪门子电话？看样子，拓虹也没跟咱们说实话，你那个老搭档被个小女人骗得团团转。”

“你是说，拓虹把拓晓晓送到了周亚薇那儿，交接时间是六点三十五分之后一点点，见面的地点可能就在路边。然后，拓虹去了何氏会馆，和咱们的人见面。周亚薇呢，把孩子在家里安顿好，然后给何煜之打了电话。”

“说对了。”周晨曦坐起身，探过脸来，“拓开来这一家人真他娘的不简单！老中青三结合，干得是天衣无缝！”

“晨曦兄，我真得这么称呼你了，这是发自肺腑的，不掺假。”狄棣把那两张纸插到一个文件夹里，“后生可畏！”

“你这么一表扬，我倒蒙了。”周晨曦立马变得严肃起来，“就为拿回玉棋盘？如此大费周章？拓开来还潇洒地把自己杀了？”

“我是这样想的，”狄棣说，“拿回玉棋盘可能是原因之一，还有更大的动机隐在后面。肯定是拓开来大造声势，向外界传出何煜之要盖新厂房的消息，他想故意吸引媒体、民众、公益组织的注意，什么意思？何煜之跟我说，拓开来要在死后让自己的骨灰埋到那个地方，什么意思？何煜之被利用了，还是他们背后有什么交易，现在还不清楚。但是有一点是清楚的，拓晓晓对何煜之很重要，何煜之关心的是那孩子，而不是孩子书包里的玉棋盘。”

“照你这个推断，我们就不必着急上火了，可以悠着点儿来，至少孩子是安全的，还省得咱们供饭呢。”

“但愿吧，”狄棣听着周晨曦的话，想到了北京的赵静雨，想到了正要去北京的范美玲，于是说道，“小赵和小范要是能带回点儿好消息来，就好了。”

“我也觉得奇怪，”周晨曦说，“‘蓝色银河’就这么离不开那孩子？其他类似公司也需要一流棋手帮着测试？这几天在网上看，中国的一流棋手多如牛毛啊，非得雇个孩子？当然，人家是神童。”

“哎，你把那两张纸再给我看看。”狄棣指了指文件夹。周晨曦拿指头挑出那两张纸，拨到狄棣手边。狄棣拿起标着周亚薇的那张，眼睛凑上去，重新捋了一遍。周亚薇接打电话太频繁，一张纸上满满的，字小小的。“蓝色银河”的张剑前天上午九点多给周亚薇打了一个电话；再往前推两天，周日晚间十点多周亚薇给张剑打了一个电话。通话时间都很长，都超过了二十分钟。“这两个人，通这么长时间电话，什么意思？”

“哪两个？”周晨曦接过狄棣递来的纸问道。

狄棣说：“她和张剑，‘蓝色银河’那个海归。”

周晨曦抖了抖那张纸，笑道：“有什么奇怪的，都是何煜之的身边人，认识的机会多了，说不定还有一腿呢。”

狄棣笑着说：“要是平时，一打眼就过去了，但是现在这个情形，咱们得多绕个弯子。”

“这种人不容易对付，”周晨曦把纸扔在桌子上说，“我去‘蓝色银河’那几次，他们跟我说话，那姿态，就像长颈鹿对蚂蚁。”

“好办，”狄棣停顿了一下，敲了敲手中的打火机，“让老韩办。叫到局里来，演一出秀才遇见兵。”

去食堂吃饭的时候，狄棣和周晨曦去叫李有才。李有才眼睛都没睁，说了声“帮我带点儿上来”，一扭头，换了个更舒服的姿势，继续睡去了。吃了早点，上楼的时候，狄棣安顿周晨曦，等韩建民叫来张剑问话的时候，招呼一声。然后，他去了警官宿舍，躺到床上很快就睡着了。

郭小虎推醒他的时候，已经到了中午。狄棣内疚地说道：“还没睡呢，就睡过头了。”他跟着郭小虎下楼吃饭。天空积蓄了厚厚的云层，蓄势待发，看样子又要下雪。饭堂人不多，看来有些干警已经吃完离开了，李有才他们几个和赵副局长占据了靠窗的一张桌子。狄棣端着餐盘走过去。赵副局长说：“我刚从市局回来，下午开挖。”

“专家研究出名堂了？”狄棣坐在李有才旁边。

“他们倾向于鹿城抗战时留下了遗迹。”赵副局长笑着说，“和北魏古城没什么关系。”

韩建民说：“能挖出什么来？炮弹？日本兵的军刀？”

狄棣说："查得怎么样了？宇文扬说的真是那么回事？"

韩建民说："是呢，录像我都带回来了。不过吓唬吓唬他也好，省得他以后干坏事。"

"咦，那个针孔探头能把宇文扬录进去，"狄棣探过脸问韩建民，"其他人进去也能录进去。"

"那可不，把赵子龙录进去了。"

"声音录进去没？"狄棣问，"说什么了？"

"呔！曹操老儿，俺乃常山赵子龙也，前来取你狗命！"韩建民哈哈大笑起来，"没录进去。"

"这么说，那个面包车司机真是赵子龙，有才没有看走眼。"狄棣停住手中的筷子，"让附近派出所的人盯住他。"

"晚了。"李有才瞥了一眼赵副局长，"没影踪了。手机扔在他母亲家，没法定位。这事儿怨我，不怪老韩。"

"没事儿，他跑不了。"赵副局长放下筷子，站起身说道，"下午你们两个都去高新区，看看能挖出个啥，挖不出有用的，你们两个给曹局长做解释。"

等赵副局长离开，周晨曦说："张剑已经弄过来了，在候问室待着呢。"

狄棣问李有才："你也去看看？"

李有才说："没那闲工夫。上午把何煜之公司那一堆材料看完了，我再琢磨琢磨那个。"

吃完饭，狄棣跟着韩建民去了询问室。韩建民敲敲通向候问室的门，一个年轻干警把张剑让进来。韩建民把门使劲一关，推了张剑一把，让他坐到凳子上，然后大摇大摆地绕过桌子，坐在狄棣旁边。狄棣掏出记事本，把从泰禾小区门卫那儿拿来的卡片夹进去，又掏出一支中性笔放到桌上。

韩建民盯着张剑看了几秒钟，然后问："说说你干的好事，学问家。仔细描述一下你杀死周亚薇的全过程。”

“什么？”张剑愣了一下，“周经理死了？”

“别装糊涂！快点儿说！”

“胡说什么！怎么会是我干的，怎么死的？”

“种种证据都指向你，你把她掐死了！”

“真是胡扯，我得找个律师。”张剑的脸上充满了惊讶、惶恐、愤怒等等各种复杂的表情，脸上泛起了红晕，继而变得苍白。

“找个律师？你还是找找你的良心！”韩建民拍了一下桌子，非常愤怒的样子。

狄棣佩服地瞥了他一眼，然后插话道：“张剑，前天上午九点多，你给周亚薇打了一个电话，说了什么？之前的两天，周日晚间十点多周亚薇给你打了一个电话，说了什么？先说这个。”

“没什么，随便唠唠，朋友之间打个电话怎么了？”

“看看你的本事！”韩建民突然从衣兜里拉出一条一米多长的绳子，扔到桌上，“你看看，这是什么？”

张剑看了一眼那根绳子，本能地后撤了一下身体，然后平静地说道：“绳子，怎么了？”

“你摸摸是什么材料的绳子？”韩建民的声音变得异常温和。

张剑伸手摸了摸绳子，手指有些颤抖：“尼龙绳吧，应该是。”

“说对了。”韩建民愉快地笑了起来，“这就是你勒死周亚薇的凶器。看看，上面有你的指纹呢。”

“岂有此理！”张剑怒吼道，脸涨得通红，站起身想揍韩建民。但他还是克制了一下，说道：“上面还有你的指纹呢！”

“是，是有我的指纹，”韩建民乐呵呵地说，“但我是警察。”

张剑坐回凳子上，看样子不想揍韩建民了，但准备揍这个世界。

狄棣插话说："你们打电话说了那么长时间，都说了些什么？说清楚了，我们不会难为你，否则的话——"狄棣伸手指了指那根绳子。

张剑的目光有些迷离，沉默了片刻，说道："周亚薇问我试管婴儿的事。"

"很好，不急，慢慢说，把来龙去脉说得详细点。"

张剑说："何煜之和周亚薇想采取试管婴儿的办法，要个男孩。但到北京上海试了几次都不成功。问题主要出在何总身上，这是隐私。"

狄棣说："我们不会乱讲的，你看，都没做记录。"

张剑说："周经理打电话，问我医学界有没有什么新的进展，她有个想法，想用别人的精子来做，让我利用去北京上海出差的机会帮帮她，但是不能让何总知道。电话里聊的就是这件事。"

"你没有答应她，是吧？"

"我当然不会答应她。"张剑伸出手，无奈地挥了挥。

"前天晚上，你给她打电话，说什么了？"

"我想我不能敷衍她，更不能骗她，毕竟，周亚薇那个人很善良很热心。我想来想去还是打了个电话告诉她，何总准备采用基因编辑婴儿的办法要个男孩。她问我是什么意思，我给她解释了半天，看样子她很绝望。"

"用这种办法要个孩子，跟周亚薇就没什么关系了，是吧？"狄棣说，"我对这个领域一窍不通。"

张剑说："是这样的，周亚薇被排除在外了。何总想用高智商基因进行组合。"

"拓晓晓就是其中的一个，是吧？"狄棣把身体靠到椅子上，长长地出了一口气，似乎已经失去了把谈话继续进行下去的力气。

"是这样的，但目前条件还不很成熟，特别是在国内。"

狄棣的嘴角有些颤抖，他掏出香烟，抓在手里，接着又放回衣兜里。韩建民伸出指头把那根绳子拨到地下，站起身说："好了，久居海外，来我们工作的地界体验一下生活，也是好的。我送你回去，这个地方说的，不能再告诉任何人，特别是何煜之！"

狄棣走到院子里的时候，天空已经飘起了雪花。他从大楼的后门进去，走安全通道去了李有才办公室，把刚才的情况节略告诉了他。李有才什么也没说，站起身去了高副局长办公室，十多分钟后回来了。他穿好羊绒大衣，一边拿围巾，一边拨了个电话。在电话里，他让赵静雨找一家权威机构问问，基因编辑婴儿是怎么回事，高智商基因组合是怎么回事，像拓晓晓这个年纪的孩子，现在就能用他的基因编出个婴儿，还是得等几年再让他往大长一长。可能是把赵静雨问糊涂了，李有才不耐烦地说，找公安部的相关部门，让人家出面问问。说完了，朝狄棣招招手。在去高新区的路上，李有才突然拍了一下方向盘，打破沉默："孔夫子还是孟夫子说的？不孝有三，无后为大。何煜之学得很明白，但做得很糊涂。"

狄棣按下一截车窗，让雪花吹在脸上，闻着窗外漫天飞舞的白雪散发出的清香，说道："何煜之下一步棋怎么走，不用动脑筋，就能猜到。"

"我正准备跟你说这个事儿呢，一生气，忘了。"李有才把车拐上通往高新区的林荫大道，"朱绶鸥不是说何煜之要去哈萨克斯坦吗，他的话给我提了个醒儿，我查了查他在哈萨克斯坦的投资情况，他们在阿斯塔纳准备合作搞一个高科技公司，现在正筹划得紧呢。"

"这个老先生，准备把拓晓晓弄到阿斯塔纳去，真是异想天开。"狄棣关上窗户。

进了高新区大门，李有才放慢车速，绕过一座高耸的抽象派风格的雕塑，拐入通向南区方向的林荫路。各家公司的大楼和厂房显然经过高手的点化，布局错落有致，虽然到处都覆盖着白雪，但透过漫天飞舞的雪花望去，苦心的绿化和绿化的成果却一目了然。李有才没有把车开进路过的公共停车场，而是直接开到路的尽头。稍稍隆起的坡顶上停了十多辆车，狄棣看到三个巨大的白色帐篷矗立在坡顶靠前的地方，柳树墙从那里拐了个弯儿向南伸展出去，然后折向东南方，隐没在弥漫的大雪中。

他们远远地停下车，踩着积雪步行朝帐篷走去。狄棣没有听到挖掘机和其他类似重型机械发出的声音，是不是坑已经挖开了？他的心一紧。

十多个人站在大坑旁边，有的朝坑里望着，有的互相交流着什么。坑有半个足球场那么大，狄棣还看不到有多深。突然，从大坑靠近帐篷一侧的斜坡上露出两个人的头部，紧接着，狄棣看到他们抬着担架往上走，担架上放着什么东西，上面盖着防雨布。紧接着，又是一组。紧接着，又是一组。紧接着，狄棣望见了坑的底部，更多的人分散在不同的位置忙碌着。坑大概有六米多深。周晨曦站在大坑边上的人群中，嘴里含着一支烟。雪花飘得密集、宁静，三辆挖掘机和一辆履带式钻机远远地停在柳树墙下边。

狄棣走到大坑边沿。他惊呆了。

李有才站到他旁边，望着下面，过了片刻，解下挂在胸前的围巾。

周晨曦提着雨伞走过来，胳膊下夹着一个厚厚的牛皮纸文件袋，吹掉嘴里的烟卷，说道："文物局的人粗略估计了一下，至少有一百具以上，看样子，对方把柳树驿半个镇子的人屠了。"

"怎么杀的？"李有才问。

"机枪，机枪扫的。"周晨曦把文件袋递给李有才，"每具尸体上至少有几个枪眼。"

李有才抽出文件袋里的材料，周晨曦撑开雨伞。李有才一张一张翻着，有鹿城档案馆原始材料复印件，有鹿城大学人文学院专家组的专题报告，有盖着鹿城博物馆印章的照片打印件，有不同字迹一笔一画写下的口述记录，最下面一张是曹局长以副市长的名义签发的会议纪要副本。李有才碰碰狄棣的胳膊。狄棣摆摆手。周晨曦接过那沓纸放回文件袋，说道："一九三七年十月，一支抗日分队袭击了美岱召的日本兵据点，然后撤退到柳树驿这个地方，日本兵追到这里，把镇围了，把小分队的人都杀了，然后，赶着镇上的村民来到这个地方。日本兵的指挥官在村民们挖坑的时候，居然架起桌子玩起了围棋，名字嘛，北野正雄。"

狄棣跟着李有才上了车。在回城的路上，李有才打破沉默："父债子还，天经地义。"见狄棣不吱声，接着说，"看看这天气，雪下个没完，好像这段时间就没停歇过。"

"夏天还下雪呢，有什么稀奇的。"狄棣望着前面的路。

驶过英雄广场的时候，狄棣说道："我想起来了，咱们第一次去拓开来家的时候，你记得吗，拓开来的书房，椅子上面放着一本书，叫《鹿城抗战资料丛刊》，当时我没在意，现在想想，拓开来动手前，还温习了一下功课，看样子，准备给北野文讲一讲。"

"是，应该是。"李有才说，"先一刀捅进去，看着他流血，流啊，流啊，然后才开口告诉他。"

"其（棋）势，不可挡。"狄棣说道。

"什么？"李有才问。

狄棣说："是围棋方面的一句话。古人说的。"

"古人说过的话老是看不懂，不过呢，充满玄机，妙不可言。"

狄棣掏出记事本，取出那张塑封的卡片看了看，给物业经理打电话。狄棣告诉对方自己的身份，然后问他，拓开来对门的那户人家住的是谁。对方说，你等等，我查查。过了一会儿说道，一个叫严志军的。狄棣问，这几年的物业费都是他交的？对方说，你等等，我查查。过了一会儿说道，近三年是一个叫拓虹的交的，收据上有签字呢。狄棣说，拓虹是他对门那家，你别看错。对方说，看不错，收据都紧挨着呢，拓虹先交了自家的，然后又替对门交了。狄棣问，你是哪年当的物业经理？对方说，今年。狄棣把手机扔到储物箱上，对李有才说："让郭小虎带上箱子，去拓开来家等着。"

李有才踩下刹车，让警笛响了几声，拐过双黄线掉了头，问道："对门怎么了？"

狄棣说："很长时间没人进出了，防盗门上的土有一尺厚，再听听物业经理刚才那番话，这不明摆着吗。"

"邻里之间互相照应一下，有何不妥。你想到什么了？我没心情思考。"

狄棣说："拓开来那么有钱，才住一百三十多平方米的房子？"

"呵呵，你是说拓开来把对门那家也买下了？然后墙上挖个洞，安个装饰门，这倒有点儿意思。去房管局一查就明白了。"

他们到了拓开来家的时候，郭小虎正坐在沙发上和拓展聊天，茶几上仍然是打开的笔记本电脑和散落的纸张。寒暄之后，狄棣问道："拓虹不在家？"

"买菜去了，马上回来。"拓展沏了一壶新茶，大家都默默地喝着，可能找不到合适的话题，也可能努力回避不合适的话题，等拓虹一进家门，狄棣站起身跟着她进了厨房，说道："门在哪儿，帮我们打开它。"

拓虹把塑料袋里的蔬菜取出来，放进水池里，然后说道："门？"

"对，连通对门那一家的门。"

拓虹疲惫地转过身来，睫毛后面的眸子像是按了暂停键，稍停片刻，又按了播放键。她走出厨房，进了拓开来的卧室，站到门口，等狄棣从她身边侧身进来回转身的时候，抬起一只手说道："这就是。"

狄棣顺着她手指的方向，疑惑地看看门，顺便瞥了一眼镜子里的那个自己，然后明白了她的意思。她走过去拉开镜子，后面是一个嵌进去的书架，书架上只摆了一套《饮冰室合集》。她像推门一样推开书架，回头望了一眼狄棣，抬起脚走了进去。

狄棣跟着跨过门，像跨入了另一个时代，跨入了另一个世界，跨入了一千年前。眼前看到的柜子桌子瓶子罐子，好像都在一米以下，让他觉得自己好像突然长高了一大截，这样的布置和陈设，他在电影和电视里曾经见过，但没那么豪华没那么夸张，眼前的景象显得简陋而陈旧，显得空旷而落寞，显得与窗外的世界格格不入。狄棣不由自主地在房间里走动起来，从这个房间走到那个房间，从那个房间走到另一个房间，他像一个孩子一样好奇地打量一下这里，打量一下那里，伸手摸摸这里，伸手摸摸那里，最后蹲到地毯上，手停留在身前又长又宽的榆木桌子上。桌子两头翘起，正中铺着白色的毡垫，上面有两张泛黄的笺纸，上面有娟秀的行楷墨迹。文房用具似乎一应俱全，“中华”牌的墨汁，青花图案的印台，咖啡色的脸谱人物墨匣，龙泉窑风格的笔洗，树状笔架，虎形水注，一方砚台，上边搁着一支很普通的毛笔，笔锋稍稍散开，吃进去的墨已经干透了。狄棣又来回扫视了几遍，没有镇纸。他回过头，拓虹站在身后，双手交叉抱在腰间，目光越过他的头顶，无神地望着什么地方。

狄棣坐到地毯上，拿起笺纸，看上面写的字。写的居然是一段大白话：

世界是棋盘。一流的棋士，不是用来博弈，不是用来对杀，而是置于眼前，黑白交错，你来我往，启迪智慧，寄托人生。无他，求道也。

后面既没有落款，也没盖印章。他小心翼翼地把纸放在旁边，拿起下面那张，是一首旧体诗，字要比刚才的大一些，章草的韵味更浓：

虚者实之入云中，
虚实演绎玉棋枰。
千秋古物犹有泪，

百年仇恨似海深。
奈何乾坤多倒转，
鹿苑射猎红柳林。
棋子一落一嗟叹，
化作东南西北风。

狄棣把两张纸小心翼翼地放在一起，拿在手上。他抬起头，目光停留在落地窗前的一盆幸福树上。因为窗外下着雪，屋里又没开灯，他只能看清那棵小树的轮廓，是一棵幸福树，叶片是黑色的，枝条虽然极力向外向上伸展，但叶片耷拉着。狄棣默默地注视了良久，然后站起身，回头对拓虹说："你们一家四口，老中青三代，策划了这么多年，虚构了一段不存在的历史，名之曰'北魏传奇'？还是什么更好听的？把北野文诱到鹿城，绝妙的一杀。怎么说呢？刺杀计划的严密性、刺杀方式的仪式性、刺杀结果的轰动性，真像那个玉棋盘似的，拼接得完美无缺。"

拓虹后退一步，双手交叉抱到腰际，目光越过狄棣的头顶，停留在那棵幸福树上。

狄棣错把她的失神当作另一层意思，慢慢站起身说道："你哥从北野勇一口中得知他家有几块不完整的玉棋盘，告诉你父亲的那一刻，你们就开始琢磨着用这东西来做文章。别别，你别打断我，等我说完，说得不好你再纠正。第一步，你父亲和你哥为了把北野文成功诱到鹿城子还父债，虚构了一段北魏历史，你哥还收集史料写成厚厚的一本大书，写到最后他自己都信了，呵呵，确实精彩。好在北野文也信了，居然兴冲冲到鹿城来实现棋盘的'完璧'。"

拓虹说："第二步，我爸说必须在鹿城杀死他，因为他父亲带队残杀我们祖辈和乡亲的地方，就在鹿城郊区柳树驿。"

狄棣轻轻捧起笺纸，接话道：“第三步，刺杀必须要有仪式性，需要一个合适的空间，在刺中北野文的时候告诉他，他父亲在抗日战争时所犯暴行的来龙去脉，这么看，何氏会馆还真是个好地方。”

狄棣顿了顿，问道：“第四步，你来说，还是我来说？”

拓虹哼了一声。狄棣于是说道：“第四步，案发后要造成轰动效应。你爸希望这次刺杀让世人皆知，以清算百年的仇恨，让真相大白于天下，因此，故意留下了诸多线索，不希望警方把这个案子作为普通的凶杀案处理。怎么说呢，现在有个蛮新潮的词，叫‘犯罪的道德正当性’，看来你爸不但‘温故’，而且‘知新’。”

拓虹哭了。狄棣觉得自己最后这几句说得轻佻了，但后悔已经来不及了，他无可奈何地抖了抖手中的笺纸：“缺个镇纸。”

“什么？”拓虹回过神来，问道。

狄棣指了指书案：“我是说，缺个镇纸。”

拓虹问：“你是说，缺个镇纸？”

狄棣点点头。他想要说什么，但不知从何说起，于是说：“帮我找一本大一点儿的书，我想夹进去，我怕弄脏了。”

拓虹从墙角的一个矮柜里拿出一本字帖递给他。他把那两张书笺纸夹进去，说道：“一个人用那种方式结束自己的生命，我是说你父亲，你怎么看？”

“他本来可以颐养天年，没想到他会那样做。”

“他干出那种事，常人可能无法理解，至亲的人更是不能理解，但我能理解。我现在不能理解的不是他，是你，你也愿意冒那个险？”

“爸爸说，他要拿回我们家的东西，但没想到，他不仅仅是拿回我们家的东西。”

“按理说，你卷进这个案子，得追究你。”他从拓虹身边走过，走到摆着《饮冰室合集》的书架前，跨过门，进了拓开来的卧室，然后走到客厅，打开灯，想让屋子变得明亮起来。

他坐到沙发上。李有才指着他手里的字帖问道：“这是什么？”

“答案。”狄棣翻开字帖，把那两张书笺纸递给李有才。

李有才看了好长时间，感慨了一声，说道：“化作东南西北风，潇洒倒是潇洒，留下这个烂摊子，怎么收拾？”

狄棣把书笺纸夹进字帖，递给郭小虎。

李有才问：“要不要让小虎进去看看？”

“不用了。”狄棣朝拓展那边看了一眼，对李有才说，“那把刀，大马士革刀，是他爸书案上用的镇纸。”

从拓开来家出来，雪已经停了。回到分局，他们去赵副局长办公室节略进行了汇报。赵副局长摘下眼镜，双手捂住脸，一边听一边揉眼睛，听完了，手撑住桌沿说道：“这个拓开来呀，演了一出一石三鸟的好戏。我还奇怪呢，在哪儿弄不死个北野文，非得大费周章去何煜之的俱乐部，原来是要嫁祸给何煜之，要把何煜之送进监狱，替他姥爷还债。”

见狄棣和李有才没有流露出应该有的表情，他站起身接着说：“大概周晨曦没来得及告诉你们，他刚才给我来了个电话，说其他事的时候，顺便告诉我，何煜之的姥爷是萨拉齐伪警局的副局长，日本兵屠杀柳树驿村民也有他的份儿，当时他也在场。”

“这个老爷子，真是不简单，”李有才说，“一把镇纸刀，办了这么多事儿。”

狄棣说：“我也奇怪呢，拓虹怎么会把拓晓晓给周亚薇送过去？原来是拓开来给何煜之送过去的炸弹。是要借咱们的手，把他一并收拾了。”

赵副局长很快把话题转移到下一步的行动上，虽然言语并不显得急迫，神情也很自然，但狄棣能够感觉到他承受的压力。他说："啊呀，你们在外面忙着，我在办公室闲着，一下午干了些啥呢？喝了两壶开水，看了窗外雪景，转了几个圈圈。我是赶不上时代了，但常识还是有的，我就想，这个何煜之究竟想把孩子弄到哪里去？你说应该弄到哪里去？"

李有才说："你问我？好吧。我也没闲着，我也想着呢，肯定是要弄到国外去。在国内，用高智商基因往出编个孩子，当然是男孩，将来继承他的家业，延续何家的命脉，有没有立法依据？即使有，有没有这个技术？即使有，有没有这个把握？即使有，哪家医院哪家科研院所会揽这个活儿？即使有，那好了，找到这家医院这家科研院所，就找到了拓晓晓下一步落脚的地方。何况咱们很快就会有答案了，赵静雨说一有消息就来电话。"

"李大咖说得有道理，"狄棣说，"我倒觉得没必要等北京的消息，即使何煜之在国内找到了这样的地方，以目前的形势，他也不敢这样干了。为什么？因为我们在后面追着他。他肯定要把孩子送到国外去。在生孩子这个问题上我还没有经验，但像赵局长说的，常识还是有的，高智商基因编辑婴儿，应该像常人要孩子那样，一男一女相结合才能行吧。拓晓晓是神童，何煜之应该再找个神女的基因与之搭配，应该是这样吧？但听张剑的口气，何煜之还没找到搭配的明确对象。我倒不关心这个，我关心的是何煜之怎么把孩子送出国。坐飞机，不可能，坐轮船，也不行，翻越国境，他没那个本事，送进大使馆领事馆，他还不具备那个能量。唯一的办法就是坐火车。"

"坐火车去哈萨克斯坦，"李有才说，"只能坐货运列车。"

"从这儿去新疆得几天几夜，从新疆去阿斯塔纳又得耽搁几天几夜。"赵副局长说，"装在集装箱里，还不把孩子闷死？"

"闷倒闷不死，但想起来揪心。"狄棣说，"鹿城的货运站得派人盯紧，出口的集装箱都得检查。但还有一种可能，赵子龙带着孩子开车去银川，从那儿上火车。"

李有才说："他离开咱们视线还不到一天，不可能走得太远，比如说兰州。"

看赵副局长的表情，好像没太在意他们的讨论，而是在考虑别的事情，于是，狄棣没再说什么，走到门口抽烟。他还没把烟盒掏出来，就听到赵副局长开始抱怨："这就像农村的三个老大爷，兴致勃勃讨论纽约的交通问题，议论国际政治局势，扯来扯去真是耽误时间。"

李有才说："那就把何煜之抓起来，问问他。"

"我也是这么想的。"赵副局长看看手表说，"明天一早我到市局汇报去。"

离开赵副局长办公室，李有才要请狄棣就近下饭馆。狄棣说："咱们还是去西货站吃吧，一边吃一边看火车，说不定能多吃点。"李有才说："听还差不多，这个点钟，看是看不清了。"

去西货站的路上，狄棣望着路边昏黄的街灯，试图想想案子以外的事情，但还是跳不出这个圈子。快过西护城河的时候，李有才给韩建民打了个电话，让他找个干净的饭馆，然后对狄棣说道："赵副局长有点儿着急了，人一到更年期，还没年轻人沉得住气。你想想，赵子龙能往哪里跑？第一不敢住店，第二不敢刷卡，第三还得把孩子照顾好，什么银川，什么兰州，什么新疆，我敢打赌，他就没离开鹿城。"

"但愿如此，但愿如此。"狄棣的心里似乎也有了底气。

"找到孩子不是难事，难的是别的。"李有才说，"这案子，怎么结？难死了。"

"你看过《红楼梦》吗？"

"好像看过。"李有才笑起来。

狄棣说："里边有个案例，你回去再翻翻。"

"翻到第几页？"李有才哈哈大笑起来。

西货站位于西外环靠外的城郊接合部。自动装卸机没有大量投入使用的那个年代，鹿城市民对这个地方并不熟悉，有的甚至只闻其名未见其形，反倒是周边地区进城务工的青壮年关心的地方。在这里找一份扛麻袋、卸木料、搬箱子的营生，挣的钱要比建筑工地打短工多得多，特别是对那些有饭量没技术、有体力没关系、有理想没行动的年轻人更有诱惑力。狄棣初出茅庐的时候曾在这里办过几个案子，见识过这个群体的工作，也了解他们的生活，领略过他们的魅力。他们经常几个人合租郊区居民空出的平房，自己做饭，自己洗衣，喝酒一起去，打架一起上，只有往家里寄钱的时候，才各干各的。他们白天一早就聚集到货场的铁道边，分散在仓库区的各个大门前面，三五成群，吃着焙子，讨论着昨晚电视连续剧里的漏洞，分析着国际经济的发展走势，预测着美国总统的竞选行情，等待着大门打开，准备着一拥而进，积蓄着工作的热情。想到这里，狄棣笑了，他想起刚才赵副局长说的那番话。李有才问："笑什么呢？"

狄棣说："想起赵局长刚才一句话，说咱们是农村老大爷，敲着烟袋破大案。"

"有什么好笑的。"李有才咧开嘴笑道，"不要添油加醋。"

在晚上，判断是不是到了城郊接合部，最简便的方法就是看建筑，看灯光，建筑低了，灯光暗了，西货站就快要到了。李有才放慢车速给韩建民打电话问路，一边听着，一边在几条宽窄不同的街道上游走，最后开到仓库区南部边缘的一条小街上，街上没有一个行人，只有韩建民站在一家饭馆门口朝他们招手。李有才把车停到街灯照不到的阴影里，他们踩着厚厚的积雪进了饭馆。饭馆里一个人都没有，八张桌子，靠窗四张，靠墙四张，柜台就在门口，显要位置摆着财神爷和关羽，一个笑容满面，一个涨红着脸，都在欢迎客人的到来。狄棣看到靠窗最远的那张桌子上摆着两盘凉菜，于是朝那儿走过去。听到韩建民在背后大喊一声："老板娘！"

过了很长时间，绣花的白门帘这么一挑，一个中年妇女端着一盘菜出来了，快步走过来，把盘子放到凉菜中间，从纸抽里抽出一张纸，擦着手问道：“这么晚过来吃饭，偷铁的？”

李有才坐直身体，指了指自己的羊绒大衣，说道：“像吗？”

“像啊，你像带队的。”老板娘斜靠在另一张桌子上，把一条腿搁到另一条前边，不知从哪儿掏出一个打火机，啪的一声扔到桌子上。

狄棣拿起来点着烟，抬头问道：“什么年代了，还有人偷铁？”

“偷人不分年代，偷铁就分了？”老板娘没有离开的意思，打量着狄棣。

“大姐像个哲人，一上来就把气氛搞热烈了！”韩建民哈哈笑着喊了一声，“快去炒菜去！”

李有才等老板娘进了厨房，回头问韩建民：“你和人家说了？”

“说什么？”韩建民夹了一筷子巴盟酿皮，放到吃碟里。

“说咱们找人的事。”李有才把炒菜里边的肉夹进吃碟里。

“没有。老板娘说的偷人，是那个偷人，不是这个偷人。”

狄棣笑着问：“人都到位了？”

韩建民说：“就等大咖来了放个话，把人撤了吧。守在这儿没用。”

“怎么了？”

“调运单我都一张一张看了，”韩建民说，“何煜之仓库里的货，我是说集装箱里的货，十天之内不出库，不上火车。”

“是这样？”狄棣掐灭烟，拿起筷子。

“天降大雪，帮了我大忙。我还去何煜之所有的仓库转了转，大铁门前的雪平平的、白白的，鸽子都没上去碰过。”

“那你打电话，通知人家撤了吧。”李有才一下子没了吃饭的兴趣，放下筷子说道。

“这也好，省得大家都挨冻。”狄棣说，“有没有直接从哪家公司出货的可能？我是说，从公司装箱直接上火车。”

“十天之内没有，十天之后就不清楚了。那个时候，车皮到了下一轮派发的时候了。”韩建民解释说，然后大喊一声，“上面！”

等刀削面端上来，三个人一门心思吃饭。把面都吃光了，韩建民去柜台结账。李有才说：“这个赵子龙，还真有两下子，怪不得何煜之让他当司机呢。”正说着，周晨曦打来电话。

李有才听了几句，说：“听不明白你嚷嚷什么。”他把手机递给狄棣。

周晨曦说：“我能不能以提供重要线索的普通市民的名义，领点儿奖金？”

狄棣笑着说：“那你得问李大咖，怎么，有什么新发现？”

周晨曦说：“那你让他先发个红包，表示一下诚意。”

狄棣说：“别挂电话，我用我的手机给你发，发多少？”

周晨曦说：“与诚意指数相协调，与线索价值相统一就行。”

狄棣给他发了六十六块六毛六，然后说：“发过去了，大侦探，快点说。”

周晨曦说：“‘凤凰泪’上线了，正在新野狐大闹天宫呢。”

狄棣可能是刚吃了饭的缘故，体内积攒了新能量，大脑飞快地旋转着，感觉到轰的一声，稍稍有些眩晕。“‘蓝色银河’那个机器人？”

“对。”周晨曦这一声拖得很长。

“我的手机没反应呀？”

“我给你连的是‘凤凰男孩’，不是‘凤凰泪’。”

狄棣似乎明白了周晨曦为什么突然变得这么兴奋，他强迫自己冷静下来，说道：“那你说吧，我听着。”

周晨曦说：“从下午开始到现在，已经连胜七局了，都是中日韩一线棋手，现在正和连笑下着呢。围观的棋迷押金币押疯了，聊天室挤满了人，都在议论这个机器人，说什么沉默了一星期突然现身，棋风突变，犀利无比，还说什么学到了吴清源布局法的精髓，如何如何。”

“我有点儿跟上你的思路了，接着说。”狄棣又激动起来。

“我看了前面七局的布局，‘凤凰泪’只要执黑，就是星、三三、天元开局，但从聊天室棋迷的议论看，以前‘凤凰泪’很少这样下。”

“但鹿城小霸王这样下，你说的是这个意思？”

“哥们儿，就是这个意思！”周晨曦在电话那头兴奋地说道，“这局也马上结束了，连笑老弟快扛不住了，要屠大龙了。”

狄棣把手机扔给李有才，说道：“快，把‘蓝色银河’围了，拓晓晓就在那儿！”

狄棣和李有才赶到“蓝色银河”的时候，周晨曦穿得严严实实，正斜靠车门，隔着车窗和赵副局长说话。看他们悠然自得挂满笑容的样子，前期工作已经就绪了。伪装成旅游大巴的指挥车停在暗处，狙击手分成三组，从不同层面的制高点上控制了三角形的三条边，三角形里边，就是“蓝色银河”的实验室，人工智能研发部位于三楼主楼梯西侧。这幢四层小楼坐北向南，除了一楼门厅的灯亮着，剩下的都是黑乎乎一片。旁边的公司主楼倒是有几个窗户亮着灯，但窗帘拉得很严实。特警和派出所干警搭配组合，设置了多个卡点，放眼一望，街面上和平常一样，但狄棣能感觉到他们的存在和他们的威力。

郭小虎从指挥车上下来，递给狄棣一件防弹衣，狄棣笑着说，这次不用了。李有才问周晨曦楼里面的情况，周晨曦说，热闹场面结束了，“凤凰泪”连胜八局，下线了。

他们一起进了指挥车。赵副局长指着左边第二个显示屏说：“缝隙有点儿窄，咱们的机器人有点儿大，进不去。从市局调了几只‘小甲虫’，马上就送过来了。”

片刻工夫，韩建民也进来了。他扫了一圈显示屏，说道：“拿热成像仪照一照，看看里边有几个人。”

李有才瞥了他一眼：“你以为你是特种兵呢。你要喜欢，拉个预算，明年让赵局长买。”

“行，明年买。”赵副局长心情很好的样子，“不但要买新装备，而且要加强学习。”

很快，市局的“小甲虫”拿来了，郭小虎坐到操作台前敲击键盘，进行了无线连接，把图像转到显示屏上。三只“小甲虫”的图像分别占了靠右的三块电子屏。屏幕上显示的雪地迅速抖动起来，看来，那几个微型机器人已经上路了。不大一会儿工夫，五号、六号显示屏的画面慢下来，但四号的画面还在快速移动。郭小虎说：“四号是从楼的北面上去的那个。”

“嗯，小就是好。”赵副局长耐心地凝望着屏幕。

四号“小甲虫”在迅速游走、急速抖动中，蓦地，绿色的屏幕上已经出现了一个房间的俯瞰画面，看来，那个小玩意儿飞起来了。周晨曦站起身凑近显示屏，想了想说：“好像是洗消室，让它出来，往西飞。”郭小虎慢慢转动操作杆。

“往下飞，看能不能看到测试室的标牌。”周晨曦说。

很快找到了测试室，非常幸运，测试室的门半开着，“小甲虫”飞进去，画面急速旋转了一圈，最后锁定两个趴着的人形。周晨曦说：“他们在隔间里，那是个封闭的休息室，靠着北面窗户。看能不能进去，小心点儿。”

郭小虎小心翼翼地操作着。画面随即不动了，看来，微型机器人落到了门框附近。紧接着，画面缓缓移动起来，忽然一道亮光将显示屏一分为二。太好了，休息室留了一道门缝。郭小虎回头看看赵副局长，赵副局长看看李有才，李有才说：“爬进去。”

休息室亮着灯。郭小虎把红外功能切换成正常的显示效果，然后调整

"小甲虫"的位置，终于，画面固定下来。郭小虎把四号屏的画面切换到主屏幕上。

图像非常清晰，几乎近在眼前。拓晓晓和赵子龙头对头趴在地毯上，两颗脑袋之间，放着那张玉棋盘。他们在下棋，他们在用那块玉棋盘下棋。他们身边搁着不少矿泉水、罐装可乐和啤酒，一个盘子里放着葡萄、苹果、橘子和一把水果刀，另一个盘子里放着巧克力、饼干、牛肉干和各类干果。靠窗的玻璃茶几上放着一颗难得的大西瓜，看来，他们还没有准备吃它。拓晓晓的两条小腿向上翘起，有节奏地一摇一摇，一只手托着下巴，一只手抓着一罐可乐，不时抬起头望一眼赵子龙。赵子龙趴得直直的，两只脚抵住门框，身体在来回摇动，两只手抓着自己的头发，揪啊，挠啊，扯啊，摸啊，一看便知，下一步不知道往哪儿放。两个人不停地咯咯笑着，笑得那样开心。

"他娘的，看人家这生活过得。"韩建民冷笑了一声。

"赵子龙这个笨蛋还会下围棋？"李有才大为不解。

"五子棋，他们在玩五子棋呢。"周晨曦哈哈大笑起来。

李有才苦笑着问赵副局长："就用二号方案吧？"

赵副局长也哭笑不得："快去吧。"

李有才和韩建民离开后，狄棣长长地出了一口气，对赵副局长说："好了，总算告一段落了，我也该回去搞材料去了。"

赵副局长回过头来："那可不行，今天晚上我做东，咱们得庆贺一下，除了不喝酒，你们想吃什么点什么。"

"呵呵，不喝酒能叫庆贺？只能算个宵夜。"狄棣还是离开了。他走到街上，踩着厚厚的积雪，沿着槐树投下的阴影，快步朝前走着。虽然没有风，但出奇的冷。一个不大的雪堆挡在人行道上，狄棣停住脚步，掏出手机，给范副厅长发了条短信：孩子找到了，那个棋盘也找到了。

他绕过雪堆继续朝前走，心里想，这个点钟，如果马上回复，说明在看电视，如果十来分钟后回复，说明在练字，如果半小时左右回复，说明在看书，如果不回复，明天一早他会看见。

一辆出租车在他前面的机动车道上猛地刹住，等狄棣走到与车平行的位置，司机朝他喊道：“嘿！打车吗？”

狄棣摆摆手。司机说道：“冻死你个傻帽！”出租车快速起步，很快消失得无影无踪。

很快脸和耳朵就吃不消了，他用手捂住继续走着，手很快就冻得不行了，于是把手插进衣兜里。手机振动了一下。他掏出来一看，范副厅长回复：辛苦了！休息半天。对了，你是什么想法？狄棣以为首长问案子呢，哆嗦着回复：文物是真的，故事是编的，坑，挖得深，局，布得妙，用千年恩情做诱饵，报百年的仇恨，全家上阵，守拙多年，蓄势以待，一击致命，真是其势不可挡啊！范副厅长回复：我是问你，关家的闺女，那个大学老师，你是什么想法！狄棣忙回复：处处看。发出去以后又觉得这样道晚安不太好，于是又发了一下：练哪个帖呢？范副厅长回复：快雪时晴帖。狄棣回复：好境界！范副厅长回复：写不好，有点儿遗憾。狄棣回复：案子也是，有点儿遗憾。没动静了。狄棣刚把手机放回衣兜，又振动起来。一看，范副厅长回复：人做事总得留点儿遗憾，否则就不是人做的事了。狄棣想，话虽绕口，但确是如此。于是回复道：话虽绕口，但确是如此。他吓了一跳，慌忙删去，但来不及了，已经发出去了。

又向前走了一截，冻得实在不行了，他站到街边开始招手，打出租车回到家里。刚进门，李有才打来电话，说道：“非常成功！非常顺利！你怎么走了？一会儿赵副局长要请大家吃宵夜。”

狄棣说：“那孩子还好吧？”

李有才说：“我把那四块玉放进他书包里。他要自己背。我说太沉了。那小家伙说，不太沉。他还说，他要亲自交到他爷爷手里。”

狄棣放下手机，站在门口。待了一会儿，像往常那样，他把房间的灯都打开，去卫生间洗了把脸，一边刷牙一边拧开煤气烧了一壶开水，冲了一杯咖啡，坐在沙发里。他把烟灰缸摆到正确的位置，把保温杯摆在烟灰缸旁边，拉近台灯，让自己和自己的周围更加明亮。他看了看电视机黑色的屏幕里那个人，然后，与平常不同的是，没有拿起手头的书去翻，而是走到书桌前，把笔记本电脑的接线都拔掉，只拿着本子回到沙发前。他坐好了，调整好显示屏，从羽绒衣的内兜里拿出优盘，插好，把里边的文件拷到硬盘上，点开其中一个文档。开始看《凤舞昆仑》的第一个段落：

"像一只燃烧的大鸟，冲出茫茫黑暗……抖动闪闪发光的翅膀，摇撼秀美的大尾……撞向昆仑之巅，崩裂为万千颗粒，四散开去，渐渐隐没。"